光尘
LUXOPUS

The
Perfect Parent
Project

完美父母计划

［英］斯图尔特·福斯特——著

刘勇军——译

北京联合出版公司
Beijing United Publishing Co.,Ltd.

目 录

第一部分

我想要有完美父母

1

我和大桶埃里克

你可能每天都从我身边经过，在你上学的路上，或是和妈妈去城里购物的时候。你也许就站在离我不远的路上和朋友聊天，但我敢打赌，你从没朝我的方向看过。下次你出门，一定要停一下，看看商店后面的那条小巷。你没进过那条巷子，那儿黑漆漆的，还很潮湿，两旁堆着一袋袋的垃圾。巷子里有很多银色的垃圾箱，还有一个黄色的大回收桶，桶上靠着一架梯子。

你能看见这些东西吗？

如果你蹑手蹑脚地朝小巷里走上一小段，就会看到大回收桶的侧面写着很多字，比如：

把我清洁干净
不要往桶里放带火的灰烬
城市规则
埃里克

我把大回收桶叫埃里克，现在我希望你装作没看到桶上的字，继续往前走，就像我四个月前第一次来这里时那样。

啊，对不起，我忘了告诉你要猫腰，从我系在大回收桶顶部的一排可乐罐下面钻过去。现在你弄响了可乐罐。这是我的第一道预警系统，这样我就能知道有人来了——委员会的垃圾清理工开着卡车来收大回收桶里的垃圾了。还有些时候，只是风把罐子吹得叮当作响。但今天，弄响罐子的不是风，也不是委员会的工人，是你。

此时，我提高了警惕，因为你已经过了可乐罐，看到靠在大回收桶上的梯子了。你不确定是否应该爬上去，没关系，一点儿也不危险。把两只手放在第六级横档上，开始往上爬，就是这样。到了第十级横档，你可以把身体探过黄色金属桶的边缘，朝桶里看。看没看到里面有条绳子，我就是顺着绳子爬进桶里的，桶内的角落里搭着一些纸板，三星65英寸彩电的盒子横放在纸板顶部。

这就是我的墙壁和屋顶，它在夏天保护我不受太阳的炙烤，在冬天阻止雨水把我浇湿。

你能看见我吗？

看不见？

等等，纸板都被压弯了，我得挣脱出来才行。

哈，好了。

"嗨! 我是山姆·麦卡恩。这里是我的家，很高兴见到你。"

2

飞机和梦想

你可能会觉得奇怪，我竟然把大回收桶，而不是睡觉和吃饭的房子当家。但你看，房子和家并不是一回事。房子是你居住的地方，用砖块和水泥建造而成，有双层玻璃窗和门，里面装着管道和暖气。家则是由你放在房子里的东西组成的，比如沙发、椅子、床、画作，以及你和家人在圣诞老人洞穴或度假时拍摄的照片。在我住的"房子"里，这些东西一样不缺，只是照片里的圣诞节我从没庆祝过，度假的地方我也没待过，那些人也不是我的家人。

五年来，我在九所房子里住过，经历都是一模一样的。寄养父母说我是家里的一分子，会把我当成亲生孩子一样来对待。但是，他们不会撇下自己的亲生孩子去看电影，也不会把亲生孩子留在凯恩舍姆的临时寄养之家去西班牙度假。就好像他们以为我注意不到似的，但他们回来之后，一切都是那么明显：我像蛆一样白，而他们一家人都晒成了古铜色。现在我和赖利、赖利妈妈住在一起，而赖利妈妈照顾我

4

是有报酬拿的。我在这里已经待了四个月零二十二天，在我住过的地方中，按照时间长短排列，他们家排在第四位。他们暂时还没有丢下我独自去度假，但他们总有一天会的。

我待在大桶埃里克里面，就是为了躲避这一天。我仰面躺在纸板上，看着灰色建筑之间的天空，心里还能舒服点儿。昨天我在这里看到了一架飞机，我就想象自己在飞机上，正飞向迪士尼乐园。我想象着自己住进了一家大酒店，米老鼠和唐老鸭在门厅迎接着每个人，每天早上我出去坐过山车，他们都对我说："祝你玩得愉快！"我经常梦见去迪士尼，但今天天空中没有飞机带我一起飞，只有成群的鸽子被大街上的隆隆车声惊起，飞过小巷。

赖利这会儿肯定在家，窝在他的房间里，用他圣诞节收到的 Xbox One 游戏机玩《王牌飞行员》游戏。当时我来他家只有两个星期，所以像往常一样，我只收到了衣服。我坐在沙发上，看着赖利拆开他的礼物盒。他还没撕开包装纸，我就知道里面有什么了。"是 Xbox One 游戏机。"他盯着盒子看的时候，我大声道。他问我是怎么知道的，我耸了耸肩。我没有告诉他，在我以前住过的房子里，我在詹姆斯生日那天亲眼看见他拆开了一份同样的礼物。詹姆斯请了很多朋友来他家过夜，他们在他的房间里吃比萨，玩《星际奇兵》游戏，一直闹到了半夜。赖利倒是没几个朋友，也不常请人来他家里过夜。我很高兴，如此一来，我就不会被甩在一边，只能看着别人在多人游戏中射击外星人了。

我望着天空，想知道一辈子只和一个家庭的成员一起生活是什么感觉。啊，不能说一辈子，毕业后总会离开家，要么是去上大学，要么就是去工作。但如果我有自己的家人，我永远都不会想要离开他们。我为什么要离开我爱的人呢？我也说不好自己爱不爱第四对寄养父母布拉德和安吉，但确实很喜欢他们，不想离开他们。他们住在费尔顿的一间平房里，那儿有一个大花园，尽头放着一张足球球门网。布拉德常在那里射门，我用力把球踢向他，安吉则坐在露台上看着我们。我在他们家住了九个月，整整三个季度，这创下了我的最长纪录。我待了那么久，布拉德甚至在易趣网上给我买了辆二手自行车，每当他想去名叫"禁忌星球"的漫画店里看漫画，我们就一起骑车进城。我以为自己能撑到圣诞节，甚至开始琢磨我想要什么礼物：不要电脑游戏或 DVD，只要衣服之类的东西。我真的很喜欢布拉德和安吉，我觉得他们也很喜欢我，但我能感觉到离开的日子快到了。我的直觉总是很准。当人们安静下来，开始在厨房里低声谈论我的事，就意味着我到了该走的时候了。布拉德和安吉就是这样，他们不停地嘀咕着，无论是每天下班回到家，还是晚上在我上床后，他们总是在窃窃私语。这就像听着老鼠在地板下弄出的动静。我注意到安吉的肚子越来越大了。她开始吃掉一桶桶的品客薯片，给布拉德看她在笔记本电脑上搜索到的婴儿衣服和婴儿车的照片。她还问布拉德，在孩子出生前，粉刷空房间会不会带来厄运。

是的，就是厄运。对我来说，这就是厄运。

"你还是可以来玩的，山姆。"他们说，"我们还可以一起在花园里踢足球。"

但我心里想，来玩和住在这里根本是两回事，哪怕他们让我留着那辆自行车。

3

我对完美父母的十个要求

我对养父母有十大要求，布拉德和安吉满足了其中的四条。我最好的朋友莉娅说我就爱列清单，花了大把时间在上面，但我仍然每天写一份。清单上的内容有时一模一样，有时有些变化，但每张清单都是关于完美父母的。我把清单拿给我的社工——摇滚明星史蒂夫看，他说抱着希望没什么不好，就跟人们去教堂祈祷差不多。就算祈祷的事没有成真，人们也不会在星期天祈祷了一天就放弃，所以教堂里才有那么多人。依我看，如果上帝第一次就回应了他们的祈祷，教堂就该空了。不过，我不确定摇滚明星史蒂夫去不去教堂、信不信上帝。我从没见过像他这样穿着蛇皮鞋、留着金色鸡冠头的成年男人走进教堂。

我把手伸过一个真空吸尘器的盒子，从书包里拿出我的笔和写字簿。我应该快点儿回赖利家的，但我还有点儿时间，来得及在下午地理课上列的清单里加点儿内容。

我对养父母的十大要求

1. 家里有一个大花园，我可以在园子里开燃油卡丁车；

2. 车库墙上有篮球筐；

3. 去迪士尼乐园度假（不一定非得是佛罗里达的迪士尼乐园，去巴黎的也不错☺）；

4. 他们应该有像我一样的棕色头发，这样我走在街上，或是参加学校的"家长之夜"活动，人们就会认为我是他们亲生的；

5. 他们有个女儿，比我稍微大一点儿，会帮我做作业；

6. 他们不养狗（我不喜欢狗）；

7. 他们有一辆时髦的汽车，爸爸每天送我上学时，会随着音乐敲击方向盘，就像雪铁龙汽车广告里的那个男人一样；

8. 他们的车必须是宝马M5；

9. 他们的客厅里有一台巨大的平板电视，这样我们就可以坐在沙发上一遍又一遍地看《银河护卫队》了；

10. 他们必须有一台冰箱，冰箱门上内嵌着自动贩冰机，这样大热天我和朋友们跑进厨房，既可以选碎冰，也可以选冰块。

我停下笔，第一道预警系统上的可乐罐响了。怎么回事？今天才周三，每周四才有人来清空大桶埃里克里面的垃圾。

我站起来，从顶部边缘向外张望。

没什么，八成只是有人经过小巷的尽头。

一定是风吹的。

罐子又响了，就像鱼使劲儿扯着鱼线末端的鱼钩一样。

当那排可乐罐再次响起时，随即传来一阵咯咯的笑声。

我摇摇头，微微一笑。

"莉娅。"我大叫，"我知道是你！"

莉娅哈哈大笑着走到巷子里："山姆，总有一天来的会是垃圾箱清洁工。"

"我能听到引擎声。"我说，"只有你一个人知道我在这儿。"

"那倒是。"她边说边朝我走来，"你在干什么呢？"

我举起了我的清单。

"我早该知道的。"她笑着说，"这次你写了什么？在好莱坞有座带奥林匹克级游泳池的房子？"

"差不多吧。"我大笑起来，"要不要上来？"

"不了，谢谢，里面臭死了。"

"嘿。"我轻敲了一下大回收桶的边缘，"你不能这么说埃里克。"

"我只是实话实说而已。"莉娅说着，伸出手来，"拿来，让我看看你都写了什么。"

我把清单递给她。我并不介意给莉娅看，她是我最好的朋友。莉娅有一头棕色的长发和棕色的眼睛，有些人说我们看起来像兄妹，她听了可不大高兴。四个月前，我刚进邓纳姆中学，她是第一个跟我说话的人。当时，我做着每到新学校时经常做的事：在课间休息时绕着操场转转。我低着头，尽量不引人注意，走着走着，突然被莉娅挡住了路。她说在她七岁时，我们曾就读同一所小学。难道我不记得她了？她过去常把头发扎成双马尾。我耸了耸肩。我读过很多学校，见过很多扎双马尾的女孩。然后，她推了推我的胳膊，说："你肯定记得我……那时候我以为是睡衣日，就穿着老虎睡衣去了学校。"我笑了，我确实记得那件事。

她妈妈在上次的"家长之夜"见过我的寄养父母，他们还交换了电话号码。或许你认为他们是朋友，但其实我的寄养父母只是为了方便找到我在哪里。不过有一点对我有利，我的寄养父母很喜欢莉娅，所以我能经常和她在一起。

"哈哈。"莉娅的笑声把我带回了现实。

"怎么了？"我问。

"没什么。"她说，"只是……你竟然认为家人相处，会和你在电视广告或网飞电影上看到的一样。"

"不是吗？"

"不是。至少我家里人不是。我妈妈不是和她新交的男友吵个不停，就是和我唠叨个不停——要我打扫自己的房间呀，或是帮她洗碗呀。"

"但至少你们生活在一起。"我说，"你们都在同一所房子里睡着、醒来。"

莉娅又看了看我的清单："那也许你应该说……嘿，要不要和我一起去逛逛商店？妈妈给了我五块钱。"

"为什么？"

"不知道。"莉娅耸耸肩，"反正就是给了。你到底去不去？"

我很想待在大桶埃里克里，可莉娅看了我一眼，那意思是"最好不要"。

"没关系。"她说，"逛完了你可以再回来。"

我抓起我的书包，跨出了大回收桶。

我们肩并着肩走出小巷。我心想，清单上的愿望可能永远不会实现，但我至少还可以和莉娅分享我的梦想。毕竟，要把所有秘密都锁在脑子里，实在是太难了。有时候，我可以在一所学校待上几个月，离开时依然没人知道我是寄养儿童。但是，在邓纳姆中学第二学期开始的时候，我就给她讲了自己的事。当时，我发现她在女厕所外哭了起来。原来，是因为她爸爸在暑假离开了家。她没对任何人说起过这件事，而她向我吐露了她的秘密。我也告诉了她有关我的秘密，但想必她早就看出了一些端倪，毕竟我从不曾邀请她去我家喝茶。她对我说，她很想念自己的爸爸，还问我爸爸是个什么样的人，我说我不知道。

我甚至都不知道我爸爸叫什么名字，只知道妈妈叫维姬。我最后一次见她是在八岁的时候，那是在寄养机构的办公室，只有十分钟。但即使在那十分钟里，她也几乎没看我一眼，大部分时间都在哭。我的回忆箱里有一张她的照片，所谓回忆箱，就是社工帮我"存放记忆"的一个盒子。我的回忆不多，至少我愿意记得的事并不多。摇滚明星史蒂夫说，如果我有很多记忆，也许能有助于我安安稳稳地待在学校和寄养父母家里。我试过了，但总会发生一些事，让我不得不重新开始。

"吃不吃香肠肉卷？"

"什么？"我收回纷乱的思绪。

我们这会儿正停在史密斯面包店外，莉娅挥舞着那张五英镑的钞票。

"吃比萨吧。"我咧开嘴笑了，"买一整张。"

"可以多吃一会儿？"

"没错。"我说。

有朋友真好。他们理解你的感受，让你有归属感。我只希望赖利家也有人能让我有这种感觉。

4

赖利得到的拥抱和一把前门钥匙

我打开前门，走廊里飘着一股柠檬和巧克力的味道，赖利妈妈正在为大家制作婚礼和生日蛋糕。她每时每刻都在烤蛋糕，所以我回家时，她看起来总是很累。

"山姆，我们在这里。"

我把书包挂在楼梯底下，走进餐厅。

赖利背对着我，正趴在桌上舀着烤豆吃。他妈妈从盘子里抬起头来，头发上还沾着面粉。"你上哪儿去了？"她问。

"戏剧社。"我说，"我和你说过了。"

"山姆，"她皱眉，"我认为学校不会允许戏剧社一周活动三次。"

"是的，但是……"我琢磨着该如何撒这个谎，"我们还有一个……我们正在演一出新戏。"

"你没说过这事。赖利一直在等你。"

赖利转过身来面对着我，嘴角还残留着番茄酱："嗨，山姆。"

"嘿，赖利。"我喃喃地说。

他妈妈站起来，叹了口气。"你差一点儿就吃不上下午茶了。"她说，"你再晚十分钟回来，我就要给寄养机构打电话了。"她从我身边走过，进了厨房。我瞥了赖利一眼，他平时脸上都挂着微笑，但这次他一直在吃东西，好像知道我有大麻烦了。我每次放学去大桶埃里克那里都会惹上一堆麻烦，即使没做错什么，他妈妈也总是没完没了："你上哪儿去了？""你和谁在一起？""你刚才干什么去了？"我每天晚上回来都是这样。我是第一个来她家寄养的孩子，我想，她是害怕如果不能好好照顾我，寄养机构就不会再安排她照顾别的孩子了。

我回到走廊。

"你这是要去哪儿？"赖利妈妈端着一盘炸鱼条、薯条和豆子回来了。

"上楼。"我说，"我还以为你不想看到我呢。"

"不，山姆，"她说，"我没那么想，我只要你准时回家。现在来吃吧。"

我跟着她回到桌子旁坐下。

赖利妈妈拿起她的刀叉。赖利拿起他的水杯。我看着我的盘子。

"吃吧，山姆。"赖利妈妈说，"你知道的，我也不喜欢对你唠叨个没完，但这么做是为了你好。如果我连你的安全都保证不了，寄养机构会怎么想？"

我把一根炸鱼条切成两半。

"你自己可以有计划。"她又说,"但你必须告诉我,不可以一直失踪,好吗?"

我点点头,开始吃东西。我来这里四个月了,但赖利妈妈看起来还跟学校里新来的老师一样。

孩子早上去上学,真正的父母会微笑着拥抱他们。孩子回家后、上床睡觉前,父母也会拥抱他们。

拥抱。

拥抱。

拥抱。

有时只是几秒钟,有时感觉像是几分钟,父母们抱得太紧,孩子们看起来都要崩溃了。这会儿,赖利洗完澡后,他妈妈在楼梯口拥抱他。我穿着睡衣站在一旁,等着过去。

"刷牙了吗?"赖利妈妈一边问,一边把他的头发抚平。赖利点点头。"很好。"她说,"我给爸爸打电话的时候会告诉他的,还是你想亲自和他说?"

"不要。"赖利说,"我想和山姆玩《王牌飞行员》。"

赖利妈妈笑了,把赖利拉到怀里,再次紧紧地抱住了他。

"我得走了,妈妈。"赖利说着推开了她。

"你大了,不好意思拥抱了,是吗?"

"不,我就是想去玩。"他转身跑回自己的房间,我也趁机溜掉，跟着他进了屋。

"那你呢，山姆？"他妈妈问。

"我什么？"我猛地停住了。有那么一会儿，我还以为她也要拥抱我。

"收拾好明天上课用的书包了吗？"

"收拾好了。"我嘟嚷着说。

"很好。"她说，"你的三明治在冰箱里，别忘了拿……你已经忘过很多次了！"

"不会的。"我说。

赖利妈妈笑了。我不知道接下来该做什么，所幸赖利突然大叫了一声："快点儿，山姆！我要升到第三级了，快来帮我。"

"就半个小时。"赖利妈妈说，"小点儿声。"她对着家庭办公室里的电脑点了点头，"我要去开几张发票。"当我走过她身边时，她突然说，"山姆，你没忘记写日记吧？我们周末闲聊的时候，你能带点儿东西来，总是好的。"

"没有。"我叹了口气说，"我不会忘的。"她用了"闲聊"这个词，但她指的是"家庭会议"——她、我和赖利都会围坐在餐桌旁。要是赖利爸爸回来的话，他也会参加。我们"闲聊"这一周各自做了什么，在相处的过程中有什么问题。其实最重要的是，开家庭会议只是赖利妈妈抱怨我回家晚的又一个机会。

我走进赖利的卧室。我在这里睡觉，但这是他的房间。

我的床上铺着他的旧太空人羽绒被，墙上贴的是他的《变形金刚》海报，窗台上摆着他的坦克模型和飞机模型。我们坐在下铺等待游戏加载时，是他的游戏机在闪烁。

我用眼角余光看到赖利在看我。

"放学后你去哪里了？"他低声问。

"戏剧社，我告诉过你们了。"

"但她很生气。"

"我知道。"我一边说着，一边按下 X 键，"你这一关还是过不去吗？"

"是啊。"赖利拖着脚向我走近，"我捡金子没问题，可飞机总是掉到海里去。"

我微微笑了。赖利盼着像他爸爸一样当空军，但他连《王牌飞行员》的第三关都过不了。

"来吧。"我说，"瞧着我是怎么过关的。"

我按下三角形按键，飞机立即飞向天空。我按下 O 键，让引擎熄火，准备让飞机俯冲。赖利是个好孩子。我喜欢他，因为他说过，就算他不在家，我也可以玩他的游戏机。我喜欢他，因为他允许我住进他的房间。我喜欢赖利拥有的很多东西，但我最喜欢的，就是他刚才得到的拥抱。

但这不是他的错。《寄养父母手册》里就是这么写的，我看过一次。那上面写了寄养父母能做什么、不能做什么，也提到了什么样的拥抱不恰当。肩并肩站在一起单手搂抱是可以的，但用双臂把寄养儿童紧紧地抱在怀里则不太合适，就像赖利刚才得到的拥抱那样。我从未得到过那样的拥抱。《寄养父母手册》中提到了很多条规矩，像什么如果房间里只有你一个成年人和一个寄养儿童，你该怎么做；寄养父母和寄养儿童该怎么写日记……

赖利妈妈突然大声地告诉他该睡觉了。

"我们明天还能玩吗，山姆？"他问。

"可以呀。"我说。

他放下控制器，我看着他穿着恐龙睡衣沿着梯子爬到上铺。

我伸手到床头柜，从抽屉里拿出我的日记本。我应该每天晚上都把我做过的事和我的感受写下来。

我翻到今天的日期，写了起来：

起床。

上学。

回家。

喝下午茶。

上床睡觉。

赖利的床垫砰地响了一声，我等着他的脑袋像倒置的水母一样出现在床边。

"嗨，赖利。"我说。

"嗨，山姆，"他低声说，"明天你能早点儿从你去的地方回来吗？那样我们就能多玩一会儿了。"

"也许吧。"我说，尽管我知道自己做不到。这让我感觉很糟糕。

"酷。"赖利说，"我现在可以关灯了吗？"

"是的，赖利。"我说，"你现在可以关灯了。"

随着电灯开关咔嗒一声，房间黑了下来。

我侧过身、面向墙壁躺着，塑料布在我身下沙沙作响。好像赖利妈妈以为我只有四岁，也可能在赖利搬到上铺后，她懒得撤换下来。

我用手摸着墙，抠掉了赖利以前贴海报时留下的小块蓝丁胶。刚来那会儿，他妈妈说我可以贴我喜欢的海报，但我没有，因为不知道自己能在这里待多久，有时可能是一周，有时是几个月——我始终没有贴海报。上次我在珍和拉尔夫的家里贴了海报，第二天摇滚明星史蒂夫就来了，我不得不收拾行李去下一个人家。

我希望有朝一日能住在我称之为家的房子里。我盼着有朝一日能拥有自己家的前门钥匙，不需要先征得同意，就能从冰箱里拿可乐或从罐子里拿饼干。赖利说他妈妈并不会介意，让我想贴海报就贴，但我没有。

5

理由⋯⋯

"我也有错。"第二天早上我们步行去学校的时候，莉娅说，"去史密斯面包店是我的主意。"

"我知道。"我说，"但我敢打赌，你妈妈不会像赖利妈妈那样对你发火。她送赖利上学时问我要不要搭车，只是因为这样她就能多盯着我一会儿了。我所有的寄养父母都是这样的，就好像他们害怕会失去我一样，但我从来不坐他们的车。只有一个法子能避免这种状况，那就是有人收养我，只是这在短期内是不可能的。"

"我妈妈说了，只要我们有了足够大的住处，她就收养你，但愿这能让你好受点儿。"

"太好了。"我说着，强挤出一丝笑容。

莉娅知道我很希望被人收养。她说，她一看到我望着父母在公园里陪孩子玩的眼神，就猜到了。她说，并不是说我看他们的眼神有什么奇怪，而是我会盯着看很久。但每个人都会看他们想要的东西，想象着自己骑上商店橱窗里的新自行车，或者吃着菜单上的麦当劳三层芝士汉堡。盯着别人看的时候，我就是这样：想象自己成为他们家的一员会是什么感觉。

红灯了，车辆停了下来。我们过马路，走着走着，我能感觉到莉娅在看我，好像她想说别的话题。几个八年级的学生超过了我们。

"怎么了？"我问，确定后面没有人，"你看我干什么？我长痘痘了？"

"不是。"她摇了摇头。

"我嘴边有牙膏？"

"不是。"她停下脚步，"我在想，也许你应该准时回赖利家，至少在一段时间里得这样，这样他妈妈就不会再生你的气了。"

"你是站在她那边了吗？"

"不，当然不是。但你知道，他们总是在开会时提起这件事。"

"是呀……开会。"我说，"无所谓。反正他们只会不停地说呀说呀，在文件里写呀写呀。"

"不过，"莉娅说，"我认为你应该这么做，也许也不要再逃课了。克伦斯先生已经给过你很多机会，剩下的机会可能不多了。"

我耸了耸肩，我们一起沿着学校栏杆走着。我的第一道预警系统并不只有大桶埃里克上的可乐罐，还有莉娅。只是她的警报不像安全警报器那样会发出咯咯声或尖锐的声音，她只会用柔和的嗓音提醒我。她说得对，我不该逃课的。这倒不是说我经常逃课，但如果被年级主任克伦斯先生抓到，他们在开会时就总会提起。所谓开会，就是我的个人教育计划会议。这和赖利家的每周"闲聊"差不多，不过是在学校里举行，参加的人有克伦斯先生、摇滚明星史蒂夫、教牧关怀员索雷尔太太和赖利妈妈。每个人都在说话，问我问题："你还好吗，山姆？""你快乐吗？""你有什么想谈的吗？"通常我只是耸耸肩，看着地板。我要是开口说话，就会听到他们的笔沙沙作响——那是在把我的事写进档案里。我有很多档案文件，文件里有很多记录，因为我去过很多所学校，开过很多次个人教育计划会议。在邓纳姆中学开会有一个很大的好处，那就是不用上家政课了。但我没有告诉班上的任何人我去了哪里，不然的话，他们就会发现我是寄养儿童——他们原以为是卡特里太太在给我补数学课。

我和莉娅转了个弯，走进学校大门。身边的其他学生多了起来，我们走进主接待处，然后沿着东走廊往前走。莉娅问我今天上午有什么课，我说是双科学和英语。

她点了点头。

"没关系。"我说，"我说过我会去上课。"

"很好。"

我们向班上走去。

莉娅突然收住脚步。

"嘿。"她朝布告栏点了点头，"你看过这个了吗？"

我看着告示，学生们从我们身边走过。

校园剧

年末校园自制剧《龙蛇小霸王》征招演员。

各年级学生均可报名。

请在所附报名表上写上你的名字，也可在复活节假期前联系鲍威尔先生或多塞特小姐。

假期结束后，当周即开始面试。

不要求你在表演、唱歌、跳舞方面样样出众。

我们只希望你能参与进来！

"那个啊。"我转过身来说，"已经贴了一个星期了。"

"你没说起过！"

"有什么好说的？"我耸了耸肩。

"但你喜欢戏剧社。"莉娅说。

"我知道，但那只是因为社里一周演一部戏，我知道我能演完。"

"所以呢？"

"《龙蛇小霸王》要到下学期期末才上演，那时候我兴许都不在这儿了。"

"山姆，你不能再那样想了。也许就因为这个，你才总是……"莉娅回头看看，确保没人在听。除了老师，学校里没有人知道我是寄养儿童，"也许这就是一直没人收养你的原因，他们看得出来，你总是担心自己会离开。"

"那是因为我的确担心。"

莉娅深吸了一口气："我知道，我也不想太刻薄，但也许你不该再自怨自艾了。去把你的名字写上去，阿玛拉和刘易斯都报名了，我敢打赌他们比你差远了。"

"但以前就是这样的。"我说，"那时候我报名参演《潘赞斯的海盗》，整整两个月，我一次彩排都没落下过，可在首场演出前的一个礼拜，我就搬走了。"

"那就做点儿什么吧。如果你真的喜欢一个地方，就应该做些什么，让自己留下来，不要再逃避了。"莉娅还要继续说，但其他学生拥进走廊，把我们挤到两边。我也想说点儿什么，问问她为什么突然说这些，但我还在努力消化她话中的含义。

"去上课吧，山姆。"莉娅喊道，"别那么愁眉苦脸的。"

"好吧。"我转过身，沿着走廊走了。莉娅不清楚身为一个寄养儿童并从一个家庭到另一个家庭是什么滋味。想在班上瞒住这件事，真的太难了。我不想和别人不一样，我只想成为山姆，而不是寄养儿童山姆。但就像她说的，也许我应该做点儿什么来帮助自己，不可以再逃避了。做点儿什么，做点儿什么……莉娅已经从我身后的走廊走远了，她的话却仍在我的脑海中回荡。

6

一场与自己的对话

哈蒙德先生在数学课上每次点到我的名字时，总是面带微笑。当我走进英语教室，史蒂文斯太太总是对我微笑。我去上历史课，耶洛普小姐也总是微笑着说："嗨，山姆！"每一位老师都对我微笑（教科学的马什先生除外，他动不动就生气）。我也对他们报以微笑，然后走到自己的座位上。我很想知道，他们笑，是因为见到我很高兴，还是因为我是寄养儿童而同情我。莉娅说我胡思乱想，老师也对其他学生笑，只是我没看到而已。但这会儿，我注意到威尔金斯小姐在我走进地理教室时朝我微笑。尽管我迟到了，而她已经指着白板上一幅海洋和白色悬崖的图片开始讲课了。

"在海水的冲击下，岩石撞击悬崖，就形成了卵石。"她说，接着她换了一张沙滩卵石的照片，"看到了吗？这张图清楚一点儿。"她展示了一幅图画，图里有悬崖和大海，箭头指向海岸线。但是，我满脑子都是莉娅的话，没法集中精力听她讲课。莉娅真的认为我一直自怨自艾吗？大家都这么认为吗？

"岩石撞在悬崖上分解成小碎片，随着洋流漂浮，最后沉积在海滩上。"

我总是一副可怜巴巴的样子？我可不这么认为，摇滚明星史蒂夫说我嬉皮笑脸，马什先生总是训斥我，他认为我咧着嘴笑是在嘲笑他。

我拿起笔在书上敲了敲。我才没有自怨自艾。我没有。

"海浪拍打沙滩，卵石越变越小，有时甚至变成了沙子，这个过程叫什么？"

我旁边的德里克举起手来。

"是磨损，老师。"

"说得很好，德里克，但是整个过程叫什么？"威尔金斯小姐环视了一下全班。

莉娅觉得我在自怨自艾，也许因为她知道我有多想找个自己的家。也许我不该老是琢磨着这件事，而应该真正地做点儿什么。我喜欢戏剧，我想参演《龙蛇小霸王》，但最重要的是，因为莉娅，我想留在这里。

我打开记事本。是啊，山姆，我心想，做点儿什么吧，别像莉娅的妈妈那样，坐在那里等着被人抛弃。

"山姆，这整个过程叫什么？"威尔金斯小姐就站在我面前。

"嗯……对不起。"

有人在我身后咯咯地笑了起来。威尔金斯小姐向那边瞥了一眼，说："别笑了。"说完，她转过头来，对我微微一笑。

别再那么对我笑了。

"山姆，这个过程叫什么？"她问。

"沿……岸漂移，老师。"

"是的。"她说，"你说对了，山姆。不过，你看上去有点儿恍惚。"

我以前的确恍恍惚惚，但以后不会再这样了，因为我不仅知道这个问题的答案，还知道自己需要做什么。我把笔记本对着窗户，用胳膊挡着不让德里克看到，写了起来：

寻人启事

两个成年人（一个也行），可以照顾和爱一个十一岁的男孩。他承诺也爱他们。

不养狗。

不养猫。

也不养仓鼠。

四月四日（星期六）上午十点，在唐斯公园室外演奏台边面试。

如果人多，请耐心等待。

电子邮件，暂时没有。

"太棒了。"我在食堂里把我的笔记本给莉娅看，她眉开眼笑地说，"你是怎么想到的？"

"你说的话。"

"参加学校演出的事？"

"是的。"我说，"还因为……因为……我不知道。反正因为很多事。"

"很好。"莉娅微笑着又看了一遍笔记本，"不养仓鼠，哈哈，仓鼠怎么了？"

"它们总是扭来扭去，还紧张兮兮的。"我说。

"才不是，仓鼠很可爱。"莉娅用手捂住嘴，不让自己笑出声来。

同学们接二连三地拿着装满食物的盘子走过，而我一直盯着笔记本。我和莉娅一样喜欢我的海报。

"我想我们可以多复印几张。"我说，"从门缝塞进别人家里。"

"是的。"莉娅的眼睛睁得大大的，"也许我们可以粘在灯柱和电线杆上。"

"我可不是走失了的猫！"我大笑起来。

"好吧，也许不用那样，但不能就这样派发出去，你的字太潦草了，我们得找台电脑重做一遍。"

"我知道。"我说，"但要是把纸都用光了，赖利妈妈肯定要大发雷霆了。"

"没关系。"莉娅说，"我们可以放学后在我家做。"

"戏剧社今天有活动。"

"那等你结束了再来。我们可以用我妈妈前男友的打印机，他还没拿走呢。你打算起个什么名字？"

"名字？"

莉娅看看后面，确定没人在听。"是呀。"她低声说，"我们必须起个名字，人们举办什么活动，不都会起名字吗？就像我妈妈的朋友的朋友在西班牙设立了一个拯救驴子的基金会。"

"他们叫什么？"

"'西班牙拯救驴子基金'。"莉娅大笑着说，"但你可以起名叫'领养山姆计划'，简称'领养计划'。他们不都搞什么缩写吗？"

我咬了一口三明治，但还来不及咽下去，午餐结束铃声就响了。因为海报，我太激动了，都顾不上吃饭了。

莉娅啪的一声合上午餐盒的盖子，站了起来。

"'收养山姆·麦卡恩计划'怎么样？"

"有点儿拗口。"

"也是。"我们走出食堂时，莉娅摇了摇头。突然间，我觉得自己的步幅像是变大了，个子好像也变高了。我有个计划：就这一次，我要留下来，而不是逃跑。

"山姆贴近计划？"我大声说。

"不好。"莉娅说，"听起来好像你是便利贴或冰箱贴。"

我们大笑起来，一块儿穿过走廊。

英语课上，我的脑袋里只容得下"计划"这一件事。

我环顾全班，每个人都低着头，不是在写，就是在读下一个问题。我想要一对完美的父母，可能就像别的同学在圣诞节盼着得到新足球鞋或自行车，得不到便会失望至极。事实上，想要真正的父母却被拒绝，比得不到新足球或自行车的失望还要糟糕一百万倍。不单单是感到失望，胃还会很疼，疼痛会蔓延到心脏和身体的其他部位，等痛到无以复加的地步，你就只能假装它并不存在。

我发现史蒂文斯太太正看着我。她笑了笑，指着我的书，并用口型暗示道："山姆，好好写！"

我低下头，试着去写，但满脑子想的都是我要去找完美父母了，这是我从记事起就一直心心念念的事情。他们永远不会成为我的亲生父母，我妈妈永远都是我妈妈，但我要找到爱我、关心我的父母，而我也会在余生里这样对待他们。

7

排演上厕所的场景

"好吧。"戏剧社的鲍威尔先生说,"我们来看看大家的表现怎么样。记住一点,有时候没有说出来的话,才是最重要的。"

我、刘易斯和阿玛拉走上舞台。我们开始排练刘易斯和阿玛拉在学校走廊里争吵的场景,我则拼命想从他们身边挤过去上厕所。但我一直琢磨该在海报上写什么内容,比如,人们该如何联系我;是否应该写明,要是没有宝马 M5,就不必费心联系了。我不想自己听起来像个被宠坏的顽童,所以还是不写这条为好。但一定不可以养沙鼠,我想加上这一点。

阿玛拉在舞台中央突然停了下来。

"你说过给我打电话的。"她嚷道。

"我是想打来着,但我的手机没电了。"刘易斯辩解道。

"是呀,那另外十次呢?"

"我不知道,但是……山姆,"刘易斯看着我,"你当时和我在一起,你和她说说。"

"我会的。"我说，我的视线越过他们，向一个想象中的厕所望去，"但我……我……"

"你什么？"阿玛拉问。

"好吧。"我并拢双膝，不停地扭动着身体，"说实话，我只想上厕所。"我又扭起来，"你们能……能让我过去吗？"

戏剧社的人都笑了。

"不行。"刘易斯说，"我们在说正经事呢。"

"说实话，上厕所对我来说就是正经事。"大伙儿又哈哈大笑起来，我则努力地保持着夸张的表情，尽可能不笑场。

阿玛拉摇了摇头。"男孩子，谁需要他们吗？"她说。

刘易斯把手放在她的肩膀上。"听着，"他说，"我很抱歉，但我……"

鲍威尔先生和其他同学都在听着刘易斯和阿玛拉讲对白，我则看着他们。像往常一样，和他们在一起，我的台词总是很少，但我并不介意，因为我向来最会逗人笑。我喜欢戏剧社，正如戏剧社的所有成员都喜欢戏剧社。刘易斯说，这是因为我们在这里可以光明正大地无所事事，而且不会有人责备。阿玛拉说，这给了她一个炫耀的机会，就像她小时候在妈妈面前演戏一样。我喜欢戏剧社的原因，则是来到这里，能暂时逃避现实。

我又扭动起来。

"对不起，打扰一下，我能不能……可不可以……过去？"

"不行。"刘易斯说，"难道你看不出来我们就要和好了吗？"

"是的。"我说，"我很为你们高兴……但是我……有点儿急。"

"等等！"鲍威尔先生举起一只手，"山姆，"他看着我说，"我想确认一下，你不是真想上厕所吧？"

大家都笑了。

"不，先生。"我微笑着说，"我很好。"

鲍威尔先生咧开嘴笑了。"那你演得非常棒。"他看了看表，"好了，我们这个星期的排演到此结束。"

"但我们还没演完。"阿玛拉说。

"下周接着演。"

"什么？"我说，"那我要憋一个星期了！"

大伙儿顿时哄堂大笑。

我放松下来，不再扭动身体，跳下了舞台。有几个人去拿他们的背包，鲍威尔先生喊道："对了，等一下再走，现在不是每个人都报名参演《龙蛇小霸王》了，还有人不想演，我希望你们都能参与进来。"

大伙儿你看看我，我看看你，好像想找出谁没报名，但我在早间休息时查了一下名单，知道只缺我一个人的名字，戏剧社的其他人都报名了。

我走到排练室的后面，其他人在谈论他们的场景，说着哪里还存在问题，下周要怎么改进。我和戏剧社的同学们说话，只是因为我们大都来自不同的年级，而且只在戏剧社里见面。不过，有时放学后他们会去社员家里排练，但我从来没有这么做过。

我弯腰捡起书包。

"别忘了告诉你们的朋友。"鲍威尔先生说，"这部戏阵容庞大，所以我们需要尽可能多的演员。"

"演得很好，山姆，"刘易斯拍了拍我的背，"你真搞笑。"

"是呀。"阿玛拉说，"刚才我还以为你真想尿尿呢。"

"谢谢。"我微笑着把包甩到肩上，"我觉得你们两个演得也很不错。"

"我们下周在同一组吧，山姆？"刘易斯说，"而且我们还要为《龙蛇小霸王》做准备——蛋奶馅饼，还有奶油枪战！"

"你参演就为了这个？"阿玛拉说。

"当然。"刘易斯咧开嘴笑着说，"对吗，山姆？"

"是的。"我说着匆匆走开了，"我得走了，下次见……"

"山姆！"

我停下脚步，转过身。我早该知道，鲍威尔先生肯定有话说。

"过来一下。"他向我招手。

"我们等你。"刘易斯说，"我、达利斯和另外几个人要到阿玛拉家去，要不要一起？"

"不了。"我说，"我得去别的地方。"

"那就下个星期吧。"阿玛拉说。

"好吧。"我说,"也许吧。"

我走向正在堆叠椅子的鲍威尔先生。

哪怕不急着去莉娅家,我也不会去阿玛拉家,不然的话,下周该去刘易斯家,然后是达利斯家,最后就会轮到他们去我家。我从不邀请朋友回家,如果那样做的话,他们或许会奇怪为什么墙上没有我的照片。我可以告诉他们,那是因为我讨厌拍照,或者在拍那些照片时,我并没有和家人一起在海滩上。就算朋友相信,可只要寄养父母回来,他们也会发现我和寄养父母长得一点儿也不像,不可能是亲生的。然后,我就得表现得好像他们是我的亲生父母。也许这就是我擅长戏剧表演的原因——我必须随时准备演戏。还有可能是因为——除了去大桶埃里克那儿——这是我唯一能逃避的办法。

"没什么事吧,山姆?"鲍威尔先生拖过来一堆椅子。

"很好。"我说,"怎么了?"

"我想你知道的。"他说,"大家都报名参加演出了,只有你没有。"

"我会报名的。"我说,"只是我要先做一件事。"

"很好。"他笑了,"我就等着你这么说呢。你是一个有才华的演员,是班上的宝贝。"

"好吧。"我说,"我明天早上去报名,但现在真得走了。"

"不急。"鲍威尔先生说,"只要你愿意报名就行。"

"我会的。"我边朝门口走去,边伸手拿出手机。

"莉娅,"我在手机里输入信息,"我这就来。☺"

8

我、莉娅和……

"完美父母计划！"莉娅说，"太棒了，山姆！还是不要叫'领养山姆计划'了，听起来怪怪的。你觉得呢？"

"不知道。"我说，"我们坐在这里，这个名字突然就出现在了我的脑海里。"

"真不错。'完美父母计划'，简称'完美计划'。我们就算在学校里说起，也不会有人知道是什么意思。"

我微微一笑，看着莉娅的笔记本电脑屏幕。

"你觉得怎么样？"她说，"你说该不该用粗体字？"

"是的。那样显眼一点儿，不然人们就会像丢掉比萨传单似的，顺手就把海报扔掉了。"

"加一张你的照片，怎么样？不，等等，那样他们肯定会扔掉的！"

"嘿！"我推了推她的胳膊，她在沙发上摇晃起来。

她大笑起来："开个玩笑而已。"

"反正不能放照片，"我说，"免得有人告诉寄养机构。

我想，也不可以用真名，如果摇滚明星史蒂夫和寄养机构发现我没有通过正规渠道，他们会很不高兴的。"

"但是正规的渠道对你没用。"莉娅说，"再说，叫山姆的男孩肯定有很多。"

"你们两个在干什么？"

我和莉娅猛地转过头。她姐姐莫丽站在门口，嘎吱嘎吱地吃着苹果。她比我们大五岁，和莉娅长得很像，只是比我们高，留着一头比较长的金发。

她走进房间，莉娅赶紧点击电脑，要把我的海报藏起来，但是莫丽已经站在我们身后，看到屏幕了。

"'寻人启事，两个成年人……'"莫丽读到这里，便看着我，"很不错，山姆。"

"是的。"我觉得脸在发烧。

"太酷了，不过，我觉得不能养仓鼠这条有点儿过分。"

"看吧。"莉娅说。

莫丽又咬了一口苹果。"不要去戈登路发海报。"她咀嚼着苹果说。

"为什么？"我问。

"我们的老爸就住那儿，你也不想碰到他吧。就算他说过十次会去室外演奏台见你，他也不会去的。"

说完，她们都哈哈大笑起来。

我很想为莉娅的爸爸说几句好话，但她跟我说过，很多次他明明约好去看她的篮球比赛，却都没有出现，所以我知道事实的确如此。

"我去商店买面包。"莫丽嚼着苹果说,"你们两个想吃点儿什么吗?"

"不用了,谢谢。"我和莉娅异口同声地说。

莫丽正要转身,又停下来,微笑着说:"山姆,祝你的项目一切顺利,不用担心把纸用光,妈妈的前男友是个蠢货。"

"谢谢。"我说。

莫丽走了出去。我很希望能在清单上加一条,那就是收养我的家庭最好有个姐姐。要是有幸能有个姐姐,我不介意她像莫丽一样。

"也许我们可以在最上面放一些表情包。"我说着,又转向屏幕,"就是可以说明我的情况的表情包,比如一个笑脸,或是一个男孩骑着自行车,再放上爆米花,好告诉人们我喜欢骑自行车和看电影。"

"是的,我喜欢这个主意。"莉娅眉开眼笑,找了三个表情包,贴在了海报的顶部。

"很好。"我说。

"不可以养猫和狗这两条,你确定吗?"她转向我,"那样你的机会就有限了,很多人都养猫和狗。"

"好吧。"我说,"只要不是西班牙猎犬,养狗也没关系。我在一家养西班牙猎犬的人家住过,衣服都是臭的。"

"好吧,不养西班牙猎犬。"

"杰克罗素㹴也不行……它们爱叫,还爱咬人。不可以养仓鼠和沙鼠，它们有些毛发很长，都遮住了眼睛，根本不知道在想什么。"

"山姆，"莉娅扬起眉毛，"你太挑剔了。你的完美父母说不定就养了一只猫、一只仓鼠和一条杰克罗素狗，但你却永远也没机会见到他们。"

"那他们就不完美了，不是吗？"我说，"这可是'完美父母计划'。"

莉娅点了点头："好吧，我只是说说而已。"

我盯着屏幕。要是因为我太挑剔而错过了完美父母，那就太愚蠢了。

"你说得对。"我说，"仓鼠可以，但沙鼠绝对不行。"

莉娅删除了"仓鼠"二字，又输入了面试地点和日期。

"搞定，可以了。"她边说边敲击着键盘，"等等，我差点儿忘了输入电子邮件，这样人们才能回复我呀。ThePerfectParentProject@gmail.com①，你走了我就申请账户，很棒吧？"

"没错！"我忍不住笑了出来。六个小时之前，这还只是我脑子里的一个想法，现在打印机就要打印出两百份了。在我看来，打印的速度还不够快。我都等不及要去寻找我的完美父母了，恨不得立即抓起打印机上的海报跑到街上去。

"你觉得两百份够吗？"我兴奋地说，"也许我们应该打

---

① 该电邮的用户名意为"完美父母计划"。

四百份，甚至六百份！"

"六百？"莉娅说，"纸好像不够了！也许你可以去你家里打印一些。"

"我试试看。就算赖利妈妈生气，我也豁出去了。"我拿起一张海报，从屏幕上看它就很棒，但此刻拿在手里，看起来更不可思议了，"明天放学我们就去发，地点就定在派克街尽头的那些豪宅。"

"你是说克里夫特住宅区？"莉娅大笑了两声，"因为他们有大花园和漂亮的汽车？"

"他们还有游泳池。"我说，"那儿住的都是有钱人。我可以像著名足球运动员那样，住在大别墅里。"

"或者像布拉德·皮特①这样的电影明星一样，我妈妈是他的粉丝。"

"但是他住在美国。还是像丹尼尔·雷德克里夫②吧……不，流行歌星怎么样？艾德·希兰③！到时候，你可以来过夜，就住在游戏室。我派个司机开着豪华轿车去接你！"

莉娅哈哈大笑起来："山姆，我不想破坏你的梦想，但我觉得艾德·希兰不会收养你。再说了，克里夫特住宅区太远了。"

"我们都有自行车，可以沿着自行车道骑过去。"我说。

---

① 美国电影演员。
② 英国影视演员。
③ 英国流行乐男歌手。

莉娅点了点头："可以是可以，但我明天有一场篮球比赛。我们改在星期六去吧，你来找我。"

"好吧。"我说，然后注意到莉娅严肃地看了我一眼。

"山姆，"她说，"你知道的，寻找完美父母，不是钱的问题。"

"我知道，我只是说说而已。"

"很好。"莉娅看起来松了一口气，"我妈妈说幸福和金钱无关，要一家人在一起，才是幸福。反正雷伊叔叔来这里的时候，她就是这么跟他强调的。"

更多海报从打印机里钻出来，我们都笑了。我说住豪宅，其实是在开玩笑，莉娅说得对，关键是要找到合适的家庭。我也绝对不可能住得那么远，因为到时候我们想见面都见不着了。

"给你，山姆。"莉娅拿起海报，咚的一声整齐地放在桌子上，"两百个机会。两百个山姆·麦卡恩在学校演出的机会。"

"是的。"我浅浅一笑，"两百个找到完美父母的机会。"

"没错。"莉娅朝我笑了笑，"只要一个能成功，我们的目的就达到了。"

9

赖利妈妈 ☹

"山姆，是你吗？"

"是我。"我关上前门，走上楼梯。

"等一下，山姆。"赖利妈妈站在客厅门口，"你先别上楼，你出去了整整一下午，我一直很担心。你去哪儿了？我差点儿就报警了。"

"但是你没有，不是吗？"我猛地停在楼梯上。

"是的，我没有。"赖利妈妈拿着一条毛巾走进过道，"你很幸运。"她一边说，一边用力地擦干双手，好像她承受了很大的压力，"你再迟五分钟回来，我就报警了。山姆，你去哪儿了？"

"戏剧社。"我说。

"一直到六点？"

"我们多排了几场戏。"我说。

"嗯。"她说着，慢慢地摇了摇头。

"是真的，就是这样。"我不喜欢撒谎，但有人盯着我的一举一动，我会发疯的。

"好了，好了。"赖利妈妈叹了口气，"我相信你。"

"不过你不是真心相信我。"我厉声说，"你为什么总想知道我去了什么地方？"

"山姆，"她轻声说，"我只是客客气气地问问而已。你是怎么了？"

我盯着她。在莉娅家做海报的时候，我开心极了，但一到这里，愤怒就像火山里的熔岩一样，在我心里堆积。

"山姆？"赖利妈妈扬起了眉毛。

这下子我更恼火了，在楼梯上迈了一步。

"我去找赖利。"我的声音变得嘶哑起来。

"看，你不高兴了。"她说，"过来坐下，你吃饭了吗？"

"我不饿。"

"山姆，好好说话。"

"不。"我说，"我上楼了。"

我咚咚地走上楼梯。我讨厌她什么都管。她有一大堆问题，但其实并不是真的想关心我。她不明白从来不被人需要、不被人爱是什么滋味。她有赖利，还有赖利爸爸。没有人理解我。

我走到赖利房门前，感觉喉咙哽住了，几乎不能呼吸。《王牌飞行员》的音乐声从房间里飘了出来。我深吸了一口气，又吸了一口气。我试着忍住眼泪，却无法阻止泪水汹涌而出，更糟糕的是，我不知道自己为什么哭。我用袖子擦干眼泪，又深吸了一口气。

我推开门。赖利不再看屏幕，扭过头来。

"嗨，山姆。"他说。

"嗨，赖利。"我把包放在我的床上，"你玩到第几关了？"

"第三关。"他说，"这次我连黄金都捡不起来了。"

"我来帮你，"我坐在下铺上轻快地说，"按 X 键，再按 O 键。"我伸手指着按钮，"看，这样就能跳得更远了。"我对着屏幕点了点头，等着赖利自己去按键，但他一直看着我。

"我想，妈妈把蛋糕烤焦了，所以才会发脾气。"他说。

"是的。"有鼻涕往下流，我忍不住抽了下鼻子，又把鼻涕擦干净。我盯着屏幕，飞机图像都模糊了。在我走进这扇家门之前，一切都很好。我眨了眨眼，伸手去拿控制器。"好吧。"我说，"我来帮你升到第四关。"

"太好了！"赖利朝我咧嘴一笑。

我拿起控制器，按下三角键，飞机随即飞向天空。"你得按住 O 键。"我说，"看，按住了。等引擎关闭了再按方键，让飞机俯冲。"

赖利点点头。

飞机在云层中俯冲，朝着存放金块的机场飞去。"现在按前面的按钮，把勺子放下来。"

"太棒了！"赖利握紧了拳头，看着飞机将金块铲起，驶向安全地带，"再来一次，山姆。"

"不行。"我说，"轮到你了。"

赖利拿起控制器，按下三角键，飞机再次升空。

我闭上眼睛，把头靠在墙上，飞机引擎隆隆作响。我深吸了一口气，又吸了一口气。我感觉身上的力量被抽走，淌到了地板上。

引擎的隆隆声更大了。

"按住 O 键，赖利，你得让引擎熄火。按 O 键。"

砰！

"山姆……飞机又坠毁了。"

我又吸了口气，这时，赖利妈妈家庭办公室的电话响了。是赖利爸爸，他每晚都打电话来，他是英国皇家空军的飞行员。他在家的时候不怎么谈这件事，通常，他每三周回来一次，但有时会更久。我听到赖利妈妈穿过走廊走进她的家庭办公室，说："你好，亲爱的。是的，我们很好。像往常一样忙碌……是吗？也许我该早点儿睡。"

她走到楼梯平台上，说话声越来越大。我以为她会来敲门，问赖利想不想和爸爸说两句，尽管他很少这么做。但这次他妈妈没有敲门。我只听到她说："不，我没事。我肯定你也很累了。我只希望你能回来过复活节。"然后她走下楼梯，声音渐渐消失了。如果我是赖利，我每晚都会和爸爸聊天，我会给他讲讲我在学校做的每一件事，再计划一下我们周末可以一起做什么。也许赖利是觉得跟爸爸说话，只会让他更想念父亲；也可能是因为他很肯定，他会一直在家里等爸爸回来。

10

个人教育计划会议
（我们一起批评山姆）

来开会的有这么几个人：

教牧关怀员索雷尔太太。

赖利妈妈（赖利爸爸放假期间也会来）。

摇滚明星史蒂夫（穿着他的蛇皮鞋）。

还有，我。

在医务室旁边的房间里，我们坐成一圈。

"从放学后到回家前这段时间，你去哪儿了，山姆？"索雷尔太太问。

"哪儿也没去。"

"你肯定是去什么地方了，山姆。"索雷尔太太追问道。

"但我没有，只是四处走走。"

"山姆，我知道你认为这不是什么严重的事，但你不能放学后一直在街上游荡。"赖利妈妈说，"我们都是在尽力帮助你，仅此而已。"

"我没有游荡。"我说,"我去了戏剧社。"

"好吧。"索雷尔太太说,"昨晚你在戏剧社,但戏剧社活动结束一小时后你才到家,还有其他几个晚上的行踪,你也没说清楚。"

我想告诉他们真相,但如果这里的人知道我待在一个大回收桶里,准会气疯。"我不知道。"我说。

"但你肯定知道。"赖利妈妈说。

"那好吧。"我厉声说,"我去了莉娅家。"这是事实……虽然只是部分事实。

"好了,好了。"摇滚明星史蒂夫举起一只手。这里的其他人看起来都那么正常,把他那个鸡冠头发型衬托得十分古怪。"我们每个人都退一步好了。"他转向我说,"山姆,我们不必老是纠结你去了哪里,不如你说说,为什么这么做?"

我耸耸肩,看着地板。这就是个人教育计划会议。三年来,摇滚明星史蒂夫一直和我一起去见别人。随着我从一家到另一家,其他人不停地更换,但会议的主题都是一样的:山姆的个人教育计划。与会者讨论我在做什么,以及他们能做什么,从而让每个人都更好。但大多数时候,我感觉是赖利妈妈在告我的状。她的说辞向来都不会让人觉得她是在告密,比如,"山姆,我们是一家人,我们想照顾你",或者,"山姆,如果我们一起努力,事情会好得多",还有……

"山姆,你愿意单独和史蒂夫谈谈吗?"瞧,她又来了:让她自己显得那么体贴,好像都是我的错。

我又耸了耸肩，以为会有人说点儿什么，但他们只是看看彼此，点了点头。

"也许我们在外面等是个好主意。"索雷尔太太说。我抬起头，看着她和赖利妈妈离开。摇滚明星史蒂夫等门关上，向我探过身来。

"怎么了，伙计？"他平静地问，"有什么想说的吗？"

"什么都没有，我就是回家晚了点儿，这个星期我没缺过一节课。"

"不，应该说你并没有缺太多课，但正如你说的，你的确回家晚了点儿，昨晚你六点多才到家。不仅仅是昨晚，对吧？每晚都是如此，有时你还逃课。是不是有什么事让你心烦了？家里一切都好吗？如果你把一切都憋在心里，没人能帮得上忙。"

"我不知道。"我喃喃地说，"我想赖利的父母都很好，我也很喜欢赖利，只是……"

我看着地板，盯着地毯上摇滚明星史蒂夫的尖头蛇皮鞋。

"只是什么，山姆？"他又往前倾了倾，双肘支在膝盖上。我注意到他的粉红色袖口从他那花哨的格子夹克里露出来。有的寄养儿童说，他这样做是为了看起来很酷，比穿西装的人显得更容易沟通。他有很多件不同的夹克，有格子的，有纯色的，但每一件的颜色都很鲜艳，比如橙色、绿松石色，甚至黄色。安吉说他看起来像只金丝雀，但我觉得更像摇滚明星，应该拿着吉他去舞台上表演，所以我才叫他摇滚明星史蒂夫，但不会当着他的面叫。

"山姆，"他用胳膊肘碰了碰我，"来吧，伙计，你可以告诉我。"

"好吧。"我叹了口气，"你又要我去另一家吗？"

"什么？"

我抬起头："你又要我搬去另一家吗？"

"不是的。"史蒂夫摇了摇他那摇滚明星似的脑袋，让那头摇滚明星的金色头发晃动着，"不，不是的，山姆，你怎么会有这种想法？"

"因为你们向来都是这么做的。我在这儿住了四个月了，你一定很快就会要我搬走。"

"就是为了这事儿吗？你怕又要去另一个人的家？"

"通常这个时候就差不多了。"我们以前也有过类似的对话，比如在珍和拉尔夫家的外面，我和摇滚明星史蒂夫坐在他的车里，也是这么说的。

"为什么没人要我？"我当时这么问他，"收养机构的人来了又走，为什么我没有被选中？我做错了什么？"

"没有，山姆，"他说，"你什么都没做错。"

"但一定是有原因的。我身上有臭味？我的头发是不是很油腻？"

"不是的。"摇滚明星史蒂夫哈哈大笑，"不是这些原因。你要乐观点儿，山姆。想想你身上好的方面。"

"比如呢？"

"比如你聪明伶俐，还总是嬉皮笑脸。"

"是吗？"

"对，没错！"他弄乱了我的头发。

我低头看着车内搁脚的空间。

摇滚明星史蒂夫盯着前方，过了一会儿，他伸手发动了引擎。我回头看了看珍和拉尔夫的房子。摇滚明星史蒂夫说，我虽然搬来搬去，但这是暂时的，但我再也没有见过珍和拉尔夫。

"山姆……山姆……"摇滚明星史蒂夫轻拍了一下我的手臂，"告诉我，你在想什么。"

我抬头，想告诉他——我受够了去不同人的家，受够了别人一再拒绝领养我。但现在这些都不重要了，因为我有了"完美父母计划"。我要自己去找完美的家人，不需要寄养机构插手。

"山姆，"摇滚明星史蒂夫笑了，"你知道汤姆和莎拉很喜欢你吧。"

"我倒是没感觉到。"我叹息道。

"也许你没有，那赖利呢？你一定知道赖利很喜欢你。他们告诉我，赖利张口闭口说的都是你。好吧，除了电脑游戏，就是你了。"

"是的。"我笑了，想象着赖利的飞机坠毁的情景，"我真的很喜欢赖利，但是他妈妈为什么老是对我唠叨个不停？我到哪里去了？我和谁在一起？我写日记了吗？"

"因为她关心你。"摇滚明星史蒂夫说,"你越是觉得自己要离开,就越会让莎拉和汤姆不好过,他们只想照顾你。你明白吗,山姆?"

"大概吧。"我喃喃地说。

"加油,我们能做得更好。"

"好吧。"我抬起头说,"我明白了。"

"好小子。"摇滚明星史蒂夫揉了揉我的头发,接着说,"所以,不要担心你会离开,现在不会发生这种事,短期内也不会。好吗?"

有人敲门。这就像摇滚明星史蒂夫按下了一个隐形的蜂鸣器,让人们知道我们谈完了。

索雷尔太太从门口向屋里张望:"一切都好吗?"

"是的,"摇滚明星史蒂夫说,"我们谈过了,是吗,山姆?"

我点点头。索雷尔太太走了进来,在她身后,赖利妈妈站在门口朝我微笑。

"一切都好吗?"她问道。

"是的。"但其实并不好,即使摇滚明星史蒂夫说我不必离开,我也知道,他开着红色汽车来接我走,只是时间问题。但没关系,"完美父母计划"明天就开始了,我会和莉娅一起去发海报,到了下周末,我会在室外演奏台面试。我一定会遇到完美的或单亲的父母,这样等到摇滚明星史蒂夫来接我时,我已经和他们住在一起了。

11

我讨厌说谎

我躺在下铺，又列了一张清单。这张清单名为：我想和完美父母一起做的事。第一当然是去迪士尼乐园，第二是在温布利球场最好的座位上看英格兰队对阵巴西队的比赛。但我很难集中注意力，因为赖利妈妈今晚很暴躁。她烤了一天的蛋糕，去打印发票时却发现打印纸都不见了。我当时正在和赖利玩《王牌飞行员》，但我能听到她在家庭办公室里翻抽屉，嘴里嘟囔着："不可能都用完了啊……肯定还有一包。"然后，她走进赖利的房间，问，"你们是不是用我的纸折纸飞机了？"

"没有，"赖利摇了摇头，"我没有。"

"你确定？你知道的，不可以说谎，一次都不行。"

"当然。"赖利点了点头。

我按着控制器上的按钮，盯着电视，很清楚赖利妈妈在看我。有东西不见了，比如食物或钱，寄养父母总是责怪寄养儿童。我喜欢布拉德和安吉，但我知道他们认为是我把圣诞树上的巧克力都吃光了，尽管事实并非如此。一定是他们那条臭烘烘的西班牙猎犬鲁弗斯干的。他们看我的眼神和赖利妈妈此时的一模一样。

"不是我。"她还没开口，我就抢先一步说了。

"山姆，我可没这么说。"

"但真的不是我。"我说，"我可能用了几张做作业，但仅此而已。"

我能感觉到赖利在看我，我的脸开始发烫，我讨厌说谎。她在外面和隔壁的霍奇森太太聊了很久，趁这个工夫，我又用她的纸印了两百张海报。赖利妈妈不知道的是，黑墨盒也快用完了。

我真的很想告诉她是我干的，但我无法解释自己印了两百张完美父母计划海报的行为。莉娅刚刚发短信约我明天见面，还告诉我在她家打印的海报已经整齐地装进了一个"拯救雨林"环保袋里。我打印的海报装在我的背包里，就放在床尾。赖利妈妈说话的时候，海报就在她脚边。最后她说，也许是她搞错了，剩下的纸没有她以为的那么多。

她走出了房间。

房子里安静了下来。

赖利开始大声朗读《查理变成一只鸡》这本书，我则开始列清单。周五晚上，我们一般可以玩《王牌飞行员》到八点，但我想写"我想和完美父母一起做的事"清单（我不介意单亲，不过双亲或许更好，毕竟其中一个可能惹我生气）。

我不再想着赖利妈妈，专心地列起清单来。

1. 去迪士尼乐园；
2. 在温布利球场看英国队踢球；
3. 开宝马 M5 汽车去苏格兰（不一定非去苏格兰不可，但一定要开宝马 M5 自驾行）；
4. 开宝马 M5 去麦当劳汽车餐厅；
5. 坐宝马 M5 去上学；
6. ……

楼梯上传来脚步声，我停下笔，听到赖利妈妈在轻声说话。她的声音几乎微不可闻，好像是在说"是的，我知道……我会的……我试试看"。我屏住呼吸，觉得她可能在说我。她走进家庭办公室，声音就变小了。有那么一会儿，我以为她会告诉赖利爸爸纸不见了的事，但接着她说："是的，你留在家里了，要我给你寄去吗？"

我松了一口气。

赖利妈妈说："好的，想你。期待你回家。"听她这么说，我为她感到难过。深深爱着一个人，却只能分隔两地，时刻想念着对方，这一定很煎熬。赖利半天没说话了，不知道是睡着了，还是也在听。

上铺撞了下墙。

啊，他要开口了。

"嗨，山姆！"

赖利的头倒悬在他的床边。

"嗨，赖利。"

"你在干什么？"

"没什么。"说着，我把清单贴在胸前。

"周末你去看《玩具总动员 4》吗？"

我笑了。他妈妈觉得他一定很想念出门在外的父亲，便计划了一个特别节目。

"我们可以买糖吃。"他又说，"我们坐在大座位上，一起喝我的可乐。妈妈还要给我买双新鞋，她可能也会给你买，所以你一定得去。"

"谢谢，赖利。"我说。

"那你会来吗？"

"我不能去。"我说，"我有事做。"

"那我能和你一起去吗？"

我向上伸出手，用手指扒拉着床板的板条："不行，不过我不会去太久的。"

"好吧。"他说，"回来后玩《王牌飞行员》？"

我不知道回来后要做什么，我的思绪都在骑着自行车去发"完美父母计划"海报上……啊，自行车！我忘记把自行车从车棚里拿出来了。我现在可以下去取，但赖利妈妈听到动静，准要问我一大堆问题，打听我在做什么。看来只能明早偷偷地把车推出去了。

赖利又往下探了探头："等我回来，我们一起玩《王牌飞行员》？"

"没问题。"我微笑着说。

"你笑什么？"

"你呀。"我说，"你看起来像只水母。"

"水母长什么样？"

"就这样。"我在写字簿背面画了一只大眼睛的水母给赖利看。

"真酷。"他说，然后一个翻身，回到了床上。

我摇了摇头。有时候我真希望自己是赖利，那样一来，唯一要担心的就是去不去看新上映的电影《玩具总动员4》。但我不想再回到六岁了，不想和妈妈一起被困在公寓里，不想听她又喊又哭，我现在甚至都不愿意想起那时的事。

我又看了看我的清单。这张清单上列出的是我想和完美父母一起去的地方，但这并不意味着我不会写：

6. 买《王牌飞行员》游戏，让赖利过来和我一起玩。

我放下笔。我讨厌对赖利撒谎，希望可以告诉他真相。对于明天，我满心期待，真恨不得和他分享这个消息。我想马上跳下床，在房间里大声喊出来："嘿，赖利，我明天早上和莉娅碰面，我们要去发海报，寻找我的完美家庭！要不要一起去？"

我希望他能答应，有他帮忙，我们可以发得更快。发完海报，他肯定也乐意去唐斯公园，和我们一起玩飞盘或踢足球。我知道他宁愿和我出去，也不愿为了买鞋而在城里到处逛。

我翻了个身，闭上眼睛，却还是翻来覆去地想着明天，琢磨着会发生什么、会遇到谁。我们要发四百张海报。我需要的只是一个回复。我翻过身来，仰面盯着上面的板条。只要一个回复，我就可以有自己的父母了。我想告诉全世界，告诉赖利，但我觉得他会不开心，毕竟这等于是在说"嘿，赖利，我不想和你住在一起"。

第二部分

完美父母计划开始

12

完美父母计划第一阶段

"啊,不。哈哈哈,山姆!"我推着自行车来到莉娅家那条街的拐角处时,她用手捂着嘴,努力地不让自己笑出来。

"怎么了?"我问。

"有点儿小。"

"我知道。"我低头看了看自己的自行车,"我想我一定是长大了一点儿。"

"一点儿?"莉娅咯咯地笑了出来,"你确定你没有错骑了赖利的自行车?"

"没事的。"我说着,但心里有点儿难过,"只要把车座抬高一点儿就行了。在赖利家调不了,我可不想让他妈妈阻止我出门。"我伸手拉了拉车座下的控制杆。

"好了。"我说,"好点儿了吧?"

"也许我们可以交换着骑。"莉娅说,"我妈妈的自行车太大,不适合我。"

"但那车是黄色的!"

"别担心。"她把手提袋从车把手上拿下来，放在我的自行车车把上，"重要的是，我们能到达目的地。"

"是的。"我鼓起了腮帮子，"你说得对。"

我们交换了自行车，我又深吸了一口气，就是现在，今天我要去发海报。我既紧张又兴奋，整晚都没睡。今天早上起床的时候，我感觉胃里像是有很多蜜蜂，我的手抖得厉害，差点儿不能把钥匙插进车篷的挂锁里。赖利妈妈看到我，问我骑车去哪里。我告诉她去莉娅家，要骑着车越过莉娅家花园里的斜坡。我不确定她相不相信我，但在她回答之前，我已经出门了。

"你还好吗？"莉娅看着我。

"是的。"我说，试图让自己的声音听起来勇敢一些，"我想是的。"

"紧张是正常的。如果是我在寻找完美父母，我也紧张。"

"我控制不住自己。"我说，"看我的手，抖得像是要过圣诞节了。"

"那就只有一个办法了。"莉娅说。

"什么办法？"

"快点儿做完！来吧！"

她跳上我的自行车，沿路而去。

"坦尼娅·比林斯，你还记得她吗？"

"不记得了。"

"你肯定记得。她在师生大会上把自己弄得浑身湿透，肖尔太太从失物中拿了几件衣服给她，这样她就不用回家换了。"

"不记得了。"我大笑起来，"想必那时我已经离开了。"

莉娅向后一靠，整个人沐浴在阳光下。她的屁股被车座硌得生疼，我们只好在一座桥边停下休息。她一直在努力地回忆我们小学一起上学时的情形。我帮不上什么忙，我去过那么多学校，把老师和学生都搞混了。

"我想不出你还能记得什么人。"莉娅说着坐了下来，"可我还记得你走后的那天。"

"是吗？"

"是的，太可怕了。奈特小姐在班里点名，我就坐在那儿等你。我还以为你只是迟到了，但你一直没出现。我一整天都看着旁边的你的那张空椅子。"

"你想我吗？"我问，"你想我是不是？"

"一点点。"

我微微一笑。

"但只想了一天。"莉娅得意地笑了起来，"奈特小姐让索菲亚·朗坐到我旁边了，她的数学比你强多了。"

"所有人的数学都比我好！"

我们都大笑起来，然后莉娅轻声说："山姆，你甚至都没告诉我——你要走了。"

"那是因为连我自己也不知道，摇滚明星史蒂夫直接从学校把我接走的。我甚至没有回我住的房子里去收拾东西，至少我印象中是没有。我其实也不太记得了。"

"嗯。"莉娅说,"只要你不再走就行了。尤其是你以后会和完美父母住在豪华的新房子里,在游泳池里潜水,在花园里开四轮摩托车,而我却只能和妈妈待在家里。"

"我不会的。"我转过身来看着她,"我保证。"

"不,不要轻易许下诺言。我爸爸也保证过,但他再也没回来过。"

我以为她会把她妈妈说过的怪话再讲一遍,但她只是把手伸到身侧,拔着地上的草。

自从她爸爸走后,我很少和莉娅谈起他。除了那天我发现她在女厕所外面哭,她似乎从来都不想谈。也可能只是因为我从来没问过她。

"你想谈谈他吗?"我问。

莉娅耸耸肩:"不,其实没什么可说的。他们吵架了,他就走了。我很想念他。"

"但你还能见到他。"

"是的。"莉娅抬起头来,"如果你把去星期五餐厅和电影院叫见面的话。他从不带我去他的公寓,就好像他有事隐瞒一样。我跟妈妈说他可能有新女友了,但她觉得爸爸只是不想我看到他家里一团乱,那样他会很尴尬。或许事实就是这样。"

"你希望他交新女朋友吗?"

"我希望他们永远不要分手,这样我就不用担心他或妈妈孤独了。"

"可是你呢？"

"我很好。"但我不确定她到底好不好。

"你可以和我说的。"我说，"你帮了我很多。"

莉娅露出了微笑。我等她说起她父亲，但她只是站起来，说："我的屁股现在不疼了。"然后，她扶起了自行车。

我也抓住自行车，我们肩并肩地沿着自行车道走了起来。

我瞥了她一眼。

"怎么了？"她问。

"没什么。"

"那你为什么用奇怪的眼神看着我？"

"我没有。"我说，"但是……"

"但是什么？"

"没什么。"

我没告诉她，我认为她是我最好的朋友。

13
398个机会

"我买新运动鞋了！"赖利把脚伸下床铺，"我长大了，穿不了会发光的鞋了，不过我可以穿有鞋带的鞋！"

"酷。"我说。

"谢谢。"赖利笑着说，"妈妈说我可以穿着新鞋上床，因为我还没有穿着去过外面。《玩具总动员4》也很棒，主角是一个女孩和她的朋友福奇，你应该一块儿去的。我给你留了些软糖豆。"赖利递给我一个粉色条纹小袋。

我向袋里看了看。

"有点儿粘在一起了，看。"他伸出双手，咧嘴一笑，"我手指上还留着一点糖呢。"

"恶心。"我躲开，假装要吐。

赖利跪在床上，咯咯地笑着，好像要来追我。

"糖豆怪来了！"我喊，"糖豆怪来了！我投降，给我一颗，给我一颗！"

赖利仍然跪坐在床上，咯咯直笑，他把手伸进袋子里。

"给你黑色的……绿色也给你，我不喜欢这两种颜色。"他说。

我伸出手掌，赖利把黏糊糊的软糖豆放到我手上，又把几颗塞进自己的嘴里。"别告诉妈妈。"他说，"不然她又要让我去刷牙了。"

"不会的。"我说。

"你到哪儿去了？"他满嘴口水和糖果，含混不清地问。

"去温习了。"

"和你的朋友莉娅一起去的？"

"是的。"我在床上坐下。

"她是你的女朋友吗？"

"不是，赖利。她不是我的女朋友。"

"但我听到妈妈是这么告诉爸爸的。她说你还是很晚回家，但她感觉好多了，因为你交了个这么好的朋友。"

"我从没听她说过这话。"

"看完《玩具总动员4》，她给爸爸打了电话。"

"睡吧，你们两个！"赖利妈妈从门外喊道。我听到她在浴室拉下了灯绳。赖利滚回他的床垫上，床铺随即嘎吱作响。

我翻了个身，侧躺着。我太累了，双脚隐隐作痛。在三个小时内发出四百张海报可是一项艰巨的工作，尤其是克里夫特住宅区的房子都很大，感觉好像每户人家之间都隔了好几公里远。其中一些人家有很长的砾石路，房子前面停着豪华轿车，奥迪、宝马、奔驰，应有尽有，有两栋房子前面还停着保时捷。还有些房子非常大，甚至建有带对讲机的巨大铁门，我们找不到信箱，就没投海报，反正我也不愿意投，不然，要是选错了父母，恐怕得找架梯子才能爬出前院花园！在其中一所房子里，一个人走了出来，指着他信箱旁边的一个"禁止垃圾邮件"的牌子。"看不懂吗？"他问。我告诉他我看得懂，但我的海报不是垃圾邮件。他让我别靠近他的房子，我觉得他脾气太坏了，无论如何都不可能成为我的完美父母。

　　回来的路上，我和莉娅在一个叫作蒙特维尔的地方停了下来，把剩下的海报发了出去。莉娅觉得那个地方不错，离学校比较近。这些房子没有克里夫特住宅区那么大，但都漆着不同的颜色，像红色、浅蓝色、绿色，甚至橙色，旁边还有一个很大的公园，可以踢足球或扔飞盘。如果我能住在那里，每天早上都好像走进彩虹里一样。我们碰见了几个住在那儿的人，但很多人都太老了，不能收养我，似乎只是想和我们谈谈他们的花园和孙子、孙女。但我们还是给他们发了海报，因为如果不给，会显得很无礼。有几栋房子是莉娅没投的，她很确定她看到我们的烹饪老师威利小姐的黄色大众甲壳虫汽车停在路边。真庆幸她看到了，不管一个人多好，有个当老师的妈妈就意味着无处可逃！我们遇到的大多数人都接过海报，对我们笑笑，可看都没看。一些人把海报对折起来，说以后再看。莉娅说他们很忙，但我两次转身，都看到他们把海报直接扔进了垃圾箱。但我还有 398 个机会。莉娅觉得我应该在面试时打扮得整洁时髦一点儿，这样才有机会。她说第一印象很重要，所以我们明天要去城里买新衣服，即使我一分钱都没有。

双层床摇晃起来，赖利在我上方翻了个身。我希望他不会因为吃了太多软糖豆而生病。

"晚安，山姆。"他对着床和墙之间的裂缝低声说。

"晚安，赖利。"我微笑着说。398 个机会，我心想。现在我要做的就是等待回音。

14

不是做慈善

"山姆，快点。"

"我正在系腰带。"

"可你已经鼓捣半天了。"

"我知道。"我从更衣室帘子后面探出头来，"莉娅，我觉得这主意不怎么样。你说买新衣服，可我没想到你是指去慈善商店买。"

"这里是我们唯一的选择，你说过你没钱。"她说。

"我是没钱。"我确定慈善商店的店员听不到，便低声说，"但这里的衣服都是死人的！"

莉娅用手捂着嘴。"试试吧。"她咯咯地笑着说，"裤子太长的话，我可以让我妈妈改短点儿。"

"太长？"我说，"这些裤子不是长得堆在了地上，就是短得只到我的膝盖！还有袖口……"

莉娅突然大笑起来："让我看看，山姆。"

"好吧。"我说，"不过你得答应我不再笑了。"

"好吧。"她努力地板起脸说,"不笑了。"

我低头看了一眼垂在运动鞋上的裤子。我看起来很傻,但至少逛街让我暂时忘记从发完海报到现在已经过了快二十四个小时,我们却连一个回复都没有收到。莉娅觉得我太紧张了,毕竟很多人不会在周日回复,等他们上班了,就会答复的。我只希望她是对的。

我走了出去,店员问我:"合适吗?"然后看着我说,"天哪,你看上去太帅了,和我的孙子一样帅。"

"真的吗?"我看着莉娅说,"我像不像企鹅?"

"不。"莉娅微笑着说,"你看起来很可爱。"

"你就是这么说猫鼬的。"

"猫鼬也很可爱。"店员说。

"这么说你们觉得我看上去还不错?"

"是的。"她们异口同声道。

然后店员说:"这衣服是一位女士送来的,她儿子一年里长高了将近三十厘米。"

"这么说,不是死人的衣服?"

"当然不是!"店员的嘴张成了O形,她迅速地摇了摇头,"不,不是死人的。我们大多数的衣服都是人们长大后穿不了的。"

我笑了笑,并不确定自己是否应该相信她。

"多少钱?"莉娅问。

店员回头看了看店里:"拉杆外面的服装都只要二十英镑。"

莉娅打开她的包："我只有十英镑……啊，还有两根水果蜡笔。"

"恐怕店里不接受蜡笔。"店员微笑着说。

"但他真的需要这条裤子。"莉娅说。

"我也没办法。"店员看着我，"这里虽然是慈善商店，但也要赚钱。"

一分钟前，我还很讨厌这套西装，但现在我的心沉了下来。如果莉娅和这位老太太都喜欢，那穿着去见我未来的父母，也许正合适。

"还是放回去吧。"莉娅轻声说。

"好吧。"我叹着气说。当我转身的时候，我心想，也许可以向赖利妈妈要十英镑，但她肯定想知道我要钱干什么。我甚至都没有可以变卖的东西。赖利房间里的东西都是赖利的，要是没有手机，我连日子都没法过了。

莉娅在我身后拉过窗帘，布帘沙沙作响。我脱下上衣，并把它挂在钩子上。当我费力地解开皮带时，忽然瞥见了镜子里的自己。我心里想，这主意太蠢了。我还太小，穿不了西装。我这个年纪的孩子，只有在需要打扮得帅气，或是在参加葬礼或婚礼的时候才穿西装。完美父母若真的喜欢我，就不会在乎我穿什么，我这么告诉自己，但当我在镜子里看到自己的旧帽衫和牛仔裤时，我就知道穿成这样，是不可能找到他们的。

我走了出去，见莉娅正站在柜台旁和店员说话。

"他出来了。"店员说，"怎么拉长着脸？"

我耸耸肩，把衣服递给她。

她瞥了莉娅一眼，然后朝我笑了笑。

"我们决定，这衣服属于你了。"她说。

"真的吗？"我抬头看了看店员，又难以置信地看着莉娅，"可我们的钱不够。"

"没关系。"店员说，"我们已经解决了。"她朝莉娅笑了笑，好像她们已经商定了一个秘密计划。

莉娅也对她微微一笑。我也想笑，想要快乐，但是每次人们在背后议论我时，都只与一件事有关。他们说我是寄养儿童，所以那个店员才用好像是同情的眼神看着我，所以莉娅一会儿看看店里的东西，一会儿看看窗外，就是不和我有眼神的接触。我讨厌人们出于同情而为我做事，就像小学食堂的女服务员，见我吃的是免费餐，就会多给一些薯片。

"给你，亲爱的。"店员边说着，边把装在塑料袋里的西装递给我，"你们两个一定要回来，告诉我进展如何。"

"谢……谢。"我小心地说，"不过你怎么……"

"我们会的！"莉娅抓住我的胳膊，"我们走吧。"她催着我向门口走去，把我拉到了街上。

"等等。"我停住脚步说，"你对她说了什么？"

"什么都没有。"莉娅露出了一个灿烂的笑容。

有两个人从我们之间走过。

"你肯定说了！"我局促不安地说，"莉娅，你可别说你告诉了她有关我是寄养儿童这事。求你了，你知道我讨厌别人知道。"

"山姆。"莉娅把手放在我肩上，"冷静一下，我没告诉她，提都没提这件事。"

"那你是怎么说的？"

"没什么。"

"肯定有什么。"

莉娅内疚地看了我一眼。"好吧。"她叹了口气，"我就是告诉她，我们要去约会，而且是第一次约会。"

"什么?！"

莉娅笑了："这有关系吗？反正西装到手了。"

我看了看袋子，想把它还回店里，但里面装着一套西装——我的西装。我要自豪地穿上，去见完美父母。

我慢慢地摇了摇头。

"瞧，你知道我是对的。来吧。"莉娅走了起来，"如果你想让赖利妈妈高兴，最好现在就回家。"

"好吧。"我说着走到她身边，"但有一件事。"

"什么？"

"我们不是真去第一次约会吧？"

"天哪，当然不是。"莉娅说。

"不然，那会是一场悲剧。"我说。

"是的。"莉娅微笑着说，"悲剧。"

15

等待电邮

"有回复了吗？"

"山姆，这是你第五次问我了。"

"第四次。"

"好吧，第四次，再加上昨天的一百次。"

"都是你的错。我想在赖利家查，但你没给我邮箱密码。我试了 Leah1、Leah2 和 Leah3，还试了 Perfect Parent Project 和 Adopt Me……"

"是 Koala。"我们沿着学校的栏杆走着，莉娅告诉我。

"考拉？这和我寻找完美父母有什么关系？"

"没关系。"她说，"考拉是我最喜欢的动物。"

"好吧。"我说，"考拉，不过还能再看看吗？"

"好吧。"莉娅在人行道中间停了下来，"我也想看，不过我想还是等你一起看。"

我把她带到路边，避开向我们走来的九年级学生。在路上，埃文斯先生叫嚷着说，谁再不快点进校门，就会被罚课后留校。

"快点。"我对莉娅说，"不然要迟到了。"

莉娅扬起眉毛，似乎在说"好像你以前很怕留校一样"，然后按下了手机上的按键。

"开始吧！"她兴奋地说，"有四封电邮！"

"四封！"我激动得声音都哑了，"给我看看！"

莉娅把她的手机给我看。我的眼睛在屏幕上扫来扫去，但我太兴奋了，无法理解其中的信息。

"是谁发来的？"我问。

"等等。"莉娅说。

"怎么了？"

"其中两封邮件是谷歌发来的，欢迎我们使用他们的邮箱，第三封邮件是团购网站发的，第四封来自一个叫黑尔的人。"

"里面说了什么？"我急切地问。

莉娅打开了邮件。

"上面说她叫黑尔，来自塞拉利昂，她说你中了一百万英镑，要你提供银行账户信息。"

"是吗？"我说着，凑近看了看，"一张我从未去过的城市的用餐优惠券，还有个人想往我并没有的银行账户里打一百万英镑？"

"对不起。不过等一等，"她轻快地说，"垃圾文件夹里有东西。"

"我还以为你刚才看的就是垃圾文件夹！"我说。

莉娅笑着说："应该是。不过别担心，我们周六才发了海报。有些人可能根本不在家，要不就是把海报放在桌上，想着这周才看。"

"是的，当然，就是这样。"我说，"还有可能他们只是懒得发电子邮件，但会有一百个人来面试，到时候我得忙上一整天。"

"你们两个！赶快进校！"

我和莉娅吓了一跳。埃文斯先生向我们走来。

"把手机收起来。"他说，"不然就没收。"

"我们午饭时再看看。"莉娅小声说。

"你们能不能稍微着急一点？"埃文斯先生吼道。

"午餐时见。"莉娅说。

我点头："午餐时见。"

我们把包挂在肩上，跑了起来。

我整个早上都在想着电邮的事儿。

午餐时间见面时，我就是这么告诉莉娅的。我们又看了邮箱，一封邮件也没有。垃圾文件夹里倒是有一封邮件，说什么加入瘦身乡减肥俱乐部，一周可以减掉两公斤。莉娅认为，要是有人太快回复，就说明他们或许不是出于真心，比如当人们在圣诞节买了一只小狗，发现它随地撒尿，咬坏鞋子，于是一月就把狗送去了失宠之家。

"但我不会随地撒尿，也不会咬坏鞋子。"我说。

"我知道，"她大笑着说，"但你知道我的意思。"

"我想是的。"我说，"但是，要等五天才能见到完美父母，真是太难熬了。"

班上的露西和索菲亚把她们的餐盘放在了我们的座位旁边，我们只好住口。我们把餐盘移到了桌子的末端，给她们腾出地方，但其实是为了可以继续我们的话题。

"你需要利用这段时间做准备。"莉娅低声说。

"你说话的腔调很像摇滚明星史蒂夫。"我说。

"我知道，但你应该这么做。你为什么不多想想你想从完美父母那里得到什么，你想问他们什么问题？我的意思是，他们不是只给你当几周的父母，在你的余生里，他们都是你的父母。"

我咬了一口三明治，心想可以在今天下午的宗教教育课上做这些。

我望向桌子对面，发现刘易斯和阿玛拉坐在窗边。刘易斯向我挥手，阿玛拉则笑了笑。我也朝他们挥了挥手。

莉娅回头看了看，然后又看着我："你有没有报名参演《龙蛇小霸王》？"

"没有。"我说。

"我还以为你已经告诉鲍威尔先生，说你会参加。"

"我会的，但我想先看看周六的情况。我不想报了名再去取消。"

"山姆。"莉娅从桌子对面探过身来，"你快点去报名吧。快到期末了，鲍威尔先生可能会在假期里考虑演员阵容。他会以为你不感兴趣，而把最好的角色分配给别人。"

我点头。

"答应我，你会报名！"莉娅急切地说，"你得给自己一个目标。"

"好吧，我会的。"

莉娅抿了一口饮料。她是对的，我以前遇到过同样的情况。有一次，我在表演耶稣诞生剧的前一天不得不离开。我以为自己会扮演约瑟夫或三圣人中的一个，但回去的时候，所有的好角色都给了别人，我只好扮演一只绵羊。

我最希望完美父母拥有的五辆车：

1. 宝马 M5；

2. 玛莎拉蒂 GT 跑车；

3. 奥迪 R8 V10；

4. 宝马 Z3；

5. 捷豹 F 型敞篷跑车。

"我不是这个意思。"我们坐在学校外的墙上时，莉娅说。

"我知道，这些车很贵。"我说，"但克里夫特住宅区那些房子的车道上就有。"

"不，"莉娅摇了摇头，"不是这个。我让你准备，我的意思不是列一份汽车清单。我指的是，不管是双亲还是单亲，你希望他们是什么样的人。"

　　"我不介意。"我说，"单亲也行，只要他们爱我。"

　　"很好。"莉娅看着我说。我觉得有点儿尴尬，刚才说的话听起来很伤感。

　　"对了，"我说，试图掩盖我刚才说的话，尽管那是真的，"现在有没有人答复？"

　　"你来之前我查过了。"莉娅说。

　　"有吗？"

　　"对不起，山姆。"她噘起下唇，"还没有。"

　　"我难受死了。"我说。

　　"要有耐心。"莉娅说，"只有五天而已，但以后你一辈子都能安安稳稳地度过了。"

16

等待时机

我真希望今天是周六，我们此刻就在室外演奏台上。但你越是盼着一件事，就越会觉得度日如年。我上次有这种感觉还是在……好吧，我从来没有过这种感觉。那次布拉德和安吉说带我去索普公园，我或许也有这样的心情。那时候我很兴奋，即使最后大多数游艺设施都是我一个人坐的。我以为他们不喜欢坐，后来才知道，是因为安吉怀孕了。这周到目前为止，我一节课都没缺，只去了大桶埃里克那儿两次，还都是在放学后。我知道今天才周四，但这对我来说很好。人生中最重要的周末就要到了，我不能冒险，要是因惹麻烦而被禁止外出，那就糟了。至少戏剧社又开始活动了，可惜鲍威尔坚持这周把我们几组人混在一起，搞得大家都有很多怨言。

"想想看。"他站在舞台上说，"你成名了，去表演舞台剧或出演电影，并不总是能和朋友一起演戏。所以……"他指着所有成员，"你们三个一组。你们三个一组。你们三个，还有……你和乔纳、里安一组。"

鲍威尔先生走下舞台。我抬起头来，看着阿玛拉和刘易斯走向他们那一组。

"还好吗？"刘易斯从我身边经过时问道，"但愿你这周别尿裤子。"

"不会的。"我笑着说，"只要我能忍得住，就不会。"

阿玛拉微微一笑，轻声说："真有趣。"

我走到我的小组。里安是九年级的学生，非常自信。乔纳在七年级的另一个班，是在我加入戏剧社的一周后来的，除了演戏时，他不怎么说话。

鲍威尔先生走了过来。"好吧，伙计们。"他扯着胡子说，"记住，这周的重点是研究角色的性格。了解一个人的性格，最好的方法就是注意所有的小细节。不如从你们自己开始吧，也许可以玩'热座提问'……"鲍威尔先生走到另一组去了。

"好吧。"里安说，"谁想第一个来？"

乔纳紧张地看着我，好像不愿意是自己。

"无所谓，我先来吧。"我说。

"好吧。"里安说，"我们到那边去吧，这样安静点，能听到我们自己的声音。"

我们走到钢琴边上，我坐在钢琴凳上——这里就是"热座"。我们有时在戏剧社会做这样的练习，这是我第四次参与了。我很喜欢这么做，人们一个接一个地快速问问题，你想到什么就说出来。有时可能很怪，毫无意义。鲍威尔先生说这没关系，我们总是可以把一些东西当作"材料"，不管它看起来有多没用。反正都是瞎编的，我只需要确保自己不泄露任何真相。但今天这可能很难，毕竟我满脑子想的都是寻找完美父母。

"准备好了吗？"里安问。

我点头。

"你叫什么名字？"乔纳问。

"哈罗德。"

他们大笑出来。

"你多大了？"里安问道。

"七十四岁。"

"你结婚了吗？"

"是的。"

"有多少……对不起……"里安看着只问了一个问题的乔纳，"到我了吗？"

"没有。"乔纳说，"不过不要紧，我暂时也想不出该问什么。"

"好吧。"里安转过身来对我说，"你有孩子吗？"

"是的，九个。"

"九个！"里安强忍住笑，因为这项练习的关键就在于能不间断地问下去，"九个。"她重复道，"九个。"

我尽量绷着脸，保持角色该有的表情，但她重复的次数越多，我就越想笑。

"好了，到此为止了，伙计们。"这次活动结束了，鲍威尔先生拍了拍手，"我们这学期的活动到此就告一段落了，不过现在还不能急着走。"

我们都聚在他周围。我只顾着想完美父母计划，完全忘了这个学期就要结束了。

"关于《龙蛇小霸王》的演出，"鲍威尔先生看着一张纸说，"在场的各位差不多都报名了。"他瞥了我一眼，"还有其他一些同学也报了名。现在是复活节假期前最后一次报名的机会了。"

我心头一震，感到内心在燃烧。我想知道有没有人注意到鲍威尔先生在看我，因为我还没有报名。我每天都停下来看看招演员的告示，但至今尚未报名。我只想先确定自己能否留在这里。

"山姆。"刘易斯推了推我，"你报名了吗？"

我凝视着前方，感到冷汗从脊背往下流。

"那么，"鲍威尔先生继续说，"大家有没有考虑过这出戏？"

有那么一会儿，我以为他是在问我一个人，但他是对所有人说的。

大家你看看我，我看看你。

"这是一次大型演出。"鲍威尔先生说，"我们需要立即开始工作。我建议你们在复活节假期期间看看这部电影，好吗？你们还可以组成小组，讨论一下。"

除了我，每个人都点了点头。

"好吧，伙计们，"鲍威尔先生说，"现在可以回家了。祝各位假期愉快，给我带个复活节彩蛋回来……三个也行。"他拍了拍自己的肚子。大家都笑了，但我仍在琢磨没报名的事儿。

我去拿包，边走边想着鲍威尔先生会不会像上周那样把我叫回去，也许他已经放弃了。

"山姆，"刘易斯追上了我，"你还没回答我。你报名了吧？在鲍威尔先生拿来名单之前，我看到那上面没有你的名字。"

"没有。"我说，"那时我好像要去度假。"

"但那时候是在上学期间。"刘易斯说，"父母带孩子离校去度假，会被罚款的，迈克尔·霍布斯的父母去年就挨罚了。"

我用眼角余光看到鲍威尔先生正在把书和一个三明治盒放进包里，但同时，他也抬头看了我一眼。

"山姆，你一定要报名。"刘易斯说，"你可以演小霸王毕斯，我演丹迪·丹，到时候我们就可以扔馅饼，拿着奶油枪向别人射击了。"

鲍威尔先生拉上背包的拉链，朝门口走去。我再不报名，就来不及了。

"我们可以像鲍威尔先生说的那样在假期见面。"刘易斯继续说，"如果你愿意，可以来我家，我把地址用短信发给你。"

鲍威尔先生推开门，穿过走廊，走远了。

得定一个目标，我对自己说。我必须要积极，不可以继续逃避，一定要向前看。但要是害怕跌倒，就不会有勇气继续前进。

"你的电话号码是多少，我好给你发短信！"刘易斯问。

"我得走了。"我说，"我必须去……"

鲍威尔已经带着名单离开了。太迟了，太迟了。

我跑过戏剧大厅，一颗心怦怦直跳。

"山姆，你去哪儿？"

我把门推开，门砰的一声撞在了墙上。鲍威尔先生正向教员室走去。

"先生！"我大喊，"先生。"

鲍威尔转过身来。

"有事吗，山姆？"

"先生……"我大口喘着气，"我还能报名吗？"

17

我肚子里的蛔虫……

　　我坐在沙发上，翻阅着赖利爸爸的《空军月刊》。内容大都是些无聊的规章制度，还提到了即将退休或已经去世的空军成员，但中间有一幅波音奇努克直升机的跨页图片。直升机非常大，两端各有两组旋转的叶片。

　　赖利和他妈妈在厨房里做一个特别的蛋糕，迎接他爸爸回家过复活节。他告诉他妈妈，我帮他升到了《王牌飞行员》的第四关，是他玩的最高级别。通关之后，他在房间里跳来跳去，一会儿和我单手击掌，一会儿转圈圈，后来又和我双手击掌。即使到了这会儿，他看起来依然很兴奋。但我盯着杂志看的时候，突然想到，如果我真的找到了完美父母，和他们住在一起，那赖利就只能升到第四关了。

　　今天，学校里的"我们一起批评山姆"会议还不错。我没有缺课，赖利妈妈说这周我晚回家的次数也减少了。这一次就连索雷尔太太似乎也很高兴，但那可能是因为马上要放假两周，不用见到学生们，她太兴奋了。摇滚明星史蒂夫很开心，说我们相处得很好。最后，只剩下我们两个人的时候，他说我做得很好，让我继续努力，也许假期是个好机会，可以和赖利母子一起做一些事，比如一起看电视、去电影院，或是骑自行车出门。他说，这样一来，我就可以在日记里记录一些美好的回忆了。在我看来，和赖利一起做这些事情会很有趣，学校里的很多孩子都会做。但我不能把自己的大计划告诉摇滚明星史蒂夫，没有人的假期计划能像我的那样刺激。

"山姆！"赖利走了进来，手上沾满了蓝色食用色素，"来看看我们的成果吧。快来看看，我们给爸爸的飞机装上了机翼。"

"好吧，赖利。"我说，"马上就去，我在忙。"

"好吧。"赖利转过身来，"不过你得快点儿，不然我已经把碗舔干净了。"

我笑了："我会的，赖利，我保证。"

赖利跑回厨房，兴高采烈地为他爸爸做蛋糕，就像我兴高采烈地期待着明天。ThePerfectParentProject@gmail.com 账户里依然没有收到任何有用的电邮，但莉娅叫我别担心，有时候人们不愿意在互联网上发送消息，以防被骗，就像她妈妈的苹果账户凌晨三点被黑客入侵，为一台她从来没有买过的 iPad 付了钱。

我把手伸进口袋，拿出我明天要问的问题清单看了起来。我得背下来，否则，我一直低头看笔记，别人会认为我并不清楚自己在做什么。

1. 你们还有其他孩子吗？
2. 如果有，我要和他们共用一个房间吗？
3. 你们喜欢去南多烤鸡店吗？
4. 如果是，你们能吃的最辣的酱汁是什么？
5. 你们是做什么工作的？
6. 喜欢吃甜的还是咸的爆米花？
7. 你们去过迪士尼乐园吗？
8. 如果没有，你们想去迪士尼乐园吗？
9. 如果想去，你们会带我一起去吗？
10. 如果不带我去，为什么？

莉娅要我别问迪士尼乐园的问题，她认为这并不能测试一个人是不是合适的父母。我把我一直想去迪士尼的心愿告诉了她，我想坐太空过山车，也想试试其他的过山车。她说如果这就是我的心愿，那我应该参加学校组织的索普公园旅行。我说那不一样，再说了，如果我能和他们一起坐十一个小时的飞机，不就可以了解他们是什么样的人了吗？但此时我看着清单，突然发现我问了四个关于迪士尼乐园的问题，这会让申请人认为我只想从他们那里得到这个，但事实并非如此。

我想知道会有多少人出现，如果来了太多人怎么办？如果一个人都没来呢？如果被收养机构发现了，他们会怎么做？那时候凯尔·西蒙兹爬上学校的屋顶向警察扔瓦片，另一个寄养儿童告诉我，凯尔要留在儿童之家，再也不能去寄养家庭了。我不知道这是不是真的，但绝对不希望发生这种事。我不能让这种事发生。我拿起了电话——

莉娅，在吗？

在。

我想我们应该取消。

为什么？向来积极的山姆怎么了？

他消失了。☹

别担心，不会有事的。

你怎么知道？

因为我也会去。☺

"山姆，你来吗？"赖利妈妈突然大叫，吓了我一跳。我把手机放回口袋，走进厨房。赖利站在塑料凳子上，手里拿着木勺。赖利妈妈正靠在水槽边喝咖啡。

我看着厨台上的蛋糕，那是一架巨大的波音奇努克直升机，正在蓝天中飞翔。

"云是我做的。"赖利带着灿烂的笑容说。

"你觉得怎么样？"赖利妈妈问。

"我觉得……"我朝他们咧嘴一笑，"太棒了。"

"山姆，在把蛋糕放进冰箱之前，也许你愿意帮我们弄一下螺旋桨。"赖利妈妈笑着说。

"是的，"我说，"我能做到。"

她在厨台边腾出空间，让我站在她和赖利之间，然后她切了一块杏仁糖。"我们所要做的就是确保它们大小相同。"

"对，就像这样。"赖利说。

"不，赖利。"他妈妈咯咯地笑着说，"我认为爸爸的直升机有个像香肠一样的叶片是飞不了多远的。"

我们都笑了。突然，我为了自己想离开这里而感到难过。但我不得不离开，因为蛋糕太棒了，因为这一刻太美好了。然而，美好的时刻永远不会持久。

18

面试

"不要乱动。"

"我没办法，"说着，我拉了拉裤子，"都是你妈妈不好，她把裤子改得太紧了，一直夹我的屁股。"

莉娅放声大笑。

"不光是因为这个。"我说，"我太紧张了，浑身都在哆嗦。"

"没事的。"莉娅说着，从灌木丛的顶端往音乐台那边看，"你看起来很好。只是你穿着运动鞋，有点儿遗憾。"

"我能来就已经很幸运了。"我说，"赖利妈妈撞见我穿着西装出门了。"

"你说什么了？"

"我告诉她我去排演《龙蛇小霸王》。"

"这主意不错。"莉娅的脸上露出了一个大大的笑容，"而且……"

"而且什么？"

"你看呢。"莉娅把手伸向两侧。

我摇了摇头，不明白她的意思。

"山姆，我的连衣裙。你真的没有注意到吗？都一个小时了！"

"啊，你的连衣裙。"我说，又望了望音乐台，仍然没有人来，"是的，很漂亮。"我转向莉娅，"非常……是黄色的。"

"你要说的就这些吗？我给谢丽尔阿姨做伴娘时穿的就是这条裙子，我还求莫丽把她的鞋借给我。你都不知道，穿这条裙子骑自行车有多难。"

"对不起。"我轻声说，"我太紧张了，整个人都不对劲儿了。我也很兴奋，夜里起来上了三次厕所，而且……"

"嘘。"莉娅举起一只手，好像我们是在把风的强盗，"快看。"

我看向唐斯公园的另一边。在我们前面，有几个男人在踢球，像在等着打比赛，几个女人在做运动，还有一些人在小路上跑步。不过，莉娅指的是一对刚从一辆蓝色汽车里下来的男女。

"你认得他们吗？是不是寄养机构的人？"

"我不知道。"我低声说，"他们一定有不少人，我认识的人中有几个都离职了。但我认为，在寄养机构工作的人不会带狗来。"

"好吧。"莉娅说，"那他们呢？"她指着另一对步行过来的情侣。

"不知道。"我扭动着身子说,"哪里看得出来呢。也许我们应该找有某种标志的人,比如戴着红色棒球帽,或者左臂下夹着一个足球。"

莉娅坐下来,叹了口气:"也许我们不该来得这么早。"

"可那是你的主意。"我说。

"我是说早点来,可没说早一个钟头。"

我耸耸肩。

"无所谓。"莉娅充满同情地笑了笑,"我看得出来,你现在坐立不安,跟热锅上的蚂蚁一样。但现在只剩下十分钟了。"她看着手机说。

"是的。"我深吸了一口气,在莉娅身边坐了下来,把昨晚发生的事讲了出来。前一分钟我还很期待,下一分钟我就觉得这是世界上最糟糕的主意。我一直提醒自己列表里我想和完美父母一起做的事,比如住在大房子里,拥有一辆新车,去迪士尼度假。但是,随着夜越来越深,我意识到,即使所有这些都很棒,我最期待的却只是和他们一起坐在家里的沙发上,一边看电影,一边吃薯片或巧克力。我不在乎薯片是什么味道,也不在乎看的什么电影,只想做普通孩子都会做的事:坐下来和父母一起看电视。

我不再说话,只是看着莉娅,等她说我多愁善感。但她只是说:"那很好,但你知道,一旦习惯了,你可能会像我一样整天待在房间里。"

“是的。但至少你知道，如果你改变主意，父母依然一直在你身边。”

“那倒是。”她点点头，跪坐在地上，“来吧，时间快到了。”

我深深地吸了一口气，看着对面的演奏台。有个男人推着一个骑自行车的女孩转来转去，就像她是在集市上坐游艺设施一样。有个女人坐在椅子上看着他们。他们是夫妇吗？四周只有这一对夫妇。

我瞥了莉娅一眼，她噘着下唇，好像跟我一样失望。过了一会儿，她说：“只要来一只麻雀，就表示夏天到了。”

“什么意思？”

“不知道，不过只要事情没有希望的那么好，我妈妈总这么说。”她开始向演奏台走去。在那身衣服的衬托下，她看起来时髦又优雅，虽然穿着姐姐的鞋子，令她走起路来有点儿摇晃。

我看了看那对男女，又看了看那个还在骑车兜圈子的小女孩。

“也许我们应该再等一会儿。”我说。

“山姆，”莉娅扭头看着我，“我知道你很紧张，但你现在不能退缩。如果你想演《龙蛇小霸王》，那么在假期结束回学校之前，我们必须给你找到完美父母。”

我深吸了一口气。莉娅说得对，如果我不过去问问他们，那我们费了这么大的劲，就全打水漂了。但我希望至少能有十对夫妇出现，那样我还可以有选择，只有一对，就别无选择了，就像雪糕车只卖香草冰激凌一样。话又说回来，有一个选择，总比没有好。

我把手伸进上衣口袋，拿出昨晚我和莉娅上谷歌搜索"与人见面时如何留下好印象"时做的笔记。

1. 微笑：让别人觉得我很自信，但又不会太过自信，或显得很奇怪，就像牙膏广告里的人一样。说话清晰，报上自己的名字和见他们的原因，比如，"我是山姆·麦卡恩。我想让你收养我"（或类似的说法）。

2. 握手：以示礼貌。

3. 倾听对方的回答：人们喜欢善于倾听的人。

4. 建立融洽关系：这表示要找一个我认为对方可能感兴趣的话题，比如足球、假期、宝马 M5 或迪士尼乐园。☺

5. 恭维对方：比如，"你这件衣服的颜色很好看"。

6. 在做以上所有事的时候，始终与对方保持目光接触：这表明我很感兴趣，没有觉得无聊。

我一边走着，一边看着，不知不觉中，就快走到演奏台了。我看着这对夫妇，用最后几秒钟来确定我对他们的印象。男人在笑，女人在笑，小女孩也在笑，而我仍然朝他们走去，每走一步，我的心都在剧烈地跳动。你们还有别的孩子吗？我在心里排练自己要问的问题。是的，我回答自己，我看得出你们有一个孩子。我们要共用一间卧室吗？不，我们不能共用一间卧室，我大了，不能和女孩同住一个卧室。演奏台就在几米之外，要是我把问题写在手上就好了。你们喜欢南多烤鸡店吗？你们喜欢……女孩继续骑着车，那对夫妇转过身来看着我。他笑了，她也在笑。第一印象很重要，最初的三十秒很重要。我也露出了微笑。要勇敢，要……

"你有宝马 M5 吗？"我脱口而出。

"你说什么？"男人说。

"不……不……我的意思是，你们好。"

"你好。"夫妇俩同时说。

"你……你……你们……你们有没有……"

那对夫妇的笑容消失了。我搞砸了，只用了三十秒就把这件事弄得乱七八糟。我看向莉娅，寻求她的帮助。

"他想知道你们有没有看过他的海报。"她说。

男人慢慢地摇了摇头。"海报？"他皱着眉头说，"什么海报？"

"一个男孩想找父母。"我解释道，总算找到了自己的声音，"上面说在演奏台见面。"

"你和父母失去联络了？"那个女人说，"要不要给他们打电话？"她掏出一部手机。

"不，"莉娅插嘴说，"他不是这个意思。他想找到完美父母收养他。"

"这样啊。"妻子看着丈夫,好像我和莉娅是从外太空来的外星人。

"不。"男人赶紧摇了摇头,"我们只是……我们只是带着小女儿过来玩玩。我们每个周末都来。"

"对不起。"我说,"我还以为……"

那对夫妇走开了。我看着莉娅,这纯属浪费时间。

"没关系。"她说。

"不,有关系。"我的脸颊发烫,好像在太阳底下晒了一整天似的,"我觉得自己太傻了。我觉得自己穿这套衣服很蠢。"

"才不是。"莉娅想让我高兴起来,微笑着说,"再说,反正这对夫妇也不合适。"

"为什么?"

莉娅朝那对正向车子走去的夫妇点点头。

"他们开的车是沃克斯豪尔新星。"

"啊。"我笑了出来,"那他们肯定出局了。"

19

真希望我没写"不养沙鼠"这一条

大桶埃里克上的罐子叮当作响，但那是风。我和莉娅在一起时感觉还好，但现在她回家了，我突然想到，自己发了四百张海报，却没有一个人来。我应该在海报上写上自己的名字吗？禁止养沙鼠这一条，让人们反感了吗？也许是我这个人很有问题？我的耳朵太大了吗？我的褐色眼睛颜色太深了吗？是不是因为我经常嬉皮笑脸，而人们不喜欢这样？但如果出了什么很严重的事，我不会一直笑的。我现在就笑不出来。

我挪到大桶埃里克一角，拉了一张塑料包装纸和一个扁平的盒子盖在身上取暖。

永远不会有人收养我了。为什么我会以为有人愿意收养我？我原本以为贾思明会，她经常带我去看流浪者队的比赛，甚至还给我们俩都买了队服和帽子。我很高兴贾思明喜欢足球，但我最喜欢的是我们穿着同样的衣服去看比赛。当时我八岁，她说她爱我，想收养我。很多个晚上，她坐在电脑前填写各种表格。我们必须一起去面试，只是为了确认每个人都明白发生了什么。我告诉他们——我理解，自己将被收养，有真正的父母，他们会照顾我一辈子。在最后一次会议结束回家的路上，我们在南多烤鸡店吃了饭。我还以为这是为了庆祝终于不用再写这写那了呢。但第二天早上，我看到摇滚明星史蒂夫把车停在外面，又听到他和贾思明在走廊里低语。小声嘀咕可不是什么好事，总会有不好的事情发生。当听到摇滚明星史蒂夫在楼梯上的脚步声时，我心里就是这么想的。我从床上爬起来，看见他站在门口，仿佛末日降临了，世界突然陷入一片漆黑。史蒂夫走过来，把我抱起来，我感觉到了他的心跳，听到他说："对不起，山姆。"

我做错了什么？

我做错了什么？

我只记得当史蒂夫带我穿过门厅时，贾思明双臂抱怀，站在后花园里。

风吹过可乐罐，吹走了我对贾思明家的回忆，我的思绪回到了小巷中。我就坐在大桶埃里克里，往纸板里陷得更深了。糟透了，制作海报太蠢了。没有人想要我，那还派发海报干什么呢？也许我不该在海报上列出那么多挑剔的内容。但对于喜欢什么、不喜欢什么，我不能撒谎。人们买了东西，但那东西与包装盒上的说明不一样，他们就会退货。我不希望完美父母把我退回去，但我在想，如果没写沙鼠那一条，遇到完美父母的概率说不定会大一些。

20

完美父母计划第二阶段

我在赖利的卧室。今晚是家庭会议时间，我应该和赖利全家坐在一起，告诉彼此哪些方面做得好、哪些不好。家庭会议每两周开一次，但赖利爸爸不在家，所以这次会议有望取消。我盼着能取消，从唐斯公园失望而归之后，我什么都不愿意做，只想给莉娅发短信。

我打印了四百张海报，却连一个回复都没有，一个人都没来。我已经想退缩了。

什么！不可以！我现在给你打电话。

我不想说话，赖利妈妈会听到的。

她怀疑了？

那倒没有。我回来的时候，她只是问了我很多关于《龙蛇小霸王》的问题。她觉得我有兴趣演这个剧，很了不起。

确实如此。

是的。真遗憾到时候我得离开。

你太悲观了。

我只是面对现实而已。☹☹

　　我叹了口气。莉娅只是想帮忙而已，但就连她也不明白我的感受。我想要真正的父母，这是我一直以来心心念念的事：躺在床上这么想，在学校里这么想，在回家的路上这么想，再回到床上，还是这么想。你燃起了希望，可希望被践踏，实在是太糟糕了。现在就跟我被选为威尔顿小学足球队守门员时的情况一样，我去训练了三周，眼瞅着就要参加比赛了，却不得不搬走。昨天就是这样，只不过糟糕了一百倍。

还在吗？

是的。

这不公平，但如果你放弃，就意味着他们赢了。

谁？

我不知道。寄养机构？摇滚明星史蒂夫？

摇滚明星史蒂夫很好。

　　"山姆，下来吗？我们等你呢。"

　　我得走了，赖利妈妈喊我呢。

先别走。我还没有把我的计划告诉你。

什么计划？

带上水桶和海绵，明天我在我家街角等你。

干什么？

相信我，我是一个天才！我们印过了海报，现在该进行完美父母计划第二阶段了。

我对着手机微笑，尽管莉娅看不见。好像她和我一样，都盼着我能留下来。我继续在手机里输入——

好的，但我该怎么跟赖利妈妈说呢？

这很容易。就说你和我一起做学校的作业。

"山姆……"赖利拿着 iPad 跑进房间，拍了拍我的肩膀，"爸爸说他现在可以帮我们拼喷火战机了。"

我坐起来。"但现在要开家庭会议了。"我说。

"别担心，山姆，换个时间再开。"赖利爸爸戴着眼镜，从 iPad 上对我微笑。

我不清楚为什么取消会议，但很高兴。

"那你觉得呢？"

"好吧。"我说。

"虫虫，屏幕太晃了。让山姆拿着 iPad。"

"好吧。"赖利说，"我去拿装喷火战机的盒子好吗？"

"很好，虫虫。"赖利爸爸笑着说，"你去拿盒子。"

赖利有一个只有他爸爸才用的特殊昵称，我羡慕极了，希望自己也有，但我得先找个爸爸。

赖利把 iPad 递给我，飞奔出了房间。

我低头看了看屏幕。赖利爸爸肯定是刚做完工作，这会儿还穿着蓝色的皇家空军衬衫，没打领带。我琢磨着该和他说点什么，但他总是不在家，每次见到他，都觉得好像是和他第一次见面。不过，所幸他总能想出话题和我聊。

"你最近在忙什么呢？"他问。

"没什么。"我说。

"没什么？虫虫是不是一直缠着你玩电动游戏？"

"是的。"我紧张地笑了笑，"每天都是。"

"学校里怎么样？交到新朋友了吗？"

"没有。"

"以后会的，山姆。"赖利爸爸用手揉了揉他的脸，"刚开始总是很难。就连我每次搬到新地方，都觉得很难。"

"是的。"我说，"但至少你能驾驶真正的飞机，不是只控制电脑里的飞机。"

赖利爸爸咯咯地笑了。他不像布拉德那么风趣，但他看着我，像是对我说的话很感兴趣。

"听说你报名参加校园剧的演出了。"

"是的，"我说，"叫《龙蛇小霸王》。不过，我并不确定能得到我想要的角色。"

"只要你努力了，这就是最重要的。"

赖利冲回了房间。

"找到了。"他说，"妈妈说我们得把包装纸放进垃圾箱，不可以弄得满地都是碎片。"

"我相信我们能做到。"赖利爸爸说，"我们得让妈妈高兴。"他朝我眨了眨眼，我咧嘴一笑。至少他不像赖利妈妈那样，专门在别人玩乐的时候泼冷水，"那么，孩子们，我们现在就来试试拼出喷火战机，怎么样？"

我跪在地板上，把 iPad 靠在床头柜上，这样赖利爸爸就能看到我们的一举一动。

赖利拆着盒子上的胶带。我还以为他爸爸会让他快点，但前者只是耐心地微笑着。我知道赖利很想念他爸爸，不过，我一直都不知道他爸爸竟然也这么想念他。

赖利跪坐在地上，好像已经放弃了。

"让山姆来吧，虫虫。"

"好吧。"赖利把盒子递给我，"你来吧，山姆。"

"从末端开始撕，有个标签是掀起来的，像这样。"赖利爸爸把手伸到画面外，拿过来一个盒子。

"你也有一样的！"赖利兴奋地说。

他爸爸大笑起来："当然了，虫虫。我本来想着我们三个一起做的。小心点，别把胶水粘在头发上，我们上次做鹞式战斗机时就是，弄得到处都是胶水，山姆。他只好剪了个跟我一样的平头，才算弄掉了胶水。"

"妈妈看到我的头发太短，还生你的气了。"赖利说。

我笑眯眯地把玻璃纸从盒子上撕下来。我喜欢听赖利的事，那些事总是很有意思，有一回，他逛特易购大卖场时拉裤子了；还有一回，他在机场把一个陌生人错当成爸爸，跟着那人上了自动扶梯。这让我很想知道，有个真正的爸爸并和他一起去度假是什么感觉。我不会失去……

"准备好了吗，山姆？"赖利爸爸把我从思绪中拉了回来。

"是的。"我打开盒子，看到里面都是灰色塑料小块。

"把零件从框架上拿出来，要小心。"他说，"你也是，虫虫，不过这次可别把它们塞进鼻子里去了。"

我们都笑了。

赖利爸爸在很多方面都不符合我列出的完美父母清单，他戴着眼镜，和我没有半点相像的地方。他也没有宝马M5。但我希望有个爸爸陪我一起拼装玩具、一起玩。最重要的是，我希望有个爸爸关心我，就像赖利爸爸关心自己的儿子一样。我学着赖利爸爸在他房间里的样子，把零件在地毯上排列成一排，我希望明天就可以找到一个像他一样的人。

21

洗 车

"你认为这能行吗?"

"当然。"莉娅说,"你爱车,人们也需要洗车,能有什么问题呢?"

"问题大着呢。"我说。

莉娅摇了摇头。我们推着自行车来到唐斯公园,周围都是豪宅。莉娅说带上水桶和海绵,我没想到她竟然是这个意思。我不确定这是否有效,住在这里的人肯定都有司机或专业送洗服务员来给他们洗车,不可能找两个在车把手上挂着水桶和海绵的十一岁孩子。

我们停在一个邮筒旁休息,我想选一所房子,但这太难了,大多数房子都围着高墙和大门。

我连进都进不去,又怎么能见到未来的父母呢?但我必须做到,昨晚看到赖利和他爸爸用 iPad 连线,我更想找到完美父母了。但今天早上出门,我费了不少劲。我说要去见莉娅,和她一起做作业,赖利妈妈好像信了,不过告诉我不要去太久。

"啊！快看。"莉娅推了推我的胳膊，"太可爱了。"

我回过头，只见一个小女孩拉着风筝线，旁边还有一个女人。

"准备好了吗？"女人说。

女孩点了点头，女人把风筝抛向空中，风筝被风吹得左右摇晃。"拉线，艾米莉娅。"女人喊道，"快拉线。"

艾米莉娅拉住风筝线，向后退了一步。风筝一会儿往上飞，一会儿往下落。

小女孩又退了一步，脚下绊了一跤。有那么一会儿，我以为她要摔倒了，但那女人弯下腰，把她抱在怀里。风筝掉在了地上。

"再来一次。"艾米莉娅笑着说，"再来一次。"

我还记得我放风筝时的情形，记得自己看着风筝在一座大楼前飞了起来。我当时和妈妈一起，但不记得是什么时候，也不记得在哪儿。那个地方有一座红色的滑梯、一个跷跷板和几架秋千。还有别人在场，不过我不知道是谁。但是，有时我在晚上想起这件事，就能听到妈妈的叫喊声："对了，山姆宝贝。就是这样，山姆宝贝！"她说完还哈哈大笑。我倒着走，风筝在天空中飞舞。一步，又一步，直到草地在脚下消失，我摔倒在水泥地上，松开了风筝。我不记得自己撞到了地面，但伤疤还在，就在我的后脑勺上，向外突出，缝了六针。

"你没事吧，山姆？"

我把手从头上拿下来，看到莉娅正看着我。"没事。"我说，"我只是在想一些事。"

"你出神了。"

"是的。"我说，"是的。"

"我们从哪家开始呢？"莉娅指着那些房子，"有路虎揽胜的那家？"

"不行，我们够不到屋顶。我觉得那家合适。"

我朝一个穿着蓝色衬衫和牛仔裤的男人点点头，他正在车道上从一辆汽车后面绕出来。一看到那辆车，我的心就怦怦直跳。

"不错的选择。"莉娅说，"他的年龄看上去正合适，头发颜色也和你的一样。"

"不是因为那个。"我说，"他有一辆宝马 M5！"

"山姆！"莉娅摇了摇头。

"再者，他家没有电子门。"我推着自行车向前走去，"我们该怎么跟他说呢？"

"我们？"莉娅惊讶地问。

"是呀，你跟我一起去，不是吗？"

"不，山姆。"她说，"你必须一个人去。"

一想到这个，我立刻慌了神："但你能说会道。我一开口，准会说错话。"

"不要想太多。你既然能站在台上并在一群人面前表演，那你就能和一个人说话。再说了，是你在寻找完美父母，不是我。要是我真的去了，他们一定会更喜欢我的。"

"那可要多谢了。"

"不用担心。"莉娅灿烂地笑了，"我要给海蒂发个信息。不……"

"怎么了？"

"电量只剩百分之五了。"

"至少你不会发太多信息了。"

"我想是的。来吧，把我的桶和海绵也拿上，这下子就显得你更努力了。"

我把莉娅的水桶挂在车把手上，深吸了一口气。

"好吧，祝我好运。"

我走上车道，脚踩在碎石上发出嘎吱嘎吱的声音。那人沿着房子侧面走了，但没关门，好像他会回来似的。我一直往前走。"就是这样，山姆，"我心想，"不可以回头。"

我在车旁停了下来。我只在特易购大卖场的停车场里这么靠近过宝马 M5。这款车的最高时速限制在 247.84 公里，但可以达到 305.78 公里，0 到 96.56 公里加速只需要 3.1 秒，至少赖利爸爸的汽车杂志上是这么说的。我把自行车停在碎石路上，透过驾驶员车窗往车里看。车内有真皮座椅和自动换挡装置，换挡的时候，无须把手从方向盘上拿开。还有……

"有什么事吗？"

我吓了一跳，猛地转过身来。那个人拿着一杯咖啡，穿过碎石路向我走来。

"嗯……嗯……是的……"我结结巴巴地说，"我……"

"你和你的朋友一直向我家张望。"那人朝马路对面莉娅坐的地方点点头。

"啊……是的。"我说，"我们一直……我的意思是，我一直……你要洗车吗？"我脱口而出。

男人抿了一口咖啡。

我努力想说些什么来打破沉默。

"你的车真漂亮。"我说。

"是的。"

"可允许的最高时速是 247.84 公里，0 到 96.56 公里加速只需要 3.1 秒。"

"听起来你更像是要开车，而不是洗车。"男人说。

"抱歉。"我微笑着说，"我只是喜欢汽车，尤其是宝马M5。"

"你真是有备而来。"男人朝我的两个水桶点点头，"你们筹钱有什么用？"

"什么？"

"我猜你是在筹款。童子军会来这里为旅行筹款，有时喜剧救济基金会也会来。"

"啊……"我的大脑在思考，"我们是为了学校图书馆筹款的。是的，学校图书馆。我们的书太少了。"

那人"嗯"了一声，好像在想办法应付我："你太小了，一个人做不了的。"

"我12岁了。"我撒谎说，"就是有点儿矮而已，况且我是和朋友一起来的。"

我指着莉娅。她微笑着挥了挥手，便继续看手机了。

男人点了点头。"好吧。"他突然说，"你的理由很正当，我的车也确实需要洗一洗了。你收费多少？"

"嗯。"我看了看汽车，"我其实也不知道。我还没想过。"

男人对我笑笑："好吧，你不收钱，那就买不到多少书了。这样吧，我来提供水和洗车液，再给你五英镑。可以吗？"

"成交。"我点点头。

"很好。"他说，"我去拿。"他向房子后面走去，走着走着，突然停了下来。

"顺便问一下，你叫什么名字？"

"山姆。"我说，"山姆·麦卡恩。"

他笑了笑。"好吧，山姆。"他说，"等我几分钟。"他走开了，此时我口袋里的手机嗡嗡地响了一下。

　　太棒了，山姆。☺

我瞥了一眼马路对面的莉娅。

他似乎不错。

是的。

☺☺哇哦！☺

我听到碎石的嘎吱声。

先不聊了，等会儿见。

男人一手拿着一瓶汽车洗车液，一手拖着一根软管，从房子的一侧走来。

"给你。"他说，"用得上。"

"谢谢。"我看着水管的末端说。我不知道该怎么办，我从来没有洗过车。

男人看着我，像是已经猜到了。他把水管喷嘴伸进水桶里。"旋转一下就能用了。冲洗的时候一定要对准汽车，否则你会把自己淋得湿透。对了，一次只使用两瓶盖的洗车液就够了。"

洗车突然变得复杂起来。

男人搓着双手说："那现在就交给你了。我大约半个小时以后回来。"

"好吧。"

他走了，我倒了两盖洗车液，打开水龙头。我把水桶装满水，然后看着车。从哪里开始呢？后面、前面、门，还是轮子？我太小了，够不到车顶，但那个人回来后也许会帮我。我倒了一些洗车液在桶里，关掉水管。我还是不知道从哪里开始，只好给莉娅发了短信。

　　我应该从顶部还是底部开始？
　　不知道……看看哪里脏，你就擦哪里好了。☺
　　谢谢，这主意不错！

　　我把手机放进口袋，又看了看车。车轮。先从轮子开始吧。我把海绵浸湿，开始清洗。我还没有对那个男人有任何了解，但至少现在开了个头。就像我第一次见到一个人，不会直接跟他们说话一样，我只是保持沉默，试着确定我是否喜欢他们，如果喜欢，就和他们聊天，聊过之后仍然喜欢，他们就会成为我的朋友。寻找新父母肯定也是这样。
　　开始擦洗另一个轮子时，我环顾了一下花园。住在这里，在草地上跑来跑去，一定棒极了。花园很大，都可以玩捉人游戏，甚至捉迷藏也不在话下。要是躲在灌木丛或树后，别人想找到我，可得花点儿时间。我提着水桶到下一个轮子边上，注意到那个男人就站在窗边。他一边打手机，一边盯着我看。他挥了挥手。我也朝他挥了挥手，然后弯下腰，开始擦洗另一个轮子。他在和谁说话？我擦洗车轮时想。他是不是看过我上周发的海报？他想到是我了吗？但他为什么打电话？我并没有在海报上写电话号码。他是不是打电话给警察了，或是打给了寄养机构？我又向上看了一眼，男人还在讲电话，但他可能给任何人打电话。莉娅要是在，准会说我反应过度，让我有时候必须信任别人。

那人转过身去，不再面对窗口。我站起来，再次环顾花园。这儿和我想要的一样大，有一辆我梦想中的好车，那个男人看起来也不错。我真希望他没打过电话。我希望……

我希望自己能知道是该留下还是该逃跑。

门闩咔嗒一声打开了。他说他半个小时以后回来，现在才过了五分钟。我绝对不能惹得官方部门不高兴，那样就又得离开了。赖利妈妈是很麻烦，但我喜欢赖利，也喜欢学校。我想演《龙蛇小霸王》，也想继续与莉娅见面。突然间，我有了很多不愿离开的理由。

"山姆！"男人从拐角处走了过来。

我不能……我不能……

我扔下海绵，抓起自行车，拔腿就跑。

22

彩虹屋

　　一座座彩虹色的房屋在阳光下闪闪发光，我在这里已经待了两个钟头了。我一会儿坐在秋千上，一会儿坐在滑梯底部，绕着公园边缘走了十圈，还在四扇院门前停下来过，但我仍然没有足够的勇气走上哪户人家的小径，敲开他们的前门说："我是山姆·麦卡恩，我可以帮你洗车吗？"比起给人留下第一印象和介绍自己，洗车要难得多。一个女人牵着一条黑色的拉布拉多犬走过，我对她笑了笑；一个穿着流浪者牌 T 恤衫的男人慢跑过去，我对他笑了笑；一对男女推着婴儿车沿着小路走过来，我也对他们笑了笑。我笑了又笑，笑了又笑，虽然心里笑不出来。

　　在从宝马 M5 车主那儿跑开之后，我以最快的速度骑着自行车离开了克里夫特住宅区。我是从莉娅身边骑过去的，原以为她会跟上来，但当我终于觉得安全的时候，回头一看，却不见她。我打算偷偷地溜回克里夫特住宅区，可又害怕会有警察开着车在附近巡逻。也许是我太蠢了，不该以为那个男人报了警。是我反应过度了，他可能只是在和他的伴侣聊天，看看他们什么时候回家，赖利妈妈就常这样打电话给赖利爸爸。

我又开始骑车，本打算回自行车道，但不知怎的，竟然骑到了蒙特维尔，我和莉娅就是在这里把剩下的海报发出去的。

我第十遍查看自己的手机，莉娅甚至都没有看我的信息，她不是忙着和海蒂聊天，就是手机没电了。我真希望她此时在身边，这样我们就能谈谈刚刚发生的事了。我真傻，居然以为克里夫特住宅区的上流人士愿意收养我。但也许我在彩虹屋这儿有更多的机会，这些房子与我清单上的房子一点儿也不一样。这里没有宽阔的车道和游泳池，也没有大花园，一幢幢彩虹屋围绕一大片草坪而建，像是在共享草地，毕竟每家前门外面的空间只够放垃圾箱和一辆自行车。

这里没有车库，自然也不会有篮球架。也没有我在清单上列出的汽车，只有福特福克斯、大众高尔夫、白色货车和皮卡。

我又看了看手机，莉娅还是没有回信，已阅的对钩也没有变成绿色。

马路对面有栋红房子，一位老妇人从房子边上牵着一只白色的苏格兰小狗走进了公园。她松开狗绳，小狗嗅着树和箱子，老妇人则慢慢地沿着小路向我走来。她八成没车要洗，她本人也上了年纪，不适合做我妈妈，但练习一下如何给人留下好的第一印象也无妨。

苏格兰犬嗅了嗅长凳，朝我的脚凑过来，我把手插进口袋。苏格兰犬看起来都很友好，但尾巴太短了，不能摇动，很难分辨它们是不是真的友好。

"没关系。"老太太在我身边停了下来，"它不咬人。"

我紧张地笑了笑。

"它叫乔治。"老太太说。

自从上次在谷歌搜索，已经过了很久，但我的第一印象列表依然在脑海里闪过：微笑、握手、认真倾听对方的回答、建立融洽的关系。

我小心翼翼地伸手，摸了摸乔治的头。

"嗨，乔治。"我说，发音很清晰。

"你看起来很忙。"老太太朝我的水桶点了点头。

"是的，"我说，"我在洗车。我想在这附近找一些洗车的活儿。"

老太太笑了："这里有很多选择。"

我看着那些汽车，琢磨着接下来该说什么。清单上是怎么写的来着？第五条，恭维。

"我喜欢你的蓝色外套。"我脱口而出。

"啊，谢谢。"老太太说，"我第一次来这里时穿的就是这件旧胶皮外套。我是在这里认识我的乔治的，他去世前，我们几乎每天都坐在那边的长凳上。"

"可乔治没死呀。"我说着，搔了搔乔治的下巴。

"不是的，亲爱的。"老太太笑着说，"我指的是我丈夫乔治。我很想念他，所以才养了这条狗，给它起名乔治。它并没有取代他，但至少我每天都能呼唤他的名字。孩子们觉得我很傻。"她望着天空，好像乔治就在上面，不一会儿，她回头看着我说，"我想我该走了，看来又要下雨了。"

我抬头看了看，乌云缓缓地移动到了彩虹屋的上空。我连一辆车都还没洗，但至少我和别人说过话了，即使那位女士现在露出了悲伤的表情。这就像她想念生命中的某个人，与我想要某个人出现在我生命中一样强烈。

老太太拖着脚步从我身边走过时，弯下腰给乔治套上了狗绳。

"我觉得你不傻。"我说。

"什么？"她转过身说。

"给狗起名乔治……你的孩子认为你很傻，但我不这么认为。"

"啊，谢谢你，亲爱的……你叫什么名字？"

"山姆·麦卡恩，但你可以叫我山姆。"

老太太又露出了笑容："很高兴认识你，山姆·麦卡恩，我是谢泼德太太。也许我们还会再见面。"

"希望如此。"我回以微笑。我可能把清单弄反了，但我想，自己找到了完美祖母。

我的手机在口袋里嗡嗡作响。是不是莉娅？不，是赖利妈妈。她有什么事？肯定又是来查岗的。

我叹了口气。

　　嗨，山姆。我们下午茶吃肉丸子，五点回家吧。明天天气好的话，我们去海滩！

　　海滩，正是我想去的。上次我们去斯沃尼奇正好赶上堵车，后来我们开着开着起风了，赖利感到不舒服，我们不得不靠边停车，看看他有没有事。他妈妈说他早上吃了太多的牛奶泡香甜玉米片，但我认为是吃了哈瑞宝软糖的缘故，因为他在停车区吐了，我能看到砂石上都是粉色的软糖碎片。他妈妈怪我笑他，但我没有，嬉皮笑脸的习惯又给我惹来了麻烦。

　　我们到了目的地，赖利感觉好多了。我们在海滩上野餐，我们和别的孩子、他们的父母一起玩板球。我得了十二分，后来，我把球击得太高，赖利爸爸接住了球。有人大喊"真倒霉"，我把球棒递给下一个人，那人揉了揉我的头说："嘿，你得跟你爸爸说，让他下次把球扔了！"

　　他说这话的时候带着微笑，但我立刻恶狠狠地反驳道："他不是我爸爸！"他停下来，奇怪地看了我一眼。赖利爸爸直摇头，我想他肯定听到了我的话，但我不在乎。

　　"你不是。"我压低声音说。

　　他们继续玩，我则沿着海滩走开了。我用眼角余光看到赖利妈妈过来追我，确认我没有走太远。身为一个寄养儿童，就像被拴在一百米长的皮带上，一直有人看着你。

口袋里的电话又响了，我还以为是赖利妈妈要我回复，但这次是莉娅发来的信息。

> 嘿，抱歉，电池没电了。你骑着自行车走了，我没追上你。
>
> 我想到了是这样。
>
> 我现在回家了，发生了什么事？
>
> 说来话长了，见面时再告诉你吧。我在彩虹屋。☺
>
> 你在那里做什么？
>
> 当然是在洗车。
>
> 祝你好运。
>
> 谢谢。

我呆看着那些色彩鲜艳的房子。我在这里待得太久了。这会儿，人们下班回家，都在找地方停车，现在是问他们要不要洗车的好时机。那样的话，我就不用挨家挨户敲门了。我扶起自行车，前胎压在柏油碎石路上，嘎啦嘎啦地直响——爆胎了，这下正好。我推着自行车穿过马路。

一个男人从一辆蓝色标致车 ① 里出来，瞥了我一眼。开始吧，我心想。我现在可以问："你好，我叫山姆。你需要洗车吗？"男人从后备箱里拿出两袋杂物，腋下夹了一大包卫生纸。

---

① 汽车品牌，总部在法国。

我停下自行车。

"嗨。"我说，"那个……那个……你要洗车吗？"

那人看了看我的水桶，便朝家里走去。

"现在不需要，伙计。"他说，"我有点儿忙。"他用脚关上了院门，走进屋内。

我尴尬得满脸通红，但起码问了出来。回家的人越来越多了，他们从我累得无法清洗的车里出来，走进我紧张到不敢去敲的门里。完美父母计划是个好主意，只是我没想到执行起来竟这么难！

我推着自行车，沿着彩虹屋前的人行道走着，边走边看向窗户里面。大多数房子的前厅里都空无一人，只有二十八号有位老人坐在椅子上，端着一杯茶看电视。隔了三个窗口，一位老太太也坐在那里做着同样的事情。没有完美父母，完美祖父母倒是很多，足以组成一支足球队。在隔壁三十六号的窗口，我看到一个男孩坐在沙发上玩手机。我停了下来。他看起来和我差不多大，做着我也会做的事。我想知道他在玩什么，可能是《我的世界——跑酷》或《寿司怪物》，要不就是在给朋友发信息。我慢慢地走过，一边走着，一边看着他。他肯定是在玩游戏，他的拇指在按按钮，像是准备连跑带跳过四个街区一样。然后，他突然停下，抬起头。我赶忙后退，蹲在一个带轮的垃圾箱后面，把头探过顶部往里看。一个穿着蓝色运动衫的男人走进房间，拿着一包东西；一个女人也走了进来，捧着一个插着蜡烛的蛋糕。他们一定是他的父母，男孩的脸上绽开了笑容。他的妈妈和爸爸张开了嘴，烛光摇曳着，照亮了他们的脸。我离得太远，听不见他们说什么，但我看得出他们是在唱《生日快乐》歌。我想象着他在做什么，笑了。我想象自己是那个男孩，想象他们唱出了我的名字。

祝你生日快乐，
祝你生日快乐，
生日快乐，亲爱的山姆，
祝你生日快乐。

男孩站起来吹灭了蜡烛。他妈妈放下蛋糕，给了他一个拥抱。我感觉很温暖，就像她刚刚拥抱了我。他们是一个完美的家庭，我只在电影里见过，赖利妈妈的烹饪杂志上也有，他们围坐在桌边。

男孩抬头看着他爸爸。他爸爸弯下腰，揉了揉男孩的头发，递给他一个小包，说："我猜你会喜欢。"男孩笑了。没错，我猜他会喜欢。

那是一个方盒子，用蓝色包装纸包着。

我认得那个盒子。

我知道里面是什么。

与赖利在圣诞节收到的一样。

在我之前住的房子里，丹尼尔也收到了同样的盒子。

是一台微软游戏机。

那男孩兴奋地扯开包装纸。

我对自己说，是微软游戏机。

男孩把最后一块包装纸扔在了地板上。

"是游戏机！"他喊道。

看到了吧，我早告诉过你了。

23

掩盖我的踪迹

"罗马帝国怎么样了？"赖利妈妈问。

"什么？"

"你和莉娅的作业呀。"

"啊。"我说，"很好。"

"你知道混凝土是他们发明的吗？"

"不知道。"我说，"我们还没学到那里呢，只做了浴室和竞技场的部分。"我又起意大利面塞进嘴里，盼着自己没有露出愧疚之色，"莉娅让我代她向你们问好。"

"真好。"赖利妈妈说，"但是，山姆，嘴里有食物，还是不要说话吧。还有你，赖利，别用袖子擦嘴。"

"好吧，那我用山姆的袖子擦？"赖利把手伸过桌子来抓我的胳膊。

"不行，别傻了，去拿餐巾纸擦。"

太棒了，赖利。我们相视一笑，又铲了一些意大利面到盘子里。我想去赖利的卧室给莉娅发短信，和她说说彩虹屋男孩的事，但赖利妈妈才问了一个问题，肯定还有很多问题等着我。

"莉娅怎么样？"

"很好。"我说。

"你和她在一起很好，你应该邀请她来家里。自从家长之夜以后，我只见过她一次，当时她把你落在学校的书送了过来，很快就走了。"

我不再吃面："为什么？"

赖利妈妈面露微笑："你知道的。看样子你很喜欢她，经常和她在一起……"

"我们只是朋友。"我打断了她。她像是很想打听我生活中的所有事。

"妈妈，山姆……"

赖利妈妈皱起眉头："现在不行，赖利，我在和山姆说话。"

"但是……"

"我说了现在不行，赖利。你也不要在嘴里有东西的时候说话。"

赖利咀嚼着意大利面。有那么一会儿，我觉得他打乱了他妈妈的思绪，但她就像一条带着很多问题的蛇，围绕着我，慢慢接近，等着一口咬下去……

"也许哪天可以请她来喝下午茶，山姆。"

来了。

"你觉得怎么样？"

"没错，可以让她和我们一起玩《王牌飞行员》。"赖利说。

"不行。"赖利妈妈说，"他们要一起做作业。山姆，是什么作业来着？"

"你知道是什么。"我厉声说，"我告诉过你了，是关于罗马人的。"

"山姆！没必要这么粗鲁。"

"谁叫你什么都要打听。"

"妈妈？"

"现在不行，赖利。"

"但是我想告诉你，山姆说我看起来像只水母。"

赖利妈妈摇了摇头。

"这很好，赖利。"她说，"但我需要山姆知道，我过问他去哪里，只是因为关心他。"

"你总是这么说。"

"我知道。"赖利妈妈说，"但是，确保你平平安安的，是我的责任。"

"我很安全。"我说，"我一直都和莉娅在一起做作业。"我放下刀叉，把椅子推离桌子。

"好吧，好吧。"赖利妈妈说，"我并没有说不相信你，可你是知道的，我每天晚上都要写日记。我不能只写，'山姆出去了，我一整天都没见过他'。那别人会怎么看我？"

"他们会认为你一点也不关心我。"我喃喃地说。

"正是。"赖利妈妈说,"我们都很关心你,我和汤姆都是的。我很清楚那是什么感觉,就像我们一直在审查你一样,这肯定不舒服。"

"不是的。"我说。

"不。"赖利妈妈盯着我看了很长时间,然后轻声说,"山姆,你还好吗?"

我点点头。

"可是你看起来有点儿……"

"我很好。"我看着盘子说。盘子里还剩下一些意大利面,但我不想坐在这里,感觉就像坐在戏剧社的热座上一样。我抬头看了看赖利,盼着他随时脱口而出"能去玩《王牌飞行员》了吗",这样他就能把我从桌边拉走。但他一直在吃,他妈妈则一直盯着我看。我看看盘子,又看看房间,只是不看赖利妈妈。我看到赖利和他爸爸、妈妈在索普公园玩激流勇进时的照片;又看到赖利第一天上学时,背着小熊维尼背包,在前门咧嘴笑着的照片;我看到他父亲回家时,给他量身高并在门上刻下的凹槽。都是赖利、赖利、赖利,我们此时吃的也是赖利最喜欢的食物:意大利肉酱面。这里没有我的照片,因为没人给我拍照;门上没有我的身高测量凹槽,因为别人还来不及做记号,我就搬走了;我没有最爱吃的食物,因为每家做饭的味道都不一样。我打赌彩虹屋的那个男孩不会遇到这种事,他每晚回家,也不会有人问二十个问题。

　　赖利妈妈继续吃着，但我仍然能感觉到她在看着我，好像在琢磨我在想什么。有那么一会儿，我想和她说说那些照片、食物和门上的凹痕。但她会怎么说呢？她会说，如果能让我感觉好点，她也会为我刻上凹槽？但她的责任不是让我感觉好点，即使我可以标记身高，她也可以用铅笔，那样她就可以在我离开后擦掉。也许这些都不重要，因为我可能已经在彩虹屋找到了完美父母。

　　赖利妈妈把刀叉放在盘子里。

　　又来了，又有问题了。

　　"山姆？"瞧，我就知道，"你去过罗马浴场吗？"

　　"没有。"我说。

　　"你想趁着假期去玩玩吗？"

　　我耸耸肩。

　　"那是在迪士尼乐园吗？"赖利问。

　　你真棒，赖利。我差点儿被意大利面噎住。

　　"不在，赖利。"赖利妈妈拿起她的盘子，"不在迪士尼乐园，是在巴斯。"

　　赖利的头晃来晃去，腿也在桌下晃来晃去。

　　"那么你是同意了吗，山姆？等赖利爸爸回来，我们一起去。"

　　"我不知道。"我说，"我还有事情要做，要去刘易斯家排演《龙蛇小霸王》。"

"去吧，山姆。"赖利兴奋地说，"我们去游泳，还可以坐充气鲸鱼。"

"恐怕不行。"赖利妈妈笑着说。然后，她看着我说，"你能有事做很好，但别忘了我和赖利也想见你。"她拿着盘子站了起来。

"我和山姆现在能玩《王牌飞行员》了吗？"赖利从桌边跳开。

"是的！"我终于看到了逃脱的机会，"来吧，赖利，我们走。"

"你们不吃甜点了吗？"

"不吃了。"我和赖利一边大喊着，一边冲出了房门。

"好吧，但只能玩半个小时。"他妈妈在厨房里说，"山姆？"

"什么事？"

"别忘了史蒂夫明早过来。"

我坐在下铺，等着《王牌飞行员》加载。赖利跪在我前面，手指动来动去，准备选择武器。

我给莉娅发消息。

嘿，我想我找到他们了！完美家庭。

不可能！你真这么认为吗？

可能是吧。我看到一个男孩拆礼物拆到了一台游戏机。

你不能因为游戏机而选人！

不只是这个。

他们长什么样？

我试着回忆他们长什么样，但当时只顾着看那个男孩和他的游戏机，没注意到。我记得男孩的爸爸穿着一件蓝色的运动衫，头发好像和我的一样是深色的；男孩妈妈在脑后扎了个马尾辫。

他们看起来很不错。

只是不错？

我光顾着看那个男孩了。

好吧，如果他们很不错，我们得再去一趟。明天好吗？

不行。刘易斯给我发了消息，要我去他家排演《龙蛇小霸王》。这次我真得去了，不然赖利妈妈会起疑心，哪儿也不让我去了。

好吧，那就后天。

好。但我们要怎么做？

别担心，我来安排。☺

"山姆。"赖利转过身来，"你能再帮我一次吗？"

"没问题。"我微笑着说，"你坐在我旁边看。"

赖利跳了起来，坐在我旁边的铺位上。他不在乎自己的膝盖碰到了我的，也不在乎胳膊肘戳着我的肚子。他不认为他离我太近，也不觉得不可以拥抱我。我很高兴他没看过《寄养父母手册》。

我按下开始键。赖利把头靠在我肩上，我则想把头靠在他的头上，但不确定该不该这样做。我真的喜欢你，赖利，我在心里说。我很高兴你拥有完美的家庭，很喜欢玩《王牌飞行员》，真的想和你一起去很多地方，但我希望你不要介意我也想找到自己的完美家庭。

24

摇滚明星史蒂夫是摇滚明星

"她只是想帮你，山姆。"摇滚明星史蒂夫说。

我看着他车里的雨刷不停地刷来刷去。

"她就是爱管闲事。"我对着赖利家的房子点了点头，说，"我敢说她现在一定在看着我们。她总是想知道我在哪里。她要带我去罗马浴场，肯定是因为这个。"

"肯定不是。"摇滚明星史蒂夫说。

"绝对是。"我说，"不管怎样，我已经告诉了她，你会带我去的。"

"去罗马浴场？"

"是的，但我们不必真的去，我就是这么一说。"

"我们当然可以去。"摇滚明星史蒂夫轻快地说，"但也许你应该给莎拉一个机会，伙计。神经别这么紧张。我的意思是，我们都会生气和沮丧，但必须知道什么时候该停下来。"

"我知道。"

"那你打算怎么办？"

"去道歉？"我看着摇滚明星史蒂夫。

"我认为这会是一个很好的开始。"他说，"可你得说到做到。"

"但他们并不是真的关心我。"我说。

"你知道的，山姆。"摇滚明星史蒂夫严肃地看着我，"莎拉和汤姆真的很喜欢你，他们照顾你不仅仅因为这是一份工作。"

"你总是这么说。"

"我会这么说，是因为都是真的。只是你太情绪化，太容易生气，因此才看不出来。以后不要总是觉得他们不关心你，或是把你当成负担，可以吗？"摇滚明星史蒂夫不再说话，只是看着我，好像是认真的。

我凝视着风挡玻璃外，看着雨刮器的刮片轻轻地摆动。摇滚明星史蒂夫不说话的时候不多，但我知道，他安静下来，是为了给我时间思考。我们每周这样见面一次。有时我们去星巴克或南多烤鸡店，有时只是在公园散散步，但今天我们开车兜了一圈，此时，我们坐在赖利家外面——外面下着倾盆大雨。摇滚明星史蒂夫只是想帮忙，他这么做已经有四年了。他帮我，在我离开布拉德和安吉家时，他带我去看电影；他帮我，在拉尔夫和珍让我走时，他每天都来见我。他有时很严肃，但也能让我发笑，即使只是我对着他的蛇皮鞋微笑。但我们现在都没笑。摇滚明星史蒂夫说赖利的父母喜欢我，但我不确定自己是否应该相信他，即使我相信他们，哪怕只有一秒钟，他们说不定就会改变主意，而我就得重新开始，再去信任别人。

我抬头看了看赖利卧室的窗户。据我所知，赖利妈妈现在可能就在里面帮我收拾东西。我看着摇滚明星史蒂夫。

"你要让我离开吗？"我轻声问，"如果是的话，我能跟赖利说再见吗？我可不可以搬到附近，好回来看他？"

摇滚明星史蒂夫慢慢地摇了摇头，对我微笑着。

"不，山姆。"他转向我，"你不用离开。关键不在这里，重要的是为了让你明白，有些人想让你留下。有些人真的很喜欢山姆·麦卡恩，不想让他离开。"

我笑了。我喜欢他这么叫我，这让我感觉心里暖暖的，好像自己很特别。也许被爸爸叫"虫虫"时，赖利也是这么想的。

"你瞧，这才是我认识的山姆。"他伸手摸了摸我的头发，"你得常常笑，伙计。这比皱眉容易多了。皱眉需要动四十三块肌肉，微笑只需动十七块肌肉。"

"真的吗？"我问。

"是的，所以要多笑。"

"好，"我说，"我试试看。"

"乖孩子，我还有一件事想跟你谈谈。"

"还有一件事？"我说，顿时戒备起来。

"不。"摇滚明星史蒂夫举起一只手安抚我，"不是什么大事。我和珍玛谈过了……你还记得珍玛吗？"

"记得，去年我和她一起回顾了我的人生故事。我说过，我不想再回顾了。"

"是的，我知道。"摇滚明星史蒂夫说，"但你现在又大了一岁，也许我们可以再试一次。回顾你的人生故事，也许有助于你更好地了解自己，帮助你理解发生了什么。"

"不要，"我摇了摇头，"我不想去。已经试过三次了，还是没用。"

"我知道上次不太顺利，但珍玛可以帮你。即使是重温一些小事，像是照片，对过去的回忆，也可能帮你在家里安定下来。"

我朝车窗外瞥了一眼，又回头看了看摇滚明星史蒂夫。"前几天我确实在想一些事。"我说。

"真的吗，你都想什么了？"

"我在一个地方看到一个女孩在放风筝。我想起自己也放过，就倒着走，结果摔倒了。"

摇滚明星史蒂夫点了点头，就像在脑子里做了个记录。"看，山姆，这正是珍玛能帮到你的。我们试一试好吗？"

"不要。"我说。

"好吧，别光说不，你好好想想。"摇滚明星史蒂夫盯着我看了很长时间，"记住，这不仅仅是为了了解你的父母，也是为了了解你自己的一些事。"

我点了点头。我会考虑的，但依然没有答应，而是望着风挡玻璃外的大雨。很多次，我都想多了解了解我的父母，有时想知道一切，有时又什么都不想知道。妈妈不再见我，我也不知道谁是我的父亲，他们都不想和我有任何关系，我为什么还要了解他们呢？

摇滚明星史蒂夫倾身向前，按下空调按钮，除去风挡玻璃上的哈气。

"你不必现在就决定。但是无论如何，你都要考虑考虑……"他突然高兴地说，"我听说有人要参演音乐剧了！"

"你怎么知道的？"我转向他。

"莎拉告诉我的。"

"这是自然。"我叹息道。

"山姆，她没有在背后议论你。她告诉我，你买了套西装，我问为什么，就是这样。跟我说说，快点儿！"

"好吧，是真的。"我能感觉到自己露出了得意的神色，"我要演《龙蛇小霸王》了，至少我自己是这么认为的。我今天上午要去一个朋友家排练，假期结束后的那个星期，我们还要试镜。"

"太棒了。"摇滚明星史蒂夫点了点头，说，"我很开心。"

"我也是。"我说，"我昨晚在谷歌上搜了一下，想看看这部电影，但下载要五英镑，所以我找了个剧本看。"

"做得好。"摇滚明星史蒂夫笑了，"你喜欢的，我也很喜欢。"

"你演过《龙蛇小霸王》？"

"那倒没有，不过我在学校里演过话剧和音乐剧。"

"真的吗？"

"当然！别那么惊讶，山姆。我会唱歌，还会弹一点儿吉他。现在不怎么行了，但以前在我们家乡编排的《油脂》中，我还唱过爵士摇滚呢。"

"我没看过《油脂》。"我说。

"你回去后可以查一查。"他瞥了一眼仪表盘上的时钟，"听着，我得走了，但和你见面很开心。"

"是的，是很开心。"我说。我不喜欢谈论人生故事，但很喜欢和摇滚明星史蒂夫在一起，一点儿也不想和他分开。

"也许你可以送我去刘易斯家。"我说，想方设法多和他待一会儿，"离这儿不远。"

"没问题，山姆，但也许这种事你应该让莎拉帮忙，这样她才会觉得你接受她了，而不是被拒之门外。"

"好吧，"我说，"如果你这样想的话。"

"但是你看，"摇滚明星史蒂夫轻快地说，好像他听出了我声音里的失望，"下周同一时间我来见你，还有，你要记住，我总是在电话那头。你有我的电话号码。"

我在心里笑了笑。"是的，我有。"我确实有他的电话号码，但他不知道我保存的联系人姓名是"摇滚明星史蒂夫"。

"很好，下次我们一起干点儿好玩的事，别再坐在雨里了。"

"但我喜欢。"我说。

"好吧，"摇滚明星史蒂夫笑着说，"我也是。"

我伸手拉开门把手，走了出去。

"等一下，山姆。"

我猛地停住。千万别提什么人生故事了。

我转过身，眯着眼在雨中瞧着他。

摇滚明星史蒂夫把身体探过乘客座。

"山姆。"他用美国口音说，"记住，查理·扬克斯！这是个帮凶！"

"什么？"我说，不明白他的意思。

"查理·扬克斯是《龙蛇小霸王》里的人物。"摇滚明星史蒂夫说。

"啊。"我咧开嘴笑了，"我还不知道故事讲的是什么。"

"没关系。"摇滚明星史蒂夫伸手去拉手刹，"你会知道的。"

25

所以我才不愿意回顾人生故事

卫星导航系统说十分钟就能到刘易斯家，但我们已经堵了好长时间了。我让赖利妈妈开车送我，一是因为这是摇滚明星史蒂夫的建议，二是我想由她送我，也许以后我说去刘易斯家，就算我其实没去，她也会相信的。

赖利坐在旁边用他的任天堂游戏机玩《喷射战士》。赖利妈妈则一直在问我跟摇滚明星史蒂夫谈得怎么样，她认为我见过他后一直很安静，事实确实如此。上次见珍玛的情形实在不愉快，我不想再来一次。

我还记得那个房间：角落里有一台咖啡机，还有两张绿色的沙发，桌子上有一个绿色的文件夹。珍玛戴上眼镜，微笑着轻声说："记住，山姆，这是你的人生故事。我们一起努力完成。"

我不喜欢别人说话轻声细语。那表示有秘密，或者我做错了什么。

文件夹的正面有一幅画，画着一个男孩和一个女孩，他们后面是六个成年人：两个看起来像父母，四个年纪大一点的，可能是祖父母和外祖父母。这几个人周围画着网球拍和足球，中间是一条虚线，上面是我潦草的字迹："山姆·麦卡恩，我的人生故事。"那是我六岁时写的。

珍玛打开文件夹。我不需要看，就知道里面是什么：一张妈妈躺在医院病床上抱着我的照片；一张我两岁时在公园坐在婴儿车里的照片；一张我和妈妈在挂着花卉画的房间里的照片——我在微笑，妈妈却茫然地盯着镜头，好像不知道那儿有镜头。我和妈妈只照过这些照片，就像有人在我四岁时把相机弄丢了。

珍玛问我在想什么。我在想，我已经两年没见过妈妈了，只觉得她像个陌生人。

珍玛翻到了下一页。我在上面列出了自己的兴趣爱好，比如玩抛接球、看《小羊肖恩》和《消防员山姆》。我还画了一辆蓝色的汽车，一个用简笔画画出的人在开车，那个人就是我。这些是我在两年前写和画的，现在看起来都傻乎乎的。

珍玛说也许我们该更新一下。

我告诉她没有新东西可以加进去。

"但你可以的，山姆。"她说，"只要你能仔细想想。你去过的那些地方，或者你认识的新朋友。"

"没什么可写的。"我说，"不管我拥有什么，都会失去。"

"但这就是我们写下来的原因啊，山姆。如此一来，我们就能记住。不仅仅是你，我有一本相册，里面装的是我爷爷、奶奶的照片。照片能帮我们记住人和地点，提醒我们来自哪里。"

"那我妈妈为什么不把它们拿走，或者留着呢？为什么我没有祖父母的照片？"珍玛只是想帮忙，但我能感觉到愤怒在心里积聚。妈妈所要做的就是拿起相机对准我，但她连这都做不到。

珍玛看着我，好像知道我在想什么。

"山姆，你妈妈生你的时候非常年轻。也许她和她的父母之间也有一些问题，但这并不意味着你不可以在这个本子里放满你和朋友们的照片。这本书是为了让你了解自己和自己的家庭而存在的。"

我翻到下一页，上面一片空白。

"看，也许你可以在这儿画画你自己？"珍玛说。

"我十岁了。"我说。

我接着翻到下一页，看到了妈妈送给我的两张圣诞贺卡，还有她在我七岁和八岁生日时送的男孩骑自行车的卡片。她把我送走的时候，还答应每个月都来看我，但从那以后，我只记得见过她两次。我摇了摇头，想要把那些思绪抛到脑后。

"我们来聊聊妈妈好吗？"珍玛又用那种温柔的声音问。

"没有意义。"我说，"你只会跟我说同样的话。你说她有很多困难，照顾不了我。关于我爸爸，你什么都说不出来。"

"我知道，山姆。但我们还是可以谈谈，我可以试着帮你理解。"珍玛盯着我。

我一会儿觉得浑身滚烫，一会儿又觉得浑身冰冷。我觉得墙越来越近，只想离开。

但文件夹里有些东西我必须看，即使知道看了会难过。

我把文件夹挪到面前，翻到后面。那儿有一个蓝色信封，信封正面写着"山姆收"。我拿起来。里面的信我读过很多遍了，但手仍然在颤抖。

珍玛伸出手来，好像想帮忙似的。

这是我的信，我想自己来。

我把手伸进信封里，抽出信纸。

纸在颤抖，我也在颤抖，字迹开始变得模糊。

我用袖子擦了擦眼泪。

　　山姆，不是因为妈妈不爱你，而是因为妈妈需要帮助。

她只写了一句话，但我读了十遍。

　　山姆，不是因为妈妈不爱你，而是因为妈妈需要帮助。

　　不是因为……

"山姆，"是珍玛在说话，"你还好吗？我们来谈谈吧。有什么问题都可以问，我是来帮你的。"

我盯着信看。

"她为什么不要我？"我低声问。

"你妈妈经历了一些不好的事。"珍玛说，"她需要帮助，她在信中说过了。"

"可她还是不来见我。"我说，"连一个下午都没有。"

"我知道，但我们仍在努力。你妈妈也在努力。"

不，我摇了摇头，我觉得妈妈根本没努力。

我把信塞回信封。读了也没用。整理我的人生故事，一点帮助也没有。这么做，只会让我想起自己没父母。

卫星导航系统里的声音说："已到达目的地。"

"山姆，你还好吗？"我抬起头，看到赖利妈妈用关切的眼神看着我，"到了。"

我向窗外望去，看到了刘易斯让我找的那棵粉红色的花树。

我伸手去开门。

"山姆，"赖利妈妈说，"你肯定一切都好吗？"

　　山姆，不是因为妈妈不爱你，而是因为妈妈需要帮助。

不要想，山姆。不要想。那只会给你带来伤害。

"是的。"我说，"我很好。"

26

蛋奶馅饼和奶油枪

我穿过刘易斯家的花园小路，紧张到胃里直翻腾。也许我可以去大桶埃里克那儿。我可以拿着剧本，趁复活节假期一个人把台词背下来。是的，我可以……

"嗨，山姆，这里！"刘易斯站在走廊里。此时回头已经太晚了。

"嗨！"我说。

刘易斯笑了，他这会儿没穿校服，而是穿着T恤和短裤，看起来年纪小了很多。"大家都在前厅呢。"他说。

我走过去，墙上挂着刘易斯和他家人的照片。

阿玛拉和里安坐在沙发上。

"嗨，山姆。"她们同时说。

"嗨。"我回答。

"我们正等你呢。"刘易斯走向电视机，"我们想先看电影，看完再聊。"

"好吧。"我紧张地点了点头，不知道该坐哪儿。我知道在校外和他们见面很奇怪，但看到阿玛拉和里安化着妆，穿着普通的衣服，更奇怪。

"我去给你拿瓶可乐。"刘易斯说。他从我身边走过，进了厨房。

有那么一会儿，我想跟着他过去，但阿玛拉说："山姆，你最近在忙什么呢？"

"最近？"我回答。

"到目前为止，就是假期里。"

"啊。"我说，"没什么，一直窝在家里。"

"我也是。"阿玛拉说，"我妈妈老是让我整理房间什么的，都快把我逼疯了。"

"我妈也是。"里安翻了翻白眼儿，"她总叫我别没完没了地聊电话。你妈怎么样？"

"是的，"我说，"我妈也这样。"我本来很担心来这儿，现在又担心他们问问题。在学校的时候，没有人问起过我家的事情，主要都是问功课，要不就是抱怨家庭作业。我以前从没遇到过这种情况。我希望刘易斯快点把饮料拿来，从冰箱里拿瓶可乐不需要这么长时间。我听到厨房里传来"嘟嘟"声，好像刘易斯有一台煮咖啡的时髦机器。

"那你想演哪个角色？"阿玛拉问。

"不知道，"我说，"我只看了前两场戏。不过，我知道自己很想演。"

她们都笑了，好像我说了什么好笑的事，或者说错了什么。也可能是因为她们发现了我是个寄养儿童。我知道这是个错误，我才来两分钟就想走了。

"给你，山姆。"刘易斯说。

我转过身。

"谢……"

刘易斯一下子把手里的盘子扣在了我的脸上。

我的嘴里和眼睛里都是泡沫。刘易斯和两个女孩大笑起来。我弯下腰，试着把泡沫擦掉。

"欢迎来到《龙蛇小霸王》的世界。"刘易斯说。

我用袖子擦了擦嘴，又擦了擦眼睛。阿玛拉和里安蜷缩在沙发上大笑。

"你们在干什么？"我转向刘易斯。

"蛋奶馅饼呀。"他说，"《龙蛇小霸王》里就是这么扔的。可惜我没有蛋奶沙司，只能用我爸的剃须泡沫。"

"没关系。"阿玛拉说，"他也是这样整我们的。"

我强挤出一丝笑容。还以为他们是在刁难我，但其实只是开玩笑。

刘易斯递给我一条毛巾。

"对不起。"他笑着说，"你可以报复我，不过只能用蛋奶馅饼。"

我又擦了擦脸。

"来吧，"他说，"我们看电影吧。"

阿玛拉和里安向沙发另一端挪了挪，我坐在她们旁边。

刘易斯拿起遥控器，坐在我旁边。

"没事吧？"他问。

"没事。"我舔着嘴唇说，"我满嘴都是剃须泡沫的味道。"

他大笑起来。"过一会儿就好了。给你。"他递给我一罐可乐，"喝了就好了。"

我接过可乐罐。

"我们是像鲍威尔先生说的那样做笔记呢，还是看看就好？"刘易斯说。

"只看就行了！"我、阿玛拉和里安同时说道。

"我开个玩笑而已。"刘易斯笑着说。

他把遥控器对准电视机，按下播放键。

电影开始了，我抿了一小口可乐。钢琴曲响起，一辆旧车在蜿蜒的道路上行驶，但我其实并没有认真在看。和朋友一起在别人家里，感觉怪怪的。我上小学的时候参加过生日派对，但都是在礼堂里举行的，全班同学都去了，甚至还有很多家长在场。寄养儿童的玩耍约会不算，那种场合只有一群寄养儿童坐在一间屋子里，不知道该说什么。

我环顾了一下刘易斯家的客厅。这儿比赖利家的客厅大多了，照片好像多了两倍。在一张照片里，刘易斯和应该是他弟弟、妹妹的人坐在一条被船拖着的大香蕉船上；在另一张照片里，刘易斯背着帆布背包，走在一条山路上；还有一张刘易斯在学校里的照片，他咧嘴笑着，牙齿之间露出缝隙。

刘易斯轻推了我一下，轻声说："你不想看电影吗？"

"不是。"我说，"我只是……"

刘易斯瞥了一眼他在学校里的照片："我知道，太尴尬了，到处都是我的照片：楼梯上、楼梯平台上，就连浴室里都有。自从我爸给我妈买了新相机，她就一直在拍。"

我微笑着又喝了一口可乐。

"你有兄弟姐妹吗？"他问。

我愣住了。

"你们俩要一直聊下去吗？"阿玛拉问。

我松了一口气。

"对不起。"刘易斯朝我翻了翻眼珠，好像以为我在叹气，"以后再聊。"他小声说。

我点了点头，暗自希望着他以后想不起这个问题。

电视画面中，那辆汽车停在一家商店外面，两个打扮成大人的孩子走下车。在学校里，我只谈论自己看了什么电视节目，或者在周末做了什么，从不对任何人说起我的家庭。有人问起的话，对话就会在尴尬中戛然而止，就像刘易斯刚才那样。因此，除了莉娅，我在学校里没有真正的朋友。

我喝了一小口可乐，回头看了看刘易斯，他在看电影。也许我可以和他讲一些我的事。我们若是都演《龙蛇小霸王》，就得一起排练很长时间，要是我什么都不说，他会觉得很奇怪，尤其是我从来不邀请他去赖利家的话。

我向他靠近。

"我有一个弟弟。"我说。

"什么？"他看着我，好像从没问过那个问题。

"你刚才问我有没有兄弟姐妹，我有一个弟弟。"

"酷。他叫什么名字？"

"赖利。他六岁了。"

"塞布八岁，罗茜六岁。"他一边说，一边朝他们在大香蕉船上拍的照片点了点头，"刚拍完照片，我们就掉了下去。"

我微微一笑。

"你坐过大香蕉船吗？"刘易斯问。

阿玛拉向前探身，瞪着我们。

我和刘易斯对视一眼，继续看电视。画面里，打扮成大人的男孩和女孩走进一家酒吧，那里有乐队在演奏，好几个女孩在舞台上跳舞。

我回头看了看刘易斯和他弟弟、妹妹穿着红色救生衣在海浪中扑腾的照片。虽然看不清他们的脸，但我打赌他们在笑。换成我和赖利也会笑，还会笑得双手发软、抓不住船，一个浪头打来，香蕉船会翻，把我们都抛进海里。我们会把水吐出来。我会游到赖利身边，看看他有没有事，他会哈哈大笑。我们等着香蕉船翻过来，再爬回船上。

我们都认为《龙蛇小霸王》很棒，尽管孩子们打扮成大人，到处乱跑，拿着奶油枪互相射击有点儿奇怪。我们一边吃着刘易斯从冰箱里拿出来的比萨，一边这么讨论着。他妈妈也和我们一起吃，还说让我们随意喝饮料、吃饼干，但要我们下午两点的时候安静点，她有一个视频会议要开。在那之后我就没见过她。如果是赖利妈妈，准会整个下午进进出出，检查我们在做什么。

看完电影，我们选择了各自的角色——至少是选了喜欢的角色，毕竟我们还得试镜。阿玛拉说她想演塔卢拉，这样不光可以跳舞，还有一首独唱。我选了丹迪·丹，刘易斯想演小霸王毕斯。鲍威尔先生说大部分角色是男孩，必须把一些男孩角色换成女孩，我们此时才明白他的意思。这很好，于是里安选择了胖子山姆这个角色，在毛衣里塞了一个靠垫，还让阿玛拉用眉笔给她画了小胡子。刘易斯上网查了查胖子山姆的歌词，他们在房间里边唱边跳起来。

我坐在沙发上看着他们。我喜欢学校里的戏剧表演，唱歌、跳舞也还行，但这会儿是在刘易斯家里，和他们一起表演，感觉很奇怪。

合唱部分开始了：

"嗒嗒嗒嗒嗒嗒……嗒嗒嗒嗒嗒嗒……"

刘易斯和阿玛拉把我拉了起来。他们笑得前仰后合，我忍不住加入了。

"嗒嗒嗒嗒嗒嗒……嗒嗒嗒嗒嗒嗒……"

最后，刘易斯说我们下周应该再聚一聚，还说这出戏的背景在美国，我们应该练习用美国口音讲台词。阿玛拉说会问问她妈妈能否去她家，里安说要和她的两个"爸爸"去康沃尔郡待两天，周一回来，我们改天可以去她家。有那么一刻，我很羡慕她可以出去玩——也许我羡慕她，是因为她有两个"爸爸"，而我一个都没有。然后他们都看着我，我说会问问父母，但他们可能不愿意，因为怕我弟弟碍事。刘易斯的妈妈一定是听到了我们的谈话，进来说还可以来她家。听了她的话，我松了一口气，他们要是去了赖利家，只消看一眼冰箱上的照片，就会发现我根本不属于那里。

27

美好的一天

我坐在客厅里，手里拿着笔记本。赖利妈妈把我从刘易斯家接回来后，我们又邀请了赖利的一个朋友过来喝下午茶。赖利问能不能让朋友留下来过夜，但他妈妈说那样的话，我就要睡沙发了。我以为赖利会生气，但他只是说"好吧"，便跑去楼上房间找他的朋友了。我有点儿内疚，因为我，他的朋友不能留下来，但这确确实实说明了一点：除了厕所，我连个坐的地方都没有。

"给你。"赖利妈妈进来，把一杯橙汁放在我面前的桌上。

"谢谢。"我说。

她坐了下来："终于可以休息了。"

她抿了一口咖啡。

我看着我的笔记本。

"干什么呢？"她问，"背《龙蛇小霸王》的台词？"

"是的。"我连忙点头，"是这样的。"

"玩得很开心吧。"她说,"我看得出来。"

"是的,确实如此。每个人都很投入,我们学会了其中一首歌的所有歌词,还跳了舞。"说完,我不再说话,告诉赖利妈妈越多,她问的问题就会越多。

"我觉得很不错。"她说着,又喝了一口咖啡,"也许我们可以一起排练。"

"也许吧。"我说,"但我们演什么角色,还没有确定。"

"好吧。"她笑着说,"等你有角色了,我们可以一起练练。"

她拿起遥控器,打开了电视。我讨厌和她单独待在一起,赖利不在,没人帮我逃避她的问题了,而她总是瞅准机会就说到寄养儿童的事,却还不想让赖利听到这些事,比如我是否有兴趣到朗利特、韦茅斯或其他什么地方参加寄养儿童见面会。但幸好她现在似乎只想看《英国家庭烘焙大赛》,她经常会把这个节目录下来。我想站起来去餐厅,但又想到打算明天去见红房子里的男孩和他的父母,不知道要花多长时间。也许我应该和赖利妈妈坐在一起,这样我就算回来晚了,她也不会太生气。

电视上的一名男子说,参赛者本周的挑战是制作巧克力泡芙,赖利妈妈靠在椅子上。我在刘易斯家玩得很开心,但在回家的路上,我一直想着那个男孩,想着要问他什么问题。我打开本子,看了看在车上做的笔记:

问红房子男孩的十个问题

1. 你叫什么名字？

2. 你多大了？

3. 你在哪所学校读书？

4. 你用微软游戏机玩什么游戏？

5. 你爸爸、妈妈叫什么名字？

6. 他们多大了（最好是与赖利的父母年龄相仿，但要有摇滚明星史蒂夫的个性，只是不要像他那么老☺）？

7. 他们做什么工作的？

8. 他们有没有宝马 M5 停在车库里（如果有，我们能去看看吗）？

9. 你家有多少间卧室（如果有两个，我不介意合用。如果有三个，我也不介意你把微软游戏机放在你的卧室里）？

10. 你父母还想要孩子吗？

我擦掉了最后一条。不能这么问，他会觉得很奇怪，甚至可能猜到我的目的。莉娅在发来的信息中说，我们必须仔细计划，以免引起怀疑。

10. 你有兄弟姐妹吗（如果是，那就有点儿糟糕了！如果没有，你想要一个吗）？

赖利妈妈咯咯地笑了起来，我从笔记本上抬起头来。"她太有意思了。"她一边说，一边朝电视里一个留着鬈发的矮个子女人点了点头，"我不记得她以前参加过什么节目，不过我也喜欢那个节目里的她。"我觉得应该说点什么，但我不认识那个女人，连加热烤豆都不会，更别说做巧克力泡芙了。

赖利妈妈又喝了一口咖啡。她看起来很累，我以前从没注意过这一点，也许是因为我从没和她坐在一起过。照顾赖利一定很辛苦，他总是跑来跑去的。照顾像我这样的人肯定更难，有时我想知道她为什么愿意照顾一个寄养儿童。她有朋友这么做吗？还是她在电视或杂志上看到了什么？我想知道她这么做是不是为了赖利，毕竟他没有兄弟姐妹。也许她不想再生孩子了，又或者是她认为赖利喜欢有个伴。

电视上开始播放洗衣粉的广告。

赖利妈妈发现我在看她，对我笑了笑。

"你没事吧，山姆？"

"没事。"我说，低头看了看笔记本，又抬头看着她。她要问我问题了，我知道她会，就像和摇滚明星史蒂夫在一起时一样。

她把杯子放在咖啡桌上。要开始了。

"汤姆总是说我应该参加《英国家庭烘焙大赛》。"她说。

"什么？"我惊讶地说。

"汤姆认为我应该去参加《英国家庭烘焙大赛》。"

"是的，你应该去。"

赖利妈妈的脸上立即露出了喜色。她没想到我会这么说，我也没想到。但看到她的笑容，我也很开心。我有段时间没见她笑了。

"你做的蛋糕非常好吃。"我说，"尤其是巧克力味的。"

"谢谢你，山姆。"她露出了灿烂的笑容，"你真乖。"电视里又开始播放《英国家庭烘焙大赛》，她的目光回到了电视上，"对了，汤姆说我好指使人，不能去参加比赛。"

"确实如此。"我说。

"你怎么可以赞成！"她假装很受伤。

我笑了，心想，今天是美好的一天。真是美好的一天。

28

住在红房子里的男孩

"喂！山姆。"

"怎么了？"

"要下雨了。"莉娅扭动着身体，"下次你选窝的时候，能不能找个有屋顶的地方？"她翻了个身，给我看她牛仔裤的后面，"看起来就跟我尿裤子了一样。"

我哈哈大笑起来。

"一点也不好笑。"她说，"你怎么总是能选到干的那部分？"

"因为我经常来，所以知道哪里有洞。"

"好吧，我不要在这边了……我们交换位置。"

我们在大桶埃里克里挪动起来，莉娅满意地坐在干燥的地方，说道："那给我讲讲吧。"

"很不错。刘易斯恶作剧，把蛋奶馅饼扣在了我的脸上。我还用美国口音练习台词了。"

"不是的，你这个呆子。我是说你偷看那个男孩过生日的事。"

"你说得好像我在监视人家似的。"

"确实有点儿像。再说了，这是一个任务。"

"真的。"

"那当时的情况到底怎么样？你只告诉我——他收到了一台微软游戏机。他父母怎么样？"

"嗯，他们看起来非常好。"我用美国口音说，"他们吃火鸡和核桃派。"

莉娅大笑了两声。

"山姆，"她说，"这很好。可你这样说话，我真觉得很可笑。"

"好吧。"我笑着说，"他们看起来不错，但我也说不清为什么。"

"好吧，那你就好好想一想怎么说。我正好擦擦望远镜的镜片。"

"你没有望远镜。"我笑着说。

"不，我有。"莉娅把手伸进包里，拿出一副双筒望远镜，"妈妈一直把这副望远镜放在阁楼上，说是我曾祖父的，他以前常去看鸟。"

她取下黑色镜头盖。

我不可置信地摇了摇头，想起了红房子里的男孩，他似乎并不知道他父母会带着蛋糕和礼物进来。我想象着他脸上惊讶的表情，不禁微微一笑。一台游戏机。"是微软游戏机！"能得到这样的惊喜，真是太棒了。

"那么，他们好在哪里呢？"莉娅用一块布擦着镜片问。

"他们很体贴。"我说，"还有，他拆开游戏机的时候，他们也和他一样高兴。唯一的问题是……"

"什么？"

"我不确定我和他们长得像不像。即使他们想收养我，也没人相信他们是我的父母。"

"你担心得太多了。"莉娅说。

"说得倒轻巧，你和你妈妈住在一起，你长得很像她。"

"很不幸，我知道。"莉娅笑着说，"但并不是每个人都和家里人长得很像。"

"你长得也很像莫丽。"我说，"赖利一家看上去就像一个模子里刻出来的。"

"好吧，皮特叔叔和我其他几位叔叔一点儿也不像。我奶奶说他就像长在防风草地里的胡萝卜。"

我笑了起来："这到底是什么意思？"

"不知道。"莉娅轻轻地笑了，"但他的头发是红色的。"莉娅把镜头盖扣上，"来吧。"说着她站了起来。

"你要去哪儿？"

"这还用问吗？我带这个，不是为了看清你的青春痘，我们得去那里。听起来你找到了完美父母，现在你要做的，就是让他们知道你对他们来说是完美的孩子。"

"可是我该怎么说呢？'嗨，我看到你们给儿子送了礼物，所以觉得你们会成为我的好父母？'他们肯定以为我是冲着游戏机去的。"

"不会的。"莉娅笑着说，"就算你不跟男孩的父母说话，也可以找那个男孩聊聊啊，交个朋友，那之后你就能跟他们说上话了。我妈就是这么认识我爸的。等等，考虑到事情的结果，也许这不是最好的例子。不管怎样，我们得走了。"

"什么，现在？"

"是的。"莉娅说，"你想演《龙蛇小霸王》，是吗？这也许就是你留下来的机会。"

我查看手机上的时间。

"我们还有多长时间？"莉娅问。

"四个小时左右。"我说，"我告诉赖利妈妈说去你家，但我不想让她不高兴，所以说午饭后就回去。"

"想得很周到。你要是被禁止外出了，就永远也见不到完美父母了。"

我站起来，心里七上八下的。突然间，一切都变得真实起来。我要去见真实的人，而不是在网上或杂志上挑选的名人夫妇。

莉娅坐在大桶埃里克的顶部，回头看着我。

"你还在等什么？"她问。

"我不知道。"我深吸了一口气，"我说不清楚。"

"没关系，"莉娅温柔地说，"我知道这是一大步。我也紧张，但这是我们计划好的。"

"你是对的。我们走吧。"

我把手放在大桶埃里克的边缘，一撑劲儿，跳到桶外。

雨下得太大了，彩虹屋上的漆看起来像被冲掉了一样。我在广场尽头，骑在自行车上，和莉娅一起扫视着那些房子。我们轮流用望远镜望着男孩的红房子，但没看到有人进出，前厅太黑，看不见里面。我们看到那家的邻居出来，往回收箱里扔了一些易拉罐。莉娅估摸他们在我们来之前就出门了，但他们的红色汽车还停在外面。我跟她说，那个男孩可能在卧室里玩游戏机。我知道，要是父母给我买了游戏机，我一定会窝在卧室里玩，白天玩，晚上也玩，玩整整一个星期。等我终于从卧室里出来，我会眨着眼睛，像僵尸一样摇摇晃晃。

两个男孩扛着滑板进入广场。莉娅用双筒望远镜看着他们滑过小路。

我朝左边瞥了一眼，笑了。

莉娅放下望远镜。

"你笑什么？"她问。

"我跟你说过的那位老太太来了。"我说，"我的完美祖母。"

谢泼德太太沿着人行道走了过来，也许是去商店。她戴着一顶蓝色防雨软帽，穿着雨衣，好像早就料到了雨季的到来。

"山姆！"莉娅咧嘴大笑，"她看起来真可爱。你看，她的狗还穿着小外套呢。"

"我知道，它也很可爱。"

谢泼德太太看向我们这边，挥了挥手。我也朝她挥挥手。

"她很可爱。"莉娅轻声说，"可你是从什么时候开始喜欢苏格兰犬的？"

我笑了笑："因为我的完美祖母养了一条苏格兰犬。"

莉娅摇了摇头："山姆·麦卡恩，你怎么这样！"

我耸耸肩。

"我想我刚才看到他了！"莉娅冲广场对面点了点头，"那个男孩，就在顶层的窗户里。那儿一定是他的卧室。等一下！"她伸手去拿她的包。

"这是什么？"我问。

她从包里拿出一个红色的飞盘。"给你。"她说，"我们浪费的时间够多了。"

"怎么会有这个？"我接过来说。

"山姆，这是前瞻性计划。现在你过去扔飞盘吧。"

"什么？我自己？"

"是的。"

"但那样一来，会显得我没朋友似的。"

"这有什么新鲜的？"莉娅大笑着说，"快去呀，他好像还在那儿。"

我看向红房子的顶层窗户。

"我没看见有人呀。"我说，"再说了，我一个人扔飞盘，会很奇怪的。"

"我们不能只是坐着等事情发生，你只管去就是了。"莉娅轻轻地推了推我的后背说。

"好吧。"我说，"我去了，去扔飞盘了。"

"好。"莉娅举起望远镜，"记住，我会一直看着你的。"她用奇怪的口音说，"所以不要抓痒，也不要挖鼻子。"

"你真是个怪人。"我笑着穿过草地。但如果红房子里的男孩像我一样，就不会出来。

我在男孩家前面将近五十米的地方停了下来，举起一只手臂。我回头瞥了一眼莉娅，发现她在看着我。我想象她朝我咯咯地笑，或者我是朝着一只看不见的狗扔飞盘。我把飞盘抛向空中，然后接住。我抛了一遍又一遍，时而看向莉娅，时而看向对面的红房子。

手机在口袋里响了一下。

    继续，很快就会有结果了。

    但愿如此，我现在这个样子真是太奇怪了。

我发完信息，又扔出了飞盘。

在来这里的路上，我和莉娅聊起了男孩的父母可能叫什么名字、做什么工作。莉娅觉得他们叫多姆和菲奥娜，男人是个电脑奇才，办公室里有很多电脑，女人则是一名美术老师或在画廊工作。又或者，他们是流行歌手，厌倦了被记者跟踪，便隐居在一排没人能想到他们会住的排屋里。我说那很酷，只是可能性不大。

我一直扔飞盘。

口袋里的手机又响了。

> 山姆！
>
> 我在努力呢！
>
> 不，鹰降落了。
>
> 什么？
>
> 他来了！

我转过身，环顾四周。一个穿着蓝色连帽衫的男孩站在我旁边。

"你还好吧？"他问。

"是的。"我说，把手机放在一边。我试图分辨眼前这个男孩是不是红房子里的那个，可又担心我盯得太久，他会觉得我是个怪人。

"你住在这附近吗？"他问。

"是的，"我说，"没错。我刚搬过来不久。"我低头看着飞盘。我为什么这么说？

"我也是这么想的。"男孩说，"我看见你在附近转悠。"

"是的，"我说，希望他指的不是我从窗外窥探他家的事儿。

"这儿没什么好玩的。"我举起飞盘,"附近一个人也没有。"

男孩笑了:"那你上的也是新学校吗?"

"是的,"我说,"邓纳姆中学。"我想都没想,就把真正的学校名字说了出来。

"邓纳姆中学?"男孩惊讶地说,"离这里有好几公里呢。"

"是的。"我说,试图掩盖自己的企图,"我的意思是说,那是我以前的学校,现在我要转到附近的一所新学校。你在这里住了多久了?"我问,把话题转到了他身上。

"我只是放假的时候来住一段时间,每年都来。"

"所以你不是……"

"不,我不住在这儿。"男孩朝红房子点了点头,"这里是我叔叔、婶婶的家。"

"啊……这样啊。"我的心直往下沉,"所以他们不是……你的父母吗?"

"不是,不过没关系。"男孩轻快地说,好像注意到了我的失望,"米歇尔婶婶和戴夫叔叔很酷。戴夫叔叔带我去看足球比赛,我过生日的时候,他们还给我买了一台游戏机,以后我再也不用把家里的那台带来了。"

"你已经……你已经……"我的思绪还是有些混乱。不是他的父母、不是他的父母,"你有两台游戏机?"我终于

165

问道。

"是的，不过家里那台的一个控制器被我弄坏了，所以也许我应该把两台换一下。顺便说一下，我叫乔希。"他看着我说。

"我是山姆，"我说，"山姆·麦卡恩……"我的声音渐渐消失了，乔希似乎没有注意到。

他只是笑着说："酷，山姆。"

我心想，你很不错，但我是来见你父母的，可他们甚至都不是你的父母。

我朝莉娅那边看了一眼，真希望运动衫里面藏了个麦克风，耳朵里有个耳机。莉娅向我挥手。不是！我在心里说，他们不是他的父母。

"山姆？"

"抱歉。"

"我问你现在住在哪儿？"乔希说，"你说你是刚搬过来的。"

我惊慌地朝莉娅的方向瞥了一眼。没有麦克风、耳机，她太远了，帮不了我。

"我……我……那边，转过街角就是。"我终于说。

"酷。"乔希说，"我在这里谁也不认识，那些人年纪都太大了。"他朝踩着滑板穿过小路的男孩们点了点头，"要不要玩一会儿？"他拿走了我的飞盘。

"是的。"我说。我也许有些惊慌，但乔希好像没注意到。

我做到了和红房子里的男孩说话。我从口袋里掏出手机，想给莉娅发信息，但乔希喊道："山姆！接着！"

　　我低下头，飞盘嗖地从我头上飞过。

　　"对不起。"乔希说，"我还以为你准备好了呢。"

　　"没关系。"我一边说着，一边跑去捡飞盘。我伸手去拿飞盘，趁机看了看手机，给莉娅发了一条信息，表示感谢。我抬头望向广场，想看她作何反应，但她已经走了。

29
乔 希

乔希的百米跑速度是 14.3 秒。

乔希可以一口气喝下一罐可乐。

乔希在市区另一边上学。

乔希不怎么踢足球，他的学校专攻橄榄球。

乔希打到了《星际赛车 3000》的第九级。

乔希的电话号码是 07705482093。赖利洗澡的时候，我一直在楼下发短信。乔希很喜欢汽车，他最喜欢的是捷豹 E型车，因为他爷爷一直想要一辆。捷豹 E 型车 0 到 96.56 公里加速只需 7.6 秒，最高时速是 247.84 公里。我本来想发信息告诉他宝马 M5 要快得多，但那是他爷爷的梦想车，所以我只说，我们都喜欢跑车，我觉得这很酷。他说也许我们可以一起玩《顶级王牌》，但他在里面找不到他爸爸开的雷诺梅甘娜汽车。我跟他说里面也没有我爸的大众高尔夫汽车。我撒了谎，感到有点儿愧疚，我还说自己转了学，也是在说谎，但我只想和他交朋友，然后见见他的叔叔和婶婶。这就是我的心愿。

我刚告诉他，我明天不能去，因为我要去找刘易斯、阿玛拉和其他人排戏。

我的电话响了，是乔希。

酷，那就周五吧。

我笑了笑，回顾了今天我了解到的关于他的其他事情。

他的父母都在英国国防部工作。他们不是间谍，但不可以谈论工作，乔希说他听到过一些内容，但都很无聊。

乔希很擅长攀爬。我发现这一点，还是我一个没留神，把飞盘扔得太高，他就爬到公园的树上去捡。然后，我们不再玩飞盘，在秋千上坐了下来。

"那你的叔叔和婶婶呢？"我问。当乔希说他们不是他的父母时，我的问题清单便从脑海中消失了，但现在又回来了。

"婶婶在艺术学院做会计，叔叔以前是消防员，现在是消防安全顾问。"他说。

"他们有宝马 M5 吗？"

"没有。"乔希大笑着说，"那辆货车是戴夫叔叔的。"他指着一辆写着"消防服务"字样的红色面包车说，"米歇尔婶婶开的是那辆旧福特嘉年华。"

"啊，"我说，"他们多大年纪……"

"你爸妈开的是宝马 M5 吗？"乔希打断了我。

"不是，那只是我最喜欢的车而已。"我说。

乔希笑了："那你父母是做什么的？"

我顿时慌了神。"很无聊的工作。"我终于说，"你喜欢骑自行车吗？"我转移了话题，"我就很喜欢，我也喜欢表演，希望能在学校的演出《龙蛇小霸王》中扮演一个角色。"

"酷。"乔希说，"你会说美国口音吗？他们说话都带着美国口音。"

"不太会。"我说，"但在练习。"

我看了看他叔叔和婶婶的房子。我觉得和乔希已经成了朋友，尽管我对他撒了谎。他人很好，所以我觉得他的叔叔和婶婶也很好。我要做的就是想个办法和他们见面。这时，乔希说："我要尿尿。如果我去树边撒尿，米歇尔婶婶会怪我的。你要不要一起来？"

"不了。"我说。

"好吧。"乔希说，"不过我们可以去喝点东西。"

然后我就跟着他穿过了草地。我要去他家了，现在回想起来，我还是很兴奋。

"赖利！"赖利妈妈朝楼上大喊，把我吓了一跳，"马上从浴室里出来，不然你会把山姆的热水都用光的。"

"知道啦！"赖利喊道。

我的手机嗡嗡地响了，这次是莉娅。

怎么样？

非常好。我输入信息的时候忍不住笑了，他叫乔希，他真的很酷。

你见过他的父母了吗？

没有，这是唯一的问题，他们是他的叔叔和婶婶。但我去了他家！

然后呢？！

我站在走廊里。

山姆！

我很紧张。

他们跟你说话了吗？

没有。他们在另一个房间，但我听到了他们的声音，很不错。

你还能再见到他们吗？莉娅兴奋地打字，速度比我还快。

希望如此，明天要去排戏，后天再说。不过我不知道该跟他们说什么。

不会有事的，做一份清单就行了。

我笑了。我喜欢莉娅总是为我着想。就算真能找到完美父母，我也不会把她排除在外的。

好吧，好主意。

酷。顺便说一下，我妈交了个新男朋友。

太好了。

一点也不好！

为什么？

他的脑袋圆圆的，再加上一对耳朵，活像个水罐。☹

☹

明天再发消息联系。

好的。

我拿起笔记本。

我要问乔希的叔叔和婶婶的十个问题：

1. 你们喜欢和乔希一起住吗？

2. 如果是，你希望他经常过来住吗？

3. 如果不，那我可以和你们一起住吗？ ◡

4. 你们喜欢南多烤鸡店……

赖利冲进房间，只穿着睡裤，头发还湿漉漉的。

我啪的一下合上笔记本。

"你在干什么？"他问道。

"没什么，瞎写而已。"

"我有时候也喜欢在学校瞎写。"他说，看上去很严肃，
"有一次，我用蜡笔在桌子上画了一只鸡，詹姆斯小姐就说了

我一顿。”

我微笑着把笔记本放在枕头下。

“赖利，你出来了吗？”他妈妈喊道。

“出来了！”

“很好，一定要把身上擦干。我马上就上去道晚安。”

水从赖利的脸上流下来。

“我想你最好去拿毛巾。”我说。

“没错。”赖利跑了出去，五秒钟后又回来了。

“山姆，你愿不愿意像爸爸那样，用毛巾绕着我的头，像洗车时的刷子一样前后拉？”他把毛巾递到我面前。

“好吧，”我说，“站着别动。”

我用毛巾包住他的后脑勺，抓住毛巾两头。

赖利开始咯咯地笑。

我喜欢他总是那么开心。而这一次，我也很开心。因为今天我交了个新朋友，还差点见到我希望成为我的完美父母的人。我一定要想办法在下次去时和他们见上一面。

30

我的照片

"山姆，跟我们一起去吧。"第二天早上赖利说。

"是呀，去吧，山姆。"他妈妈说，"感觉这周我们都没怎么和你在一起，你不是忙着和莉娅做作业，就是排演《龙蛇小霸王》。"

"但我告诉过你，我要去刘易斯家。"

"那明天怎么样？我得去买点儿东西，买完之后，趁着赖利爸爸还没回来，我们可以一起去玩玩。"

"是啊，来吧，山姆。"赖利穿着鲨鱼龙睡衣从床上跳了下来，"我们可以去体育中心，看看能不能学跆拳道。"他伸出双手，跃起来踢了踢腿，"还能穿很酷的衣服，系很酷的腰带。"赖利转过身，又踢了一脚。

他妈妈摇了摇头："赖利，当心点儿，你会把电视机撞翻的。我可没想过什么跆拳道，我告诉过你，衣服和腰带很贵，课程的费用要四十五英镑。"

"也不是很多嘛。"赖利说。

"乘以二就贵了。我想的是去码头散散步，吃冰激凌。你觉得呢，山姆？"

"什么？"我转过头，不再看电视。

"山姆，"赖利妈妈翻着白眼说，"你在听吗？"

我继续看屏幕，假装她不在那里。

"赖利，你能去趟厕所吗？"她问。

"我去过了。"

"那就再去一次，从你的柜子里拿出几件干净的衣服。然后把你身上的睡衣放进洗衣机，你已经穿了好几天了。"

赖利一脸气恼。

"赖利！"

赖利转过身去，我听见他咚咚地走过楼梯口。他妈妈看着我。

我按下控制按钮，让飞机升上天空。

赖利妈妈坐在我旁边："山姆，明天跟我们一起去，有什么不好的吗？你知道赖利有多喜欢跟你在一起。"

"我知道。"我说，"但我真的很想去刘易斯家。"

"连续两天都去吗？"她惊讶地提高了声音。

我应该说去找莉娅做作业的，但说谎说多了，我自己都搞混了。"我们都希望十拿九稳，得到最好的角色。"我脱口而出，"可要是不排练，就别想演到好角色。"

飞机呈水平飞行状态，我关掉引擎，准备俯冲。只要我玩得时间够长，她就会放弃、走开，但她仍然看着我，好像想和我长谈似的。

"山姆。"她轻轻地说，"下周是赖利的生日，我想也许这是个机会，你们两个人能一起做些值得他记住的事。"

"我可能有事情要忙。"我说。

"那我们就挑个你不忙的时间。"赖利妈妈瞥了一眼贴满变形金刚海报的衣柜门，"也许可以给你和他拍一张合影，就像去年他和他表妹在照相亭拍的一样。"

我抬起头，看着赖利缺了门牙咧嘴笑的照片。站在旁边的是他表妹，她歪着头，好像认为自己会到镜头之外。看起来他们玩得很开心，但她为什么突然想给我拍照呢？照片会让人们想起人和地点，就像我的人生故事文件夹里那些妈妈的照片。不是每张照片都是赖利和他表妹那种快乐的照片，照片是为了让人们在你死后记得你的样子。

我按了 X 键，飞机停了："我要去刘易斯家，今天和明天都去。"

"什么？"赖利妈妈摇着头，好像头发里有只蜜蜂，"怎么了，山姆？我只是说能拍照片会很不错，也许还可以给你买几张海报。"她转过身来，看着床上方的胶带碎片，"我知道你不喜欢《变形金刚》，但贴一些你喜欢的海报，会很有趣，比如汽车，或者……"

"不要。"我恶狠狠地说，"我不想要照片，也不想要海报。"我站了起来。

"山姆，"赖利妈妈从床边站起来，"你怎么了？"

“没什么。”我说，“我必须去刘易斯家。”

“但你没穿西装。”她说。

“我不必每次都穿。”

我朝门口走去，就在这时，赖利飞快地从我身边经过，还穿着鲨鱼龙睡衣。

“我能继续穿这身睡衣吗？”他问。

他妈妈叹了口气，好像放弃了。

“一点也不臭。”赖利嗅了嗅睡衣，“是不是，山姆？”

“不臭，赖利。”我说，“没有怪味。不管怎样，我现在要走了。”

“可我们还没谈完呢。”赖利妈妈说。

我从她身边走过时，发现她看起来和我一样困惑。

她说海报很有趣，但是，如果总有一天要撕下来，那贴上去又有什么意义呢？

31

为什么我说不出"最好的朋友"这几个字

"我马上就来。"我正在大桶埃里克里面换下西装。我本想穿着西装去见乔希的叔叔和婶婶，但乔希可能会觉得有点儿奇怪，尤其是他穿着连帽衫和牛仔裤。至少赖利妈妈看到我穿西装，会相信我是去排练《龙蛇小霸王》。

但是，听到她说我看起来很帅，我心里很不是滋味。

我把衣服塞进包里，伸手抓住绳子，随即站了起来。

"顺便说一句，你还真是这样。"

"真是哪样？"我说着，把腿跨过大桶埃里克的顶部。

"想太多。"莉娅说，"赖利妈妈说得对，照相亭很好玩。我和海蒂照过一次，我们穿了妈妈的裙子，还化了浓妆。"

"我绝对不会去！"

莉娅大笑起来："但也许你应该考虑一下。"

"现在说什么都来不及了。"我跳下来，扶起自行车，"他们今天就去了，在赖利爸爸回来之前。"

"他回来的时候你不在家，不会有麻烦吗？"

"他得晚些时候才回来。"我说，"再说了，我绝对不会错过这个机会。"我冲着巷子点了点头，"走吧，我今天就要见到完美父母了！"

莉娅对我笑了笑："你很兴奋，这很好。我们应该展望未来，不要老想着过去，这很好。我妈每次分手都这么说。不过她在看电视的时候，还是会给他们发短信。"

我摇了摇头。我们推着自行车，沿着大街向自行车道走去。

"怎么了？"莉娅问。

"没什么。"我说，"只是你这人说话有点儿怪。"

莉娅耸了耸肩："我就是这样。对了，昨天排演《龙蛇小霸王》怎么样？"

"很好。我们看了剧本，还用美国口音表演了。刘易斯扮演小霸王毕斯阿玛拉扮演塔卢拉，我扮演胖子山姆。"

"酷，那就说来听听吧。"

"什么？"

"你的美国口音呀！"

"现在？"我说着，朝街上望了望，"这里？"

"是的，有什么不可以吗？你想演戏，就需要练习。"

"好吧。"我把自行车靠在一家房地产中介的窗户上，"但在这里，感觉有点儿奇怪。你得想象我戴着一顶黑帮帽，穿着西装。"

"山姆，快演吧！"

"好吧，好吧。"我深吸了一口气，"你准备好了吗？"

"是的。"

我进入了角色状态。"有人曾经说过，'就算天上落下脑子，罗克西·罗宾逊照样一个也接不到'。"我用自己说得最像的美国口音道。

莉娅哈哈大笑着说："非常不错，再说点儿。"

"我还没背台词呢。"

"那就随便说点什么。"

"好吧。"我伸出双臂，展开手指，"好吧，我叫山姆，和朋友莉娅一起走在人行道上，寻找我的完美父母。"

莉娅的整张脸都皱起来了："老天，山姆。你听起来更像说唱歌手，而不是黑帮。"

"是的，我觉得要多多练习才行。我们都是，所以我们要在假期至少再见一次。"

"至少一次？"莉娅说，"如果这样的话，再加上你找到了完美父母，你就更没有时间见我了。"

"不会的。"我说着扶起自行车。

"我只是开了个玩笑。"她说，"你知道，我是多么希望你把这两件事都做成。"

我们推着自行车，沿人行道走着。有那么一会儿，莉娅只是看着商店的橱窗，没有说话。她说我没时间见她，我希望那只是说笑而已。对她，我永远都有时间。如果不是她，这一切都不会发生。她是我最好的朋友，我希望能告诉她这一点，也许我应该告诉她。要是她这么对我说，我一定很开心。

我们在一个十字路口停下，我伸手按下过路按钮。汽车呼啸驶过，我瞥了一眼莉娅。她看着马路对面，等着红灯变成绿灯。

我现在就可以告诉她，但又怕她笑我。

"你在看什么？"她扭头看着我问。

"没什么。"我说，"只是在想……我知道你是在开玩笑，但我不会没时间见你的。就算乔希的叔叔和婶婶是完美父母，我也会骑自行车去找你。"

"我知道你会的。"她笑了。

我看着她。"现在就告诉她，山姆，"我在心里说，"快点告诉她，她是你最好的朋友。"

"莉娅……"

"嗯？"

"你知道……你知道……"

"可以走了。"

车流停下，红灯变成了绿色。我们推着自行车穿过马路，来到通向自行车道的人行道上。

莉娅坐在自行车上，一只脚踩住踏板，我也一样。

"你想说什么？"她看着我问。

"说什么？"

"你刚才在十字路口，想说什么？"

我想说你是我最好的朋友，最好最好的朋友。

"啊，这个呀。"我说得好像这不重要似的，"我只想说……"

你是我最好的朋友。

"我只是想说……我真的很感激你为我做的一切。"

莉娅咯咯地笑了："没关系。我只是来看看，确定乔希不是连环杀人犯，也不是怪胎，会把你锁在地下室里。"

我紧张地笑了。为什么我不能直接说出来？

莉娅踩下踏板。

"来吧。"她说，"我们光坐在这里，永远也找不到你的完美父母。"

我踩着踏板跟在她后面。为什么我说不出来？我在学校总听到孩子们这么说。

"我最好的朋友过来了。"

"贾马拉是我最好的朋友。"

"里斯是我最好的朋友。"

你是我最好的朋友……只有短短几个字而已。我是不是担心莉娅不会对我说同样的话？还是因为我每次喜欢一个人，到最后都不得不和他们分开？

32

完美父母计划第三阶段

我们到的时候，乔希已经等在广场中央了。我很高兴自己脱掉了西装，因为乔希穿着 T 恤和运动鞋。不然的话，我会更紧张的。上次我们相处得很好，但现在有机会见到他的叔叔和婶婶了，我的胃里一直在翻腾。

我和莉娅推着自行车，走进广场上的公园。

"没事的，山姆。"她低声说，"他看起来不太像连环杀人犯，我想他连一只苍蝇也打不死。"

我想笑，但发出来的却是紧张的哼哼声。

乔希朝我们跑过来。

"嗨。"他说。

"嗨。"我和莉娅同时说着，把自行车放在草地上。

"她是莉娅。"我站起来说，"莉娅，这是乔希。"

他们互相点头致意。

我不知道接下来该说什么，我从来没夹在两个朋友中间过。但在尴尬的沉默中，我的胃里翻腾得更厉害了，我必须想办法打破此时的沉默。

"这些房子五颜六色的，房主是怎么选择颜色的？"我脱口而出，"我觉得很好看，但谁来决定呢？"

"不知道。"乔希环顾了一下广场，"我想这全凭喜好吧。运动鞋真漂亮。"

"谢谢。"莉娅低头看着自己的脚，"有点儿怪，不过还是谢谢。"

我们都笑了。或许大家都很紧张，但当我发现莉娅偷偷地对我竖起大拇指，示意她认为乔希很好时，我放松了下来。

"那你也住在附近吗？"乔希问道。

我惊恐地看着莉娅。她只是平静地微微一笑，说："是的，我和山姆住在同一条路上。"

"真酷。"乔希看着他的飞盘说，"你想和我们一起玩吗？"

"不了，谢谢。"莉娅从包里拿出手机，"有人给我发消息了。"她说。

"是吗？"我知道她觉得乔希很好，但没想到她这么快就要走。

"是的，我得走了……得回家了。妈妈说我家的小狗好像吞了一只袜子，她想让我和她一起带狗去看兽医。"

"袜子？"乔希惊讶道。

"是呀。"莉娅道，"我家养的是一条斑点狗，见什么吃什么。"

184

"斑点狗吃袜子吗？"

"是的，至少我家那只吃。"莉娅向我眨了眨眼。乔希奇怪地看着她。

"我眼睛里有只苍蝇。"她说，好像知道他发现了什么。

"我来帮你看看。"乔希说。

"不，我想我已经弄出来了。"莉娅说着，急忙扶起她的自行车，"我得走了，稍后给你发信息，山姆，前提是地下室里有信号。"

见她这么怪，我不禁在心里暗暗发笑。

莉娅笑嘻嘻地走了。

"她是什么意思？"乔希问。

"没什么，她只是电影看多了。"我说。

"但她看起来很酷。"

"是的。"我笑着说，这时莉娅已经推着自行车走出了广场，"她确实很酷。"

"还有点儿怪。"

我哈哈大笑："她不是一直都这样的。"

乔希举起飞盘。

"要不要玩一会儿？"他问。

"好呀。"我说，"但我玩得不太好，那天你也看见了……"

"没关系，"乔希说，"我以前也玩得不好，后来戴夫叔叔教我要甩手腕，不能胳膊发力。他下班回来，也许会和我们一起玩。"

我瞥了一眼红房子，心一沉。

"他们出门了？"

"是，"乔希说，"但很快就回来了，要看米歇尔婶婶会在收银台边聊多久。"

我松了一口气，笑了笑。他们要是不在家，我就白跑这一趟了。

乔希从我身边走开："我们先离近一点，等你适应了，再慢慢地拉开距离。"

他走出一个网球场那么宽的距离，把飞盘扔了过来。我接住，随即投了回去。

乔希从头顶上方接住，咧嘴笑了："看，也不是那么烂。"

我笑了起来："我也是这么想的。"

"接住！"

我移动到左边，在草地上方接住了飞盘，又扔了回去。

乔希跳起，高高接住："我们再拉开点儿距离。"

我向他家倒退，内疚之情突然涌起。我和乔希本可以成为朋友的，而我却利用他去见他的叔叔和婶婶，我心里很过意不去。尽管很紧张，但我还是忍不住希望能继续走，一直穿过草地和马路，最后走进他叔叔和婶婶的家门。

"他们回来了！"乔希朝我跑过来，"来吧，山姆。"他说，"米歇尔婶婶肯定买了可乐和香肠卷。"

我转过身，看到乔希的叔叔婶婶从一辆红色嘉年华车里走了出来。

他们抬起后备箱的盖子，这时，乔希跑到了我前面。他叔叔戴着棒球帽，我看不清他的样子，但他婶婶看起来与众不同，她披着头发，穿着一件像大学运动衫的衣服。乔希穿过马路向他们走去，他们向他挥了挥手。我站在草地上，看到乔希指着后备箱里的什么东西。他婶婶拍了拍他的手。我想她是在说："不，不是给你的！"他们都笑了，开始把买的东西搬进屋里。我只在乔希生日那天见过乔希的叔叔和婶婶几分钟，但他们现在看起来和那时一样友好和快乐。

我坐在草地上，等着他们把买的东西拿进去。我还有一段时间，可以准备一下怎么和他们打招呼，但这时乔希跑了出来，喊道："山姆，你在那儿干什么？我告诉过你，我们要喝可乐、吃香肠卷的。"

我的心怦怦直跳，像是要从嗓子眼里蹦出来。来了，来了。

我站起来，掸掉牛仔裤上的草，对自己说，第一印象很重要，这是我第一次见可能成为我完美父母的人。我等着乔希转过身去，然后掸掉手肘上的草，舔舔手掌，把头发抚平。

我的腿在动，但我不记得自己开始走路。

我走到草地尽头，又穿过马路。

我来到了门口。

我走进大门，进入过道。

我听到了说话声，但一切都是模糊的。

我进了厨房，与乔希的叔叔面对面，我的心在狂跳。

"嗨，山姆，给你。"他递给我一罐可乐。

"谢谢。"我说，"我的意思是，谢谢你。"我接过可乐，试图让自己平静下来，但我的手抖得太厉害，连拉环都打不开。

"给我吧。"戴夫伸出手来，"我来帮你开，我不知道会这么冰。"

"不……不用了……"我交叉着双腿，"我……我……我想去趟洗手间。"

"什么？"米歇尔说，"你是说你没像乔希那样，躲在树后尿尿吗？"

"嘿！"乔希道，"只有那么一次而已，当时我才五岁。"

他们都笑了，然后乔希的婶婶轻声地说："沿着楼梯走到头就是了，山姆，就在前面。"

"谢谢。"我把可乐放在厨台上，走回了过道，走上楼梯时，听到米歇尔说："他看起来不错，乔希。"她还说了些别的，但我没听见，因为我已经走进洗手间了。

我关上门，转了一圈，照着镜子。我的脸皱成一团，写满了恐慌。

我深吸了一口气。"你必须这么做，山姆。"我对着镜子里的自己说，"你必须这么做。"但即使我用美国口音说了第二遍，听起来依然没什么说服力。

我拿出手机，给莉娅发信息。

我很紧张。

见到他们了吗？

算是吧，我在洗手间。

你在那里做什么？

我想尿尿，但到了洗手间，又尿不出来了。

☺

一点儿也不好笑。我该怎么办？

做你自己就好了。他们会喜欢你的。

好吧。

现在回去。别忘了冲水。

但我没尿尿。

只管冲水就好了，你在里面待了那么久，他们会以为你大便了。☺

我转身冲了马桶。

"山姆，你是刚搬到街角那边吗？"戴夫问。

"嗯……是的。"我说。

"你住莫尔文街吗？"

"是的，"我谨慎地说，"莫尔文街。"

"你觉得怎么样？"米歇尔问。

"很好。"我说，瞥了一眼乔希，想知道他还对他叔叔和婶婶说了什么。

"你爸妈装修了吗？"米歇尔问。

"就是稍微装修了一下。"我说，"他们现在正在装修我的卧室。"

"真好，我就猜到他们会装修的。"

"是的。"我说，又喝了一口可乐。乔希的婶婶人很好，但她不停地问问题，像是在开机关枪。我只希望自己能对答如流。

"他们是做什么的？"

他们是做什么的？我惊慌失措，大脑一片空白。我第一次见到乔希时是怎么说的来着？我的说辞必须一致。

"啊。"我说，"他们……"

"米歇尔。"戴夫插嘴道，让我得到了解脱，"这可怜的孩子只想可乐，不想回答二十个问题。"

"抱歉。"米歇尔朝我笑了笑，"我只是想表示友好而已。"

"更像个爱打听消息的人。"戴夫说。

"啊！"米歇尔轻轻地推了推他，"我只是想了解了解乔希的新朋友。"

我笑了，尽量放松下来，但乔希的婶婶又把话题拉回到了我身上。

"莫尔文街的房子不错。你家有阁楼吗，山姆？我的朋友杰基住在 16 号，你家是几号？"

"嗯……96 号。"我说，想到了一个远离米歇尔朋友家的数字。

"这样啊，那一定在街尾了。"

"是的，"我说，"就在街尾。"

"也许我们可以找一天去你家玩玩。"乔希说。

什么？不要？我的脑袋嗡嗡嗡地，就像有个闹钟在响。

"嗯，可以，当然可以。"我惊慌地搜肠刮肚，琢磨着该怎么说，"但就像你婶婶说的，我家在装修，到处都是油漆罐和墙纸碎片。"

"看吧，我早说过了。"米歇尔说，"山姆，你可以叫我米歇尔。不过你不行。"她搂住乔希的肩膀，拥抱了他，"我的小乔希到三十岁还可以叫我婶婶！"她吻了吻乔希的头。

"啊！"乔希扒拉了一下自己的头发。

"米歇尔。"戴夫说，"放开他吧。"

我微笑着喝了一小口可乐，乔希也这么做了。戴夫和米歇尔看看我们。

"真好，"米歇尔说，"我很高兴乔希认识了一个同龄人。我们一直都不知道他来这儿会不会感到无聊。"

"只有你的一大堆问题会叫人大呼无聊。"戴夫大笑着说。

我知道自己没问过什么问题，但不知道该问什么。然后，我注意到了米歇尔的运动衫。

"你是在那里上的大学吗？"

米歇尔低头看了看。

"芝加哥吗？不是的。"她笑了，"我们只是去那里度过假。"

我看着地面，觉得自己太蠢了，竟然问这么愚蠢的问题。这时候戴夫说话了，好像他注意到了我的尴尬。

"来吧，你们两个。"他朝前门点了点头，"我来帮你们两个逃脱。毕竟你们现在是在放假，不是在接受审问！玩飞盘，还是踢足球？"

"飞盘。"乔希说。

我们把可乐放在厨台上，走进过道。我在门边穿鞋，无意中看到戴夫和米歇尔在厨房里拥抱。

"去吧。"米歇尔说着，推开了戴夫，"很明显，我排在飞盘之后。"

"你排在第三位。"戴夫走进过道说，"足球也在你前面。"

米歇尔拿起一罐可乐，假装要扔出去。戴夫大笑两声，从我身边跑过，跑到了街上，我微微一笑，回头看了一眼米歇尔。她一直笑眯眯地把可乐罐扔进垃圾桶，又把咖啡倒进水槽。在我看来，一家人就是这样的，不仅仅存在于电视广告和电影中。

米歇尔抬起头来，发现我正看着她。

"没事吧，山姆？"她问。

"我只是……"我把左脚伸进运动鞋里，"我真该把鞋带解开。"

"是的，"米歇尔说，"我打赌你妈妈也这么说。"

"是的，"我说，"差不多吧。"

米歇尔拿起一块抹布，把厨台擦干净。

"你怎么还没出门？"她抬头看着我问，"有什么问题吗？"

"没有。"我说，"我只是在想一件事。"我边说边把脚塞进运动鞋里。

"什么事？"

"你们去美国的时候，有没有去迪士尼乐园？"

33

想太多

"嘿……呀！"赖利穿着跆拳道袍冲进卧室，"你觉得怎么样？"

"很酷，赖利。"我微笑着说，"但我觉得上衣不应该这么长，都到膝盖了。"

"妈妈说这衣服是二手的。"

"以前的主人肯定是个巨人。"

赖利低头看着自己的手臂："真的吗？"

"没错。"我说，"就是杰克爬到通天豆茎顶端发现的那个巨人 ①。"

赖利哈哈大笑起来："妈妈说我可以一直穿着，等爸爸回来时给他看。我要去问问妈妈，他还要多久才回来，一起去吗？"

"不了。"我说，"我得去把衣服换下来。"

---

① 英国民间童话《杰克与豌豆》中的主人公。

"好吧。"赖利转身走了。

我脱下西装外套放在床上。赖利跳下楼梯，我听到他妈妈大叫："赖利，老实点！"

他爸爸要回来了，他非常兴奋，就像我要见米歇尔与戴夫时一样。

下午，我们在花园里坐了好长时间，聊着他们去年夏天一起做过的事，比如去康沃尔郡，他们步行到了一个小岛，却被潮水困住了；还比如乔希在哈利·波特主题公园的密室里迷了路。在他们谈话的时候，我一直在想，我多么希望自己能和他们一起去，如果他们真成为我的完美父母，我没准儿就去不了那些地方了，因为他们已经去了一次。最后，他们开始问我去过哪些地方。我说我爸妈忙，所以去过的地方不多。我说完，米歇尔看了我很长时间，不知道是在等我再说点儿什么，还是知道我有问题。

"呜……哇！"赖利冲进房间，对着电视机来了一记跆拳道中的踢腿。我被吓了一跳，立马从思绪中回到了现实。

我情不自禁地对他笑了笑。他努力发出狮子一样的吼声，但他的踢腿连老鼠都伤不了。

"爸爸半个小时后就回来了。妈妈说我们今晚看电影！"

"酷。"我说，"哪部电影？"

"不知道，不过爸爸已经买了。"他拿起一个控制器递给我。

"半个小时够我升到第四关吗？"

"够了。"我笑着说。赖利关注一件事的时间，跟小狗差不多。

我按下 X 键，驾驶飞机离开航空母舰，飞向天空。我把机翼从一边倾斜到另一边，让飞机穿过云层上升。在等待敌机到来的时候，一切都很安静，赖利一直坐在我旁边挖鼻孔。有时我真想知道做他是什么滋味。他没有烦恼。如果他必须像我一样记日记，那内容只会是：上学、回家、玩《王牌飞行员》（或练跆拳道）、上床睡觉。第二天，他又会写一模一样的日记。但是今天他可以写：爸爸回家了。我想知道这对他来说是什么感觉。我喜欢他爸爸，尽管他在某些方面很严格。我们必须准时到餐桌吃饭，因为他要求我们守时。他说，要是在空军部队里迟到，不仅有可能吃不上饭，还可能错过飞机。

"三点钟方向有敌人！"赖利推了推我，"山姆，啊！"

飞机坠毁，在电视屏幕上燃烧起来，将一片白光投射到房间里。"他们把你消灭了！"赖利喊道。

我盯着屏幕。

"再试一次，山姆。"他说，"再来一次。"

"好吧。"游戏重新加载。

但是我无法集中精神。米歇尔和戴夫看起来很好，但如果他们不想要儿子呢？假期只剩下几天了，我必须尽快找到完美父母。下学期就要演《龙蛇小霸王》了。等等……万一赖利爸爸回来，是为了谈我的事呢？他回来了，再加上赖利妈妈想让我拍照，事情都堆积在一起了。说不定我在试镜开始前就得离开了。

我把控制器放在床边。

赖利抬起头。

"怎么了，山姆？"他问。

"没什么。"

"想不想和我一起去看电影？我们可以看《狮子王》。"

"不，还是算了吧。"我说。

"我们还可以去……"

我的手机在桌上嗡嗡作响，我和赖利同时看了过去。

"是你的女朋友吗？"他问。

"喂！"我揉了揉他的头，"她不是我的女朋友。"

"妈妈说是，还说她觉得这很好。"

"很好？"我伸手去拿手机，"我觉得你妈妈不会认为任何与我有关的事很好。"

"她就是这么觉得的！"赖利跳了起来，在房间中央跳起了舞，"山姆和莉娅，坐在一棵树上，亲……"

"亲什么？"我笑着说，"我们才没有！"

"你们有。"赖利伸出舌头，"山姆和莉娅，坐在树上，亲亲。"

我跳起来抓住他。

"收回你的话。"我一边挠他的痒，一边说，"收回你的话。"

"不要。"赖利扭来扭去。我继续挠他痒痒，赖利咯咯地笑个不停，口水都流了出来。"好了，山姆！"他说，"不是真的，不是真的还不行吗。"

我放开他，我们站起来，努力不再大笑，让呼吸平缓下来。赖利的脸上露出了坏笑。"山姆和莉娅，坐在树上……"

我伸出手。赖利向房门冲去，但动作太慢了。我一把抓住了他，又挠他痒痒。

我爱赖利。不管是我先找到完美父母，还是他的父母先抛弃我，都没有关系。我会非常想念他的。

34

赖利爸爸回家了

赖利爸爸回到了家，赖利躲在楼下的洗手间里。他爸爸穿过过道，赖利跳了出来，大喊道："惊喜不惊喜？你看到我了吗？"他差点儿把他爸爸手里的爆米花撞翻。

赖利爸爸回到了家，赖利张开双臂在客厅里跑来跑去，假装自己是一名战斗机飞行员。

赖利爸爸回到了家，抱起赖利，跑到过道，把战斗机飞行员变成了战斗轰炸机。

砰！砰！

赖利爸爸回到了家，拥抱了赖利，也拥抱了赖利妈妈，我觉得他们永远也不会放开彼此。

赖利爸爸回到了家，看着站在楼梯顶端的我，微笑着说："嗨，山姆，你好吗？"

我也微笑着说："我很好。"

他们都看着我，赖利妈妈说："快下来，山姆，今天是电影之夜。"

赖利举起一大袋 M&M 牌巧克力豆，说："是你最喜欢吃的，山姆，巧克力豆要在爆米花里融化了。"

　　我低头看着他们，对自己说，这是一个完美的家庭，他们是完美的一家人，但里面没有我的位置。我一直这样想着，过了一会儿，赖利大叫："山姆有女朋友了！山姆有女朋友了！"

　　"我没有。"我说。

　　"你有。"

　　"赖利，够了。"他爸爸坐在楼梯最下面一级，问，"《龙蛇小霸王》怎么样了，山姆？"

　　"不错。"我说。

　　"他一整天都在和朋友们排戏。"赖利妈妈插话道。对赖利爸爸撒谎，我心里很不好受，但这个谎言至少不是从我的嘴里说出来的。

　　"好极了。"他一边解开鞋带，一边说着，"还有其他的新闻吗？"

　　"没了。"我说。赖利妈妈说她有很多消息，像什么劳拉和他们的一个熟人要结婚了，让她做蛋糕，但我没听进去。我确实有很多消息可说，我在生活中遇到了很多事，也认识了很多人，我有一位在公园遛狗的奶奶，有一个新朋友叫乔希，我希望他的叔叔和婶婶能成为我的完美父母，希望不久的将来我能和他们一起住在那栋红房子里。这就是我的消息，但不能告诉任何人。

35

想象中的哥哥

大家都在楼下看《银河护卫队》。我很喜欢这部电影，尤其是里面的超级英雄格鲁特，但我宁愿看手机。我正在跟莉娅说今天发生的事。乔希发短信让我明天再去玩，但我告诉他要和父母去奶奶家。我不能告诉他的是，现在赖利爸爸回来了，我八成不能那么轻易脱身了。

我听到楼下响起赖利的笑声，轻轻的笑声像机关枪的火力一样连在一起，他们一定看到火箭浣熊跳到格鲁特肩膀上那部分了。我有点儿想下去和赖利一起看，但那样会很奇怪，因为他会和他爸妈一起坐在沙发上，而我只能一个人坐在椅子上。

我把手机贴在胸前。有时我想象自己有一个真正的兄弟姐妹，有一天他们会来找我。他们比我大，也许有十六岁，已经可以询问当局自己是否还有其他家人。当局会说他们有个弟弟，他们知道了，就会想办法来找我，但可能要花些时间，毕竟我总是搬来搬去的。他们来的时候，我坐在卧室里，听到外面有辆车停下，我向外张望，看到两个人沿着小路走来，一个是留着刺猬头的摇滚明星史蒂夫，另一个是我不认识的陌生人，两人都反戴着棒球帽。寄养父母打开门，摇滚明星史蒂夫的说话声响起，但声音很轻，我听不清楚。于是我从楼梯平台偷偷地溜到楼梯顶端往下看，也只能看到摇滚明星史蒂夫的蛇皮鞋，旁边还有一双白色运动鞋。

"山姆在吗？"摇滚明星史蒂夫这么问，寄养父母不需要回答，因为这一次我不会逃掉，而是走下楼梯。摇滚明星史蒂夫对我笑笑，我看一眼他旁边的人，他也对我笑，还会摘下棒球帽。我会倒吸一口气，就好像我正看着镜子里一个年龄较大、个子较高的自己。我走下楼梯，现在他咧开嘴笑了，我看到他的棕色眼睛，他会说："你好，我是罗斯·麦卡恩，我想我找到弟弟了。"

"山姆……山姆。"

我从梦中醒了过来。

赖利妈妈站在房间中央，一只手拿着一桶爆米花，另一只手拿着赖利爸爸的直升机蛋糕。

"我想你可能想吃点儿。"她说。

"我不饿。"我说。

"那就放在这儿好了。"

"好吧。"我说，她把爆米花和蛋糕放在我的床头柜上。

我等她走开，可她弯下腰说："山姆，你还好吗？"她这话说得好像我病了似的。

"我很好。"

赖利妈妈依然站在那里。"山姆，我们一直都觉得这个假期我们见你的时间不多，现在爸爸回来了，也许明天我们大家可以一起去罗马浴场。"

"可是我去不了。"我说。

"不可能又要排演《龙蛇小霸王》吧？"

"不是，但我要去找莉娅。不能后天再去吗？"

"不行……赖利的奶奶和爷爷周日会来。"

"又来？"

"他们一个月只来一次，而且这次是复活节。"

我翻了翻白眼。每次赖利的爷爷和奶奶来，都很无聊。

"这样吧。"赖利妈妈说，好像她突然有了一个好主意，"叫上莉娅跟我们一起去怎么样？这样你们就可以继续做作业了。"

她相信了我那个做作业的谎话。我很难过，盯着爆米花桶。

"去吧。"她说，"赖利会很开心的，你知道他有多喜欢和你一起做事，你觉得呢？"

我觉得不怎么样，但我这么说，她就不会走了。也许我该让她开开心心地去罗马浴场，这样我再去彩虹屋，她就不会再给我设置障碍了。

"好吧。"我叹息道。

"叫上莉娅吗？"

和莉娅一起去会很有趣，但她话太多了，没准儿会泄露完美父母计划。

　　"不了。"我说，"我自己去。"

　　"很好。"赖利妈妈拍着手，好像刚做出一个特别棒的蛋糕，"我下楼告诉赖利，他会很高兴的……你确定不和我们一起看电影吗？"

　　"是的，我确定。"

　　"好吧。"赖利妈妈转过身，然后停了下来，"山姆，你知道我想让你下楼。你是这个家的一分子。"

　　"是的，"我又叹了口气，"我知道。"

　　她给了我一个微笑，就像索雷尔太太在学校给我的笑容一样，之后便离开了。

　　我躺在床上，希望能继续那个关于哥哥的梦，就像按下电视播放键一样简单。但也许我不应该这样做，免得徒增烦恼，毕竟我真有哥哥的话，他今天又没来找我。

36

和莉娅聊天

罗马浴场怎么样？

赖利吐了。

什么？

吐得满地都是。我的运动鞋也没能幸免。

恶心。

他复活节彩蛋吃多了……还有热狗和洋葱。

哇哇哇，可怜的赖利。他现在好点了吗？

是的。他在床上，就在我上面。希望他不会再吐了！

你得到了几个彩蛋？

一个，是M&M巧克力豆。你呢？

一个都没有，妈妈觉得买礼物比较好，她明天要带我去穿耳洞。要不要一起去？

我得待在这儿，赖利的爷爷和奶奶要过来。

那你务必要待在家里了，不然的话，赖利妈妈会禁止你外出的。

　　他们走后，我们还要开家庭会议。

　　☹

　　我看着手机屏幕。也就是说，我有两天不能去见乔希。他会以为我在躲他，或者干脆忘了我。也许下午我可以溜出去。

　　想都别想！

　　你怎么知道我在想什么？

　　因为我了解你。别担心，我会想到办法的。

　　怎么想？

　　这不重要，反正我会想到办法的。我要走了，和妈妈一起看《真爱至上》。"水罐耳朵"不在，去过复活节了。希望你见到赖利的爷爷和奶奶能开心。再见，么么。

　　再见。

　　么么么么么么。

　　别发了！

　　☺

37

赖利的爷爷和奶奶来过节

赖利穿上了他讨厌的衣服。

赖利的爸爸和妈妈整个早上都在做烤肉大餐，忙得不可开交，但又不亦乐乎。我和赖利摆好桌子就远远地躲开了，我们看了会儿电视，便去他房间里玩《王牌飞行员》。

门铃响了，赖利跑下楼。他让我也下去，但他开门的时候，我一直站在楼梯平台上。

他说："嘿，奶奶。嗨，爷爷！"

他奶奶说："我的天哪，赖利，你怎么没长高呢？杰拉尔德，你看他长高了吗？"虽然他们四个星期前才来过。

他爷爷递给赖利爸爸五瓶啤酒，说："是的，赖利，你几乎和我一样高了，还是我越长越矮了？"

大家都笑了。赖利妈妈走进过道，说："赖利，别傻站在那儿，让他们进来，把奶奶的外套接过来。"

赖利奶奶动手脱外套，但在脱下之前，递给了赖利一个购物袋。

"给你的复活节彩蛋。"她说，"还有别的东西。"

赖利拿出一个盒子，笑了起来，彩蛋的正面写着他的名字。然后他拿出另一个东西，喊道："《玩具总动员4》，是《玩具总动员4》的睡衣！"

他奶奶说："是的，我从阿斯达超市买的。"

赖利把睡衣举到我面前，说："是叉子人①，山姆! 看呀! "

他爷爷递给他另一个盒子，说："我们今年不能来给你过生日了，所以现在就给你吧。"

赖利把包装纸撕了下来，大叫道："乐高直升机，山姆! 我们一定可以拼成功，你能帮我吗？"

尽管我很不情愿，但还是向前迈了一步，赖利奶奶抬起头说："啊! 我没看见你在那儿。我们忘了多拿一个彩蛋了。"

"没关系。"赖利妈妈说，"可以分赖利那份。"

我笑着说没关系，但心里在想，我知道你又忘了我的名字，况且，我也不想要印着傻兮兮的叉子人卡通人物的睡衣。

赖利妈妈说："他是山姆，妈妈。你记得的，他很会演戏的。"

"是的。"她说。我等着她说一些关于戏剧的事情，但她转向赖利问，"那是我圣诞节给你买的套头衫吗？很好看。"

十分钟后，赖利的爷爷和爸爸打开了啤酒罐，我们都坐在桌子旁吃大餐。他们谈起了我来这里前发生的事，以及我

---

① 《玩具总动员4》中用一次性餐叉制作而成的玩具，一开始坚信自己只是个垃圾。

从没见过的人。赖利的爷爷问："赖利在学校怎么样？他还想当飞行员吗？"

赖利一边吃着东西，一边点着头，瞥了我一眼，因为只有我知道，如果他达不到三级，就永远也成不了飞行员。

然后，我们吃了他奶奶带来的苹果派。

接着是收拾桌子。

把碗碟放进洗碗机。

有时我挡了赖利奶奶的路，她就笑着说："哎呀！对不起……"

我心想："山姆……我叫山姆。但如果你忘了也没关系，明天我又要去见我的完美父母了，下次你来的时候，我可能就不在这里了。"

38

家庭会议，我表现得还行☺

"你一直很忙，但不能回家太晚。"这是赖利妈妈在说话。

"你去演戏，这很好。"赖利爸爸这么说。

"山姆有个女朋友真是太好了。"说这话的是赖利。

"那就是说，我明天可以去刘易斯家了？"我又在撒谎了。

"啊，山姆……"赖利爸爸和妈妈同时说。

"但我去了罗马浴场。"

"是的，你去了。"

"今天赖利的爷爷和奶奶来，我一整天都没出去。"

"是的，山姆，但是……"赖利妈妈说，脸上带着疲倦，"有时候，如果你是自愿留下来和我们在一起，而不是被迫的，那就太好了。"

"那我能去还是不能去？"

"也许你可以上午去。"

但这点时间不够。

"去完刘易斯家，我还想去找莉娅……做作业。"

"在哪里？"

"她家。"

"可她妈妈不是在上班吗？"

"是的。"我说，"但她姐姐会在家里照看我们，她姐姐十六岁了。"

"也许可以让她来这儿。"

"是呀，山姆。"赖利说，"让她到这儿来吧，到这儿来！"

"那我就没法集中精力了。"

"他说得有道理。"赖利爸爸瞥了赖利一眼，赖利正做着"亲亲"的表情。

"好吧，但我不希望你出去太久。我们都在家，一起喝下午茶，该多好啊。"

"好吧。"我大声说。太棒了！可以去米歇尔和戴夫家了，我在心里说。

39

完美父母计划第四阶段

我来到彩虹屋，看见乔希坐在他家外面的墙上。

"做你自己就好，山姆。"今天早上我从莉娅家出来时，她这么对我说，"只要做你自己，他们一定会喜欢你的。"

我本来希望她和我一起来，但她爸爸已经安排好同她和莫丽见面。她见他的机会不多，我不想妨碍她。

我深吸了一口气，望向广场的另一边。

做你自己就好，山姆，我在心里说。只要做你自己，他们一定会喜欢的。我说了一遍又一遍。这就是完美父母计划第四阶段的目标：让米歇尔和戴夫喜欢我。

我推着自行车走向乔希。

来吧，山姆，做你自己就好。

我一直往前走。

乔希向我挥了挥手。我以为他会从墙上跳下来找我，但他一直坐在那里，身后的门大开着。没有飞盘、足球，他旁边的地上只有一个手提箱。

难道米歇尔和戴夫改了主意，不想让乔希继续住在这里了？乔希是不是想家了，现在要回家去？

慌乱中，我加快了速度。完美父母计划第四阶段还没开始，就要失败了。

"你们要去哪儿？"我气喘吁吁地说。

"什么意思？"

"没有足球。"我又气喘吁吁地说，"没有飞盘。你要走了吗？"

"不是的。"乔希皱起眉头，"你为什么会这么想？"

我朝手提箱点了点头。

"没什么。米歇尔婶婶刚把一些东西收拾出来，叫戴夫叔叔扔到垃圾堆里去。"

"真酷。"我如释重负地说，希望乔希没注意到我的恐慌，"那我们还玩飞盘吗？"

"不能玩了，对不起，我应该给你发短信的。我们正要出门呢，但是米歇尔婶婶准备了很久，还没有出来。"

"啊。"我说，试图掩饰自己的失望，"你们要去哪儿？"

"打保龄球。"乔希说。

"酷。"

"本来挺不错的，但戴夫叔叔的朋友也去，还有他们的女儿奥拉，奥拉打保龄球打得可好了。不过还有更糟糕的：戴夫和他的朋友张口闭口只会谈消防安全。"

"消防安全？"

"是的，他的工作呀。戴夫叔叔和他的朋友去各个公司，讨论怎么保护他们的大楼不着火。他当消防员的时候更刺激，上过三次新闻。还记得去年谷物工厂的那场火灾吗？"

我点了点头，好像在听，但满脑子想的都是今天见不到他们了。

"他帮忙扑灭了火。"乔希说，"这很酷，可是后来他在电视上接受采访后，很多女人在聊天软件脸书上申请加他为好友，米歇尔婶婶还吃醋了呢。"

"又在说我的工作了？"戴夫走到门口，看着我，"乔希更喜欢我去灭火，而不是消除火灾隐患。"他揉着乔希的头说。我微笑着扶起自行车。

"我该走了。"我勉强地说。

"好吧。"戴夫说，"也许明天你可以来找乔希，山姆。今天晚点儿过来也行，反正你住得不远。"

"好吧，"我说，"我会的。"

"山姆能和我们一起去吗？"乔希突然说。

戴夫看起来和我一样惊讶："我不知道，我还真没想过……"

"怎么了？"

米歇尔穿过过道，紧挨着戴夫挤在门口。乔希说她花了很长时间打扮，但她穿着红色的运动服，就像要去健身房一样。

"乔希问山姆能不能跟我们一起去。"

米歇尔和戴夫交换了一下眼神。乔希这么问让我很尴尬，但我还是很想去。

"求你们了。"乔希说，"奥拉说不定也会带朋友去，这样我连个说话的人都没有了。"

"好吧。"米歇尔说，"但是，山姆，你得先告诉你妈妈一声。带上乔希一起去，我去穿运动鞋。"

"酷！"乔希说，对我露出了灿烂的笑容，"走吧，山姆。"乔希从墙上跳下来，准备跟我去一所并不存在于这条街上的房子。

"我……我……我不确定。"我说，"我……我……"我惊慌地拍了拍自己的口袋，"还是给她发个信息吧。"

"你干脆给她打个电话吧。"戴夫说，"我们现在就要出发了，要是她不同意，我们还得回来。"

"不会的。"我说，"我很肯定她不会……但以防万一，还是打个电话吧。"我转过身去，用手遮住手机。不能给赖利妈妈打电话，我跟她说的是今天早上去排练《龙蛇小霸王》。只能给一个人打电话，我点击了莉娅的号码。

米歇尔走了出来，随手把门关上。

"他在给他妈妈打电话。"戴夫说。

拨号音在我耳边嗡嗡作响。"嗨，山姆，怎么了？你从来不给我打电话的！"

"嗨，妈妈。"我说，"还记得我跟你说过的那个男孩吧？"

"妈妈？"莉娅说，"山姆，你怎么……"

"是的，没错，就是乔希。他叔叔和婶婶要带他去打保龄球，我能和他们一起去吗？"

"山姆，你在说什么？啊，明白了！"莉娅大笑，终于明白了。

我把手机贴在耳边，免得米歇尔和戴夫听到莉娅咯咯的笑声。"我可以去吗？"我说。

"可以。"莉娅说。

戴夫走到车门边，举起一只手。"告诉她，我们大约五点回来。"他展开手指说。

"我们五点回来。"我重复了一遍。

"好的。"莉娅说，"我回去的时候去公园接你，但不要太晚。"

"好的，妈妈。"

"还有，山姆，"莉娅说，"他们在听吗？"

"是的。"

"好吧。那你就说再见，我爱你，妈妈。"

"什么？"

"照我说的做，山姆，我经常对我妈妈这么说，即使有时不是真心的。"

"好吧。"我咬紧牙关说，"再见……我爱你……妈妈。"

莉娅咯咯地笑了起来，我把手机拿开。

"她说谢谢你们。"我转身对戴夫说。

"太好了，"他看着车里说，"现在我们只盼着米歇尔开车，不会送掉我们的命！"

40

打保龄球

"你们以前住在哪儿，山姆？"米歇尔在车里问。

"你们怎么会搬家？"也是她在问。

"是你爸妈工作的原因吗？"还是米歇尔。

"你爸妈现在做什么工作？"问这话的是戴夫。

"我以前住在德文郡。"我告诉他们。

米歇尔问确切的地点，还说他们经常去那里度假。

"布兰威志。"我说。

"我好像没听过。"米歇尔说。这一点儿也不稀奇，毕竟我也是头一次听说。我告诉她那是个小村庄，大多数人开车经过时都不知道那里有个村子。我们是因为爸爸的工作才搬家的，他是个私家侦探，但我不能透露太多。说到这里，汽车突然转向，戴夫让米歇尔别再说话，专心看路。我很高兴，她总算不再问问题了，但现在我要去保龄球馆，等着见一些我不认识的人，肯定会有更多的问题。我只要记住自己那些谎言就好了。

"几号鞋，山姆？"

"什么？"

"你穿几号的鞋子？"戴夫低头看着我说，"得穿保龄球鞋才能玩。"

我们此刻站在这家十瓶式保龄球馆的柜台前。我不知道还得换鞋，所以很惊讶，但至少这第一个问题还算简单。

"四号。"我说。

女店员把我们的保龄球鞋放在柜台上，乔希拿了两双。"走吧，山姆。"他说，"我们在这儿换吧。"

我跟着他穿过人群，在热狗摊旁边的一排座位上坐了下来。只是打保龄球而已，人们常打保龄球，我这么告诉自己，但当我脱鞋时，手还是在颤抖。乔希的耐克运动鞋摆在我的鞋旁边，看起来是那么新、那么干净，我尴尬极了。

"你没事吧，山姆？"我们系鞋带时，乔希看着我问。

"没事，"我说，"只是有点儿紧张。我有一段时间没打了。"

"多久了？"

"我从没玩过保龄球。"

"真的？"乔希坐直身体，"从没玩过？"

"没有。"我说。我本可以撒谎，但别人一看便知道我不会，到时候就显得很蠢了。

我们拿起运动鞋，乔希对我笑笑："没关系，我们都不太会。米歇尔婶婶倒是打得很好，但戴夫叔叔不久前还在用球道护栏。"

"嘿！我听到了！"戴夫坐在我们对面的座位上大声说。

乔希大笑起来，我微微一笑。我喜欢他们一起开玩笑的样子，就像我和赖利一样。

我们都拿起自己的便鞋，交给柜台保管。然后，戴夫走到我们后面，一只手搭在米歇尔的肩上，另一只手搭在乔希的肩上。"还有你，山姆。"他招呼我说。

我走近乔希，感觉到戴夫的手放在我的肩膀上。

米歇尔翻了翻白眼："我们开始吧，团队沟通时间到了。"

戴夫身体前倾，把我们搂在一起。"好了，队员们，我们现在有了超人山姆和弹跳手乔希……还有保龄高手戴夫。"

"那我是谁？"米歇尔问。

"不知道……我想不出给你起什么外号。现在，我们去打败那群暴徒吧。"

米歇尔摇了摇头："依我看，你永远也长不大。"

戴夫咧开嘴笑了。

米歇尔希望他长大，但我希望他永远长不大。

"这是山姆。"戴夫说，"他是乔希的朋友，刚搬到我们家附近。山姆，这是帕夫和莫妮卡。"

我看着戴夫的朋友们。帕夫剃着光头，表情严肃，莫妮卡看起来很害羞，但他们笑起来都很友好。

"嗨，山姆。"他们同时说。

我点点头，想装酷，一颗心却像兔子一样跳个不停。

"这是奥拉。"莫妮卡说，"还有她的同学弗雷娅。"

"嗨。"我说。奥拉和弗雷娅微笑着，看起来和我一样尴尬。好像每个人都在看我，等着我说些什么。但我什么都想不起来：一方面是因为我很紧张；另一方面，我觉得弗雷娅好像在我们学校念八年级。

"好了，各位队员。"戴夫搓着双手，"我想是时候把这群人打得落花流水了！"

大家都笑了，我们走到保龄球道。大人们站在旁边聊天，乔希拿起一个球。

"你应该和我用同样大小的球，我们的手一样大。"他说着把球举到我面前，"把拇指放在这个洞里，中指和无名指插进另外两个洞。你试试。"

我拿起球，按照乔希说的，把拇指和其他手指放进洞里。从眼角的余光中，我瞥到奥拉和弗雷娅一边看着我，一边窃窃私语。有那么一刻，我慌了，但接着又想，我对八年级的学生一无所知，他们又怎么会知道我呢？我看了弗雷娅一眼，她马上抬头看着计分板，尽管那里什么都没有。现在我确定她们在谈论我了，这种事经常发生。无论我怎么掩饰或撒谎，都无法隐瞒自己是寄养儿童的事实。他们知道我的底细，我打赌，学校里的每个人都清楚。有时我觉得自己穿着一件正面写有"我是寄养儿童"几个大字的 T 恤衫。莉娅和摇滚明星史蒂夫说不是这样，说这是我的想象，人们见到我时只是好奇，他们见到陌生人都这样。

"学会了吗，山姆？"

"什么？啊，是的。"我看着球，手指插在球洞里。

我又偷偷地看了那个女孩一眼。现在我看清了她的脸，意识到她并不是我们学校八年级的学生。我如释重负地笑了，但没过多久，戴夫突然说："好吧，山姆，该你了。"

我瞥了一眼屏幕，看到自己的名字排在名单的第一个，下面写着乔希、米歇尔和戴夫。乔希教过我如何持球，却没教过我怎么把球丢出去。我瞧了瞧其他球道，想看看有没有别人可以模仿。三个球道外有个男人，把球举到了下巴的位置。我也想这样做，但我的手指在洞里无力地晃动着。

"好吧，"戴夫说，"我来帮你……奥拉，你能把黑板上的名字顺序改一下吗？"

我想说没事，但我看过电影里有人打保龄球时摔倒，卡通片里有人一下子飞出了球道。奥拉点击屏幕，乔希的名字和我的互换了。我把球交给他，他走向球道。

戴夫蹲在我旁边。"看他怎么做，山姆。"他轻声说，"看他，把球放在膝盖以下，然后向后摆手，将球送出。现在他要放手了。"

球沿着球道滚了出去，砸向木瓶时，乔希的身体是向前倾的。

"哇！击中了六个！"他挥着拳头说。

"干得好，亲爱的乔希！"米歇尔跟他击掌说。

"现在他要再来一次。"戴夫说。

"嗯。"我说。有那么一刻，我自信满满，但发现奥拉和弗雷娅在看我，突然间又觉得自己像个六岁的孩子，信心顿时消失得无影无踪。

我坐下来，看着乔希再次投出球，又打翻了一个球瓶。莫妮卡从我身边走过时，球瓶重新排列好。她投了第一个球，撞倒了四个，第二轮又撞倒了两个。

"好啦，山姆。"米歇尔说，"该你了。"

我的胃里翻江倒海。我站起来，想给戴夫和米歇尔留下好印象，证明我认真听了，但我太紧张了，感觉就像鞋子被胶水粘在了地板上。

"你可以的。"戴夫说。

"是的。"乔希说，"记住，不管你打得怎么样，米歇尔婶婶总是更糟的那个。"

"喂。"米歇尔假装瞪了乔希一眼。

我笑着从送球机里拿起一个球，把拇指和其他手指放进球洞。

"啊，他是左撇子。"帕夫严肃地说。

我停下了。我做得不对吗？戴夫从没说过不能用左手。

我环顾四周："有问题吗？"

"当然没有。"帕夫笑着说，"我只是说你是左撇子。你爸妈也是吗？"

"他们是什么？"

"左撇子呀？"

"我不知道。"我意识到自己的口误，马上瞥了一眼米歇尔和戴夫，"我的意思是，我爸爸是。"我说，"是的，我爸爸是。"我转向球瓶，希望没有人注意到这个错误。每个人都知道自己的父母是右撇子还是左撇子，只是看他们写信、打网球或羽毛球，或者只是把餐具放在桌子上，就能分辨出来。我不知道我的父母是否做运动，也从未见过妈妈写信。我凝视着保龄球道。

"山姆，你准备好了吗？"戴夫走到我身边问。

"是的。"我说，尽管感觉自己并未准备好。我把球放到左膝以下，球瓶在我前面的球道尽头排成一排。我是左撇子，我心想，我从来没想过这是为什么。

我走上白线，把手臂甩到身后，再挥到前面，然后放开了手。

41

我不知道……

我不知道为什么我的头发是棕色的。

我不知道为什么我的手腕上有一颗小痣。

我不知道为什么只要我一笑，鼻子就皱起来，只知道莉娅说我会这样。

我不知道为什么我的眼睛是棕色的。

我不知道为什么我讨厌奶酪而喜欢番茄。

我不知道为什么我跑得那么快，吃得却那么慢。

我不知道为什么我喜欢骑自行车，却不擅长游泳。

我不知道为什么我一喝橙汁就出疹子。

我不知道为什么我用右脚踢足球。

我不知道为什么我是左撇子。

我为什么是左撇子？

打保龄球回来的路上，我在车里满脑子想的都是这些。其他人都知道他们的"特点"从哪里来。赖利的五官长得像妈妈，但黑头发像爸爸。赖利擅长写作，因为他爷爷擅长。

他晕血，这一点像他奶奶。大家都是这么说赖利的。赖利的这一点像这个，那一点像那个。赖利清楚他的一切从何而来，知道自己的全部人生故事。如果愿意，他可以画出他的家谱。我也可以画我的，但上面只有我一个人，它不像一棵枝繁叶茂的树，更像一盆植物。

"你还好吗，山姆？"我从后视镜里对上了米歇尔的视线。

"是的，"我说，"我只是觉得今天天气很好。"

"没错。"她说。

"当然。"戴夫回过头，"不过我敢打赌，你要是没把球瓶全打倒，肯定不会这么说。"

"是的，"乔希说，"你太棒了。等一下，我把在球道拍的照片发给你。"

我的电话振了一下。我看着屏幕，照片里有我、乔希、戴夫和米歇尔，我们竖着大拇指，面带灿烂的笑容。乔希又发来了一条信息，写的是"优胜团队☺"。我忍不住笑了。我真的很喜欢戴夫，也很喜欢米歇尔。他们没有大房子，也没有宝马 M5，甚至无意去迪士尼，但我依然觉得他们满足了我清单上的所有条件，甚至更好。手机屏幕上显示的不是一个团队，而好像是我家庭的成员。我转过身，只见乔希低头看着手机。前排的戴夫和米歇尔在笑着，好像在讲笑话。我在座位上向前倾，安全带勒紧了我的胸部，但还没有紧到让我说不出话来。

"谢谢你们带我一起去。"我说。

戴夫转过身。

"没什么，山姆。"他笑了，"如果我们晚点儿送你回去，你觉得你妈妈会介意吗？"

"怎么，我们要去拉面道餐厅吗？"乔希抬起头，咧嘴一笑。

"我们也是这么想的。"米歇尔说。

"太好了。"乔希说，"你喜欢吃面条吗，山姆？戴夫叔叔把它们挂在鼻孔上，假装自己是只海象。"

戴夫大笑两声："那时候你还小，我是为了逗你玩！不过，山姆，要不要先给你妈妈打个电话确认一下？"

"我给她发短信吧。"我说，"她可能在工作。"

我把手机从口袋里拿出来。我一直玩得很开心，很久都没有查看短信了，有一条是莉娅发来的，祝我玩得开心。三条是赖利妈妈发的，问我什么时候回去，还提醒我们要一起喝下午茶。

最后一条是这样的：

> 山姆，你不尽快回复，我就只能给史蒂夫打电话了。

我心想，她不会那么做的。她以前也这么说过，但从来没有付诸行动。我给莉娅发消息：

玩得很开心，正要去拉面道餐厅。

我的手机哔哔地响了。莉娅发来了回复。

☺

"可以了。"我说，"妈妈同意我去。"
"酷。"戴夫道。
我又看了一遍赖利妈妈的消息，迅速地回复了一条：

在莉娅家喝下午茶。

然后我关掉手机，把它放进了口袋。

42

在拉面道餐厅接连撒谎

感觉就像坐在自己的小房间里，没人能听到我们的声音。

我试着用筷子夹面条，但戴夫和米歇尔一直在逗我笑，令我很难集中注意力。戴夫给我们讲了他在十八岁那年怎样离开家并加入消防队的。在最早几次出任务的时候——有一次是汤顿附近的一个服装仓库发生火灾，火焰高达十五米，他和团队其他成员从十二个水泵车中抽出了数千升的水，才逐渐浇灭了大火。第二天早上，戴夫去仓库废墟调查起火原因，两个时装模特突然倒了下来，戴夫吓坏了，还以为是僵尸追来了，撒腿就跑。

米歇尔告诉我们，有一次在她工作的时候，一个同事往自动售货机里投了钱，按下按钮，但马尔斯巧克力棒并没有掉出来。他只好伸手去够，手臂却被卡在了机器里，其他同事叫来了消防队，这才解决了问题。

我们听完哈哈大笑。乔希不再用筷子，直接从盘子里把面条吸进嘴里，面条像蠕虫一样蠕动着，然后消失了。我们看着眼前的一幕，笑得更厉害了。他噎住了，可还是笑个不停，有那么一会儿，这让我想起了赖利用同样的方式吃意大利面。他不在，我却玩得这么开心，不由得感到一阵内疚。他现在一个人跟他爸妈待在一起，我为自己没有陪他而感到难过。但我并不希望我和米歇尔、戴夫相处的时光就此结束。

我又吸了一口面条，感觉到米歇尔从桌子对面看着我。我连忙用餐巾纸擦了擦嘴，以防她是因为我嘴脏了才这样看我的。但她说："山姆，你一直都在听我们讲自己的事。你呢？我敢说你一定做过一些有趣的事。"

"我？"我紧张地说，"我……我……没什么好说的。"

她轻轻地笑了："一定有的。你有什么爱好？喜欢做什么，不喜欢做什么？"

我想挑起几根面条，但面条从筷子之间滑了下去，我的脸开始发烫。我能说什么呢？我不能说出真相，不能说自己是寄养儿童，正在执行寻找完美父母的计划，而他们是这个计划的一部分。我抬起头，只见他们都在看我，等我回答。

"那个……"我低头看了看自己的盘子，"那个……我不擅长捡虫子。"

大家都哈哈大笑起来。

我轻轻地笑了，盼着开个玩笑，就能蒙混过关，就像我有时在学校数学课上那样。但是米歇尔仍然看着我，等待着我给出明确的回答。

"我……我……我……"

"你喜欢表演。"乔希插话道,"是不是,山姆?"

我点头。

"他要演《龙蛇小霸王》。"

"是这样吗?"米歇尔说,"太好了,你演什么角色?"

"还没决定呢。"我说,"下学期开始。"

"我肯定你会得到一个很好的角色。"戴夫说。

"没错。"米歇尔说,"这是不是表示你很会跳舞、唱歌?"

"还可以吧。"我说。

"你爸妈一定为你骄傲。"她说,"他们也喜欢音乐吗?"米歇尔看着我,好像在期待我会突然唱首歌,我则在绞尽脑汁地思考怎么回答。问题来得太快,我害怕说出一个又一个谎言,到时候圆都圆不上,但我总得说点儿什么。

"嗯……我妈妈喜欢。"我说,"她在伦敦上的表演学校。"

"英国皇家戏剧艺术学院?"米歇尔问。

我从没听说过这所学校,但这个名字听起来很气派。"是的,"我说,"应该是吧。"

"真好。"米歇尔说,"那她现在还从事表演的工作吗?"

"有一点儿。"我挑起一根面条放进嘴里,盼着米歇尔不再问问题,或者戴夫会插话,再给我们讲一个故事,但后来他也开始问问题了!

"她有演过什么电视剧或电影吗?"他问。

"她有没有演过《急诊室的故事》？"米歇尔说，"他们好像是在这里拍摄的。"

"没有。"我在脑袋里思索着更多的谎言，"她生我的时候就放弃了。"

"唉。"米歇尔失望地说。

我得说点儿有趣的事。要是我很无聊，他们肯定不想要我。

"她演过广告。"我脱口而出。

"哇，什么广告？"米歇尔说。

"好像是……肥皂粉。"我说，"不过现在电视上已经不播了。"我吸进一根面条，问题太多了，谎言也太多了。米歇尔张开嘴，好像又要问问题，我不能再让她提起我父母了。

"我想去迪士尼乐园。"我说。

米歇尔和戴夫笑了。

"我也是。"乔希满怀希望地看着他的叔叔和婶婶。

"你可以尽情地用那种悲伤的眼神看着我，伙计。"戴夫说，"去那儿可要一大笔钱。"

"但花钱也是值得的。"乔希说，"我朋友卡姆就去了，说那里的游乐设施棒极了。他们还去了环球影城。"

"是呀。"我说，"我也想去。"

戴夫笑了笑，慢慢地摇了摇头。这时，我注意到米歇尔对我笑了很久。我低下头，摆弄着盘子里最后一点面条。

"山姆，"她说，"这是你第二次提到迪士尼了。"

"我知道。"我说，"我经常想这件事，希望有一天自己也能去。"

"等好莱坞大导演看到你出演的《龙蛇小霸王》，你就会既有钱，又出名了。"乔希说，"都不用坐飞机去迪士尼，你住得很近，大可以坐豪华轿车去……说不定坐着你的宝马M5，还有警察在车里护送着你。"

"是的，"我微笑着说，"这很酷。"

戴夫和米歇尔坐在车的前面听音乐，谈论着我不认识的人。乔希坐在我旁边，给别人发短信。我倚着门，头靠在窗户上。除了说了好几个谎言，今天真是完美的一天，和完美父母一起度过的完美一天。现在我要做的就是想办法经常和他们见面，像今天这样与他们相处。我是不是应该早上去他们家，希望他们出去的时候还能带上我？也许我应该告诉他们，我喜欢打高尔夫球或网球，但这需要花钱，今天的钱都是他们付的。要是他们想让我还钱怎么办？大多数孩子会回家向父母要钱，但我不能那样做。就算赖利妈妈会给我钱，也肯定要打听清楚我要钱做什么。我看了看手机，给莉娅发了信息。

完美父母计划第四阶段，任务完成。

他们喜欢你！

我想是的！

看吧，山姆！你只需要做你自己。

☺

即使你有时很讨厌。☺ 么么。

喂！

么么么。

我的手机嗡嗡地响了一声，是刘易斯发来的信息。

    山姆，后天在阿玛拉家见面。11 点。这是地址……

我点击屏幕，关掉了这条信息。去见完美父母，并把这场戏演下去，变得越来越复杂了。

"对了。"戴夫大声说。

我和乔希抬起头。

"你们觉得怎么样，孩子们？"

米歇尔把音乐声关小。

"帮我粉刷后院的篱笆怎么样？"戴夫说。

"谁帮你？"乔希问。

"你们两个呀。"戴夫从后视镜里与我对视，"你和山姆。我早就想这么做了，但如果有人帮忙，会快得多。你们说呢？"

我看着乔希。"答应吧，"我心想，"快说你愿意，我们两个能做到的。"

"我很愿意。"不等乔希回答，我就插话道，"肯定很有趣。"

"等一等。"乔希惊讶地看着我，"你是没看到那些篱笆，足有好几公里长呢！"

我耸耸肩。我不在乎围栏有多长，假期剩下的日子不多了，但只要能与米歇尔、戴夫在一起，就算都用来刷篱笆，我也不在乎。

"来吧，乔希。"米歇尔说，"山姆都答应了。"

"好吧。"乔希笑着说，"可你们打算付给我们多少报酬？"

米歇尔笑着说："才刚给你买了一台游戏机！"

"我们明天开始，可以吗，山姆？"

"没问题。"我说，"越快越好。"

戴夫大笑起来："好吧，你还挺热心的。"

我不该那么说的，我觉得脸颊发烫。

"几号，山姆？"戴夫突然喊道。

"什么？"

"你家是几号？"

我往窗外看。我们聊了那么久，我都没意识到我们已经拐进了我假装居住的那条路。

"嗯……"我们开车驶过一个个门口和一辆辆停着的汽车，我试着回想起一个数字。之前米歇尔问我的时候，我说的是哪个号码来着？"啊。"我说，"不要紧的，我在你家下车就好了。"

"别傻了。"米歇尔说，"我们都开到这里了。"

戴夫看了看后视镜，车子减速慢行。"这里吗？"他指着一所房子，房子外面有一个黄色的大垃圾桶，里面装满了木片和旧窗框。

情况变得越来越糟了。我看着垃圾桶，那上面标着门牌号：56。也许米歇尔不记得我说过什么了，这个桶正好符合我说父母正在装修的谎言。

"是的，"我说，"就是这儿。"

戴夫开始靠边停车。他好像想停一段时间，甚至见见我的爸妈。

"没关系。"我立即说，"你不必久停，我下去就好了。"

"啊呀。"戴夫说，"你好像迫不及待地想离开我们，山姆。"他又对米歇尔说，"他已经伸手去摸门把手了！"

汽车减速，停了下来。为什么完美的一天会有这样的结局？

我转动门把手。

"明天见。"乔希说。

"嗯，再见。"我说。

"穿旧衣服来。"米歇尔说，"免得弄脏你的漂亮衣服。实际上，"她转向戴夫，"也许我们应该去和他妈妈说一声，让她知道他上哪里去了。"

"不用了。"我说。求你们快走吧，直接走就好了，我已经没有借口了，"没关系。她很忙，说不定正哄我弟弟睡觉呢。"

"你弟弟。"米歇尔说，"你从来没有……"

一个人骑着自行车经过。自行车！我得有自行车才能回赖利家。

"等等。"我说，"我需要自行车，我把车落在你们家了。"

"明天早上它还会在那儿的，山姆，我会把你的车放到车棚里去。"

"不行。"我寻找新的借口，"我得用车，我……我……"想到了！"我一早就得骑车，我在帮隔壁的一个男孩送报纸。"

"那你最好赶快回到车上来。"戴夫说。

我坐在乔希旁边，如释重负地叹了口气。说谎和圆谎都太难了。

戴夫把车挂上挡，车子驶向这条我没有住过的街道的尽头。

43

坐警车

一辆警车开了过去，我看到警察从车窗里望着我。我盯着地面，继续往前走。我又冷又累，自行车的车胎还被扎破了。

我真希望自己这会儿躺在床上，甚至希望能回到赖利家。

警车掉头，我继续走。

警车停在我前面，我放慢了速度。

警察下了车，朝我走来，轻声问："你是山姆吗？"

我点了点头，看着她的鞋子。我不想让她看到我很难过，很害怕。

她说："你是山姆·麦卡恩吗？"

我咕哝着说："是的。你怎么知道的？"

"你的寄养父母一直在到处找你。已经八点钟了，他们报了警。他们给你打了很多电话，你没带手机吗？"

"我带了。"我说，"但我一直都没看。"

"那也许你现在应该看看。"

我把手伸进口袋，但无须查看。自从我离开米歇尔和戴夫家，手机就一直嗡嗡地响着，但我没有理会十二条信息和六个电话，都是赖利妈妈发来或打来的。警察领着我走向警车。我用眼角余光看到一群孩子站在一家薯条店外的路边，我看着他们，假装自己并不害怕。我一点儿也不害怕，只是很尴尬，不过是轮胎扎了个洞，我告诉赖利妈妈我在莉娅家，却没能打电话给她。

一位警察把我的自行车放进了后备箱，另一位警察和我一起坐到了后座。她在自己的本子上做了记录，我则听着警方无线电对讲机里的对话。

这是我第三次被带上警车。我去布拉德和安吉家的第一周就遇到过一次，但那是因为我忘了他们家在哪里。第二次是跟罗斯和金在一起时，那次我没有迷路，只是不喜欢他们。

女警察告诉我，她认为失踪不是什么好事，对寄养父母来说不是，对我更不是。她说我看起来是个好孩子，但我不觉得自己是个好孩子，好孩子不会一直说谎。我把头靠在窗户上，看着人行道上的孩子们又笑又闹。他们和朋友在一起，玩得很开心。虽然和两位警察坐在一辆警车里，但我很孤独，没有人可以倾诉，没有人可以听我讲讲自己的感受。我只有一种可怕的疼痛感，我没有真正的父母，也没有真正的家，在完美父母计划中，现在就把米歇尔和戴夫当成理想人选，还为时过早。

我看着手机，看到了赖利妈妈的所有短信，她越来越生气，到了晚上七点十分，才报警。我切换到乔希发来的一条新信息，没有文字，只有一张他和我在拉面道的自拍，米歇尔和戴夫在我们身后竖起手指，给我们加了兔子耳朵。

警车开走了，转到了大街上，人行道上的孩子们盯着我看。街灯闪烁，车外的人有的走着，还有的向商店橱窗里张望。

"山姆，我们很快就会把你送回家的，那儿温馨、安全，还很温暖。"一位警察说。

我把头靠在车窗上：那么多人，那么多商店，那么多灯光，所有的一切都变得模糊起来。我不想回去，我没有家，没有一个地方能让我感到安全和温暖。我只知道自己痛得这么厉害，是因为对家的渴望已经到了极点，我用胳膊擦了擦眼泪。

"嘿，没事的。"另一位警察说，"我相信我们能解决这个问题。"

但她不清楚不属于任何地方是什么感觉。她也不知道，如果你对一件事渴望至极，就连心都会疼。

第三部分

我陷入了麻烦

44

我有麻烦了

"山姆，已经八点一刻了！"

"我知道。我道过歉了。"

"是的。"赖利爸爸叹了口气，说，"但是光道歉是不够的。我和莎拉不该在大街上到处找你，不该报警。她担心得要命，现在偏头痛发作了。你知道莎拉工作有多辛苦，她最不需要的就是你也来添乱。"

"但我发了短信……"我说，"我说过要在莉娅家喝下午茶。"

"但我们打电话到莉娅家，莫丽说你并不是一整天都在那儿。"

"我们就在她家。"我撒谎说，"莫丽只顾着和她男朋友看电影呢。"

"山姆，"赖利爸爸说，"我想这不是关键，这也解释不了你为什么这么晚才回来。警察是在一点六公里以外的地方找到你的。"

"我知道。"我说，"我正想和你说这事来着。"我要对他说什么呢？"有几个孩子从莉娅家外面偷走了我的自行车，我们只好去找，终于回来时，他们把轮胎放了气。"

"山姆，"赖利爸爸厉声说，"你知道吗，我已经听够了。"他的脸变得通红，"在我看来，你结的网比蜘蛛侠还多。我认为你现在最好还是去睡觉，我们明天早上再谈这件事。"

我喜欢赖利爸爸。我不是故意让他不高兴的。我努力想说点儿什么，让他冷静下来。

"我去了。"我说，"可我只是想……"

"不，山姆，"赖利爸爸挥手让我走开，"去睡觉吧。很明显，你根本不在乎。"

"我在乎。"我低声说。

"不，你其实并不在乎。"赖利爸爸揉了揉他的额头，"去吧，请你不要再打扰赖利了。"

我看到赖利妈妈捧着头坐在沙发上。我不是故意害她偏头痛，也不是故意害赖利爸爸这么生气、这么累的，只是想开开心心地跟米歇尔和戴夫一起玩。我迈着沉重的脚步爬上楼梯，心想，学校里的其他学生都可以去打保龄球，和他们的朋友去拉面道餐馆，而不需要每时每刻都解释自己在哪里，也不会在回家的路上被警车接走。

我慢慢地打开卧室的门。赖利在上铺，脸上盖着一本书，身上穿着他的新睡衣。我以为他会把书拿开，但他一定像他父母一样生气，因为他并没有拿开书。我脱掉运动鞋。

赖利爸爸说我不在乎，但他错了。如果我不在乎，心就不会狂跳，脸也不会发烫。我沿着铺位的边缘走着，不小心用手碰了一下梯子，但赖利还是一动不动。整个房子好像都在生我的气。

我躺回床上，盯着板条。

我给赖利妈妈发了短信，说了我要去莉娅家。

赖利的床垫砰的一声响了，我知道他不会生气太久的。

"山姆！"他低声说，他的头像水母一样，倒悬在床边。

"赖利。"我笑着说。

"我本不该跟你说话的，但警察有没有拉响警笛？"

"没有，赖利，他们没有拉响警笛。"

"开警灯了吗？"

"没开警灯。"

"所以一点儿也不刺激？"

"对，一点儿也不刺激。"

"我明天去上跆拳道课！"

"是吗？"

"是的。我下课后，你能帮我搭乐高直升机吗？"

"我不确定。"我说。

"你又要出门？"

"是的。不过，我们可以在我出门前搭好。"

"好吧。"

赖利跳回他的床上。我不想让他不开心地睡觉，但也不想许下无法兑现的承诺。

"赖利，"我轻声说，"对不起。但我会想办法，即使明天不行。"

"没事的。"他在墙壁和床垫之间低声说，"我可以等。"

我翻了个身，侧躺着。我有麻烦了，但今天和米歇尔、戴夫在一起，惹上麻烦也值得。不过明天早上肯定很难熬，我打赌他们会把摇滚明星史蒂夫叫来。我只希望他不会把我带走，我不想待在这里，但还不能去米歇尔和戴夫家住，现在还不行。我只跟他们待了一天而已，还打算帮他们粉刷栅栏，但不确定他们是否足够喜欢我。

赖利翻了个身，铺位随即摇晃了起来。

"晚安，山姆。"他说。

"晚安，赖利。"

赖利还太小，理解不了我的感受。没有人理解。我出去的时候好开心，就好像我是另一个人，过着两种不同的生活。我不想要现在这样的生活，而想要和完美家庭住在红房子里的生活。

我闭上眼睛。今天是完美的一天，但我真希望结局不是这样。等我离开的时候，真希望能带上赖利。

45

有时我真希望摇滚明星史蒂夫是我爸爸

　　我坐在客厅里，等摇滚明星史蒂夫出现。我觉得该来的马上就要来了，赖利早上去了朋友家，他父母则在后院嘀嘀咕咕，就好像故意避开我似的。我下楼，他们没跟我说早上好；我吃玉米片，他们也没有跟我一起坐在桌子旁。我试着装酷，假装不在乎他们做什么，但我担心极了，一整夜在床上辗转难眠。我满脑子想的都是赖利爸爸的脸涨得通红，我以为他的头都要炸了，赖利妈妈也气坏了，都不愿意看我一眼。我不想待在这里，但还没准备好搬家。如果他们把我转到几公里外的学校，我就不能演《龙蛇小霸王》，也见不到莉娅了，那该怎么办？我肯定也没机会更好地了解米歇尔和戴夫了。

　　赖利妈妈转过身，透过窗户看着我。我就知道，我心想。我就知道你们把赖利支开，就是为了赶我走。不过没关系，以防万一，我已经收拾了一些东西。

　　我拿起笔记本。有时候，最好的应对方式就是假装不在乎他们做什么。

我去迪士尼乐园最想坐的游艺设施：

1. 银河护卫队：使命突围；

2. 飞溅山；

3. 马特洪雪橇（第一节或最后一节车厢最好）；

4. 《玩具总动员：疯狂游戏屋》（这一条是给赖利的，如果赖利的父母没有太生气，让他和我一起去的话☺）；

5. 幽灵公馆；

6. 隐形过山车；

7. 群翅过山车（最后两个其实在索普公园，但这是我最想坐的游艺设施清单，梦里什么都有可能发生）；

8. 其他符合我的身高标准，又不会使我感到恶心的游艺设施。

我正在想第九个游艺设施是什么，门铃突然响了。我想站起来去开门，但赖利父母急着赶我走，甚至已经冲过走廊，抢在我前面去开门了。

我听见他们在走廊里跟摇滚明星史蒂夫说话。

"很高兴见到你。"

"汤姆，你工作怎么样？"

"还不赖。回到家真好，可是……"

"是的，我明白，我们最好还是进去再谈吧。"

他们走进厨房，关上了门，说话声渐渐消失了。我想，谈话有什么意义呢？你们总是谈这个、谈那个，末了只是通知我离开。也许我该跑上楼，拿上自己的东西，趁他们尚未商量好，就抢先决定。但是，逃跑就意味着招来更多的警察和更多的麻烦。有没有可能，哪怕只是一点点可能，他们会让我留下？我真不知道该怎么做才好，只知道必须多留一段时间，才可以再见到米歇尔和戴夫。

　　厨房门咔嗒一声开了，他们的声音大了起来。

　　我拿起笔。

　　第九个……第九个……木乃伊复仇过山车（这实际上是在环球影城，但我们去完迪士尼后可以乘飞机过去）。

　　"山姆。"

　　我强作镇定，但抬头看到摇滚明星史蒂夫在门口微笑时，我的心还是停止了跳动。

　　"走吧。"他说，"我们谈谈。"

　　"要不要拿上我的东西？"我说，"要不要……"

　　"山姆，"摇滚明星史蒂夫朝楼梯点了点头，"走吧，伙计。"

　　"乖乖听话。"摇滚明星史蒂夫在必胜客这么对我说，"你一定要听话，在家里多努力一点儿，和他们多相处一些时间。我知道你现在忙着排演《龙蛇小霸王》，但多和他们相处，他们会很感激的，你也能舒服点儿。你要是出门，一定得经常看看那个。"他指着我的手机，"发个短信，打个电话，这就行了，不要撒谎。你不能怪他们担心，要是有段时间没有朋友的消息，你也知道那是什么滋味，也会担心的。"

我点了点头，但也有点儿糊涂。听摇滚明星史蒂夫的话，好像我可以留下来。我看着他，不敢问，但得知道自己是不是搞错了。

"这么说，我不用离开？"我皱起了眉头，害怕听到答案。

"是的，不用。"

"我不必跟赖利说再见？"

"不必。"

我吃了一口比萨，松了口气。

"你知道，如果真得搬走，也没关系。"我把比萨咽下去后说，"反正我也不想待在这儿。"

摇滚明星史蒂夫摇了摇头。

"山姆。"他说，"你不必一直这样。"

"什么？"

"摆出这种'你做什么。我都无所谓'的态度。"他伸出双手，"你很在乎，我还不了解吗？你假装不在乎，但很在乎。心烦是正常的，你可以表达自己的感受。"

我继续看着我的盘子，又拿了一片比萨。我注意到旁边桌的女人正看着我和摇滚明星史蒂夫。我们来了之后，她就一直盯着，想必以为摇滚明星史蒂夫是我爸爸。我无意中看向她，她对我微笑；我去厕所时，她对我笑；我回来时，她还对我笑。这种事以前也发生过，一定是因为他和我一样，也有着棕色的头发和棕色的眼睛，尽管他的肤色是比较深的棕色。有时我想象着告诉别人他有深棕色皮肤，是因为他穿着蛇皮鞋，在洛杉矶晒多了太阳。而我脸色苍白，则是因为必须待在家里，在英国上学。但他每次出门，我们都视频通话，他给我发他唱歌和弹吉他的视频，他很有名，还参加过美国的电视节目。

那个女人又朝我笑了笑，然后看看摇滚明星史蒂夫。但他正在用餐巾纸擦手，眼睛一直盯着我。

"你觉得怎么样，山姆？"他说。

我向前探身："我觉得那个女人喜欢你。"

摇滚明星史蒂夫轻声笑了："我们还是把注意力放在你身上吧。你会听话吗？"

"也许吧。"我说。

"听着。"摇滚明星史蒂夫把手指扣在一起，好像要说什么很重要的事，"你也许不这么以为，但汤姆和莎拉都有很多时间陪你。我总觉得你好像有别的事，而那件事跟他们一点儿关系都没有。"

是的，确实是。我已经找到了完美父母，只能用剩下的五天假期去了解他们。

"没有的事。"我说，"我很好。"

"你确定？"

我点点头。

"你知道我总是站在你这边的，山姆。我是来帮助莎拉和汤姆的，这没错，但最重要的是，我是来帮你的。"

"我很好。"我说。

摇滚明星史蒂夫慢慢地点了点头，好像并不相信我。

我拿起杯子。

"那你打算怎么办？"摇滚明星史蒂夫问。

"再去接杯可乐。"我说。

"不是这个。"摇滚明星史蒂夫笑着说，"我的意思是，你今天打算怎么做？"

帮我的完美父母粉刷栅栏，我心想。

"我答应赖利回去后帮他拼乐高直升机。"我大声说。

"那很好。"

"我现在可以续杯了吗？"我想要可乐，但也需要回复乔希，把我到的时间告诉他。我一直在担心自己会被扫地出门，都忘了联系他了。

"不，稍等一下，山姆。"摇滚明星史蒂夫说，"听着，我一直在想一件事。你的人生故事……"

"我还是不想做。"我说。

"是的，我知道。我本来想说你不做人生故事，可以做点别的。你提过你还记得在公园里放风筝。"

"是的。"我抬起手，摸了摸头上的伤疤，"当时我妈妈也在，但其他的我就不记得了，只记得那儿有秋千、跷跷板和摩天大楼。"

"我带你再去一趟，怎么样？我应该知道在哪儿。"

我盯着空杯子。对于长大的地方，我并没有什么很深的记忆。我不清楚自己愿不愿意回去，只是心里十分焦虑。

"我妈妈还在那里吗？"我试探地问。一方面，我希望从他那里得到肯定的回答；但另一方面，我觉得就算她在，也会让我再次离开。

"不，她不住那里了。"摇滚明星史蒂夫拿起餐巾纸擦了擦手，"但这么做，说不定能帮你更好地了解自己来自哪里。我们可以在那附近走走，甚至可以去你出生的医院。我现在还会去我长大的那个村子，尽管父母已经不住在那里了。那些我们愿意记住的生活中的小片段，那些快乐的时光，可以在我们感觉不太好的时候帮助我们。"

"我不知道自己那时是否快乐。"我说。

"但你不认为值得一试吗？"

我向窗外瞥了一眼。一个男人推着婴儿车，停下，打开一包糖果，弯下腰，把糖塞给了一个两三岁的孩子。我微笑着看着那孩子把糖果放进嘴里，高兴得摆动双腿。我在那个年纪的很多事都不记得了。珍玛想帮我，我却觉得自己屏蔽了很多感觉糟糕的东西。但是，公园里的风筝并没有让我有不好的感觉，反而让我觉得有人关心。我希望能再次体会到那种感觉，即使妈妈不在那里了。

"好吧，"我说，"我会去的。不过不要珍玛，我要和你去。"

"当然。"摇滚明星史蒂夫点了点头，好像我这么说，让他很高兴，"当然，我来安排。"

"我现在可以续杯了吗？"

"是的，"他说，"去吧。"

我站起来，那个女人又对我微笑。续杯的时候，我回头看了一眼摇滚明星史蒂夫，他正眯着眼睛，在手机里输入什么。我喜欢摇滚明星史蒂夫，他是我认识的最好的社工，但感觉像我的朋友。有时我在想，如果他是我爸爸会怎么样。他仍然会带我来像这样的地方，去电影院，他会坐在学校大厅里看我演《龙蛇小霸王》。如果他穿着蛇皮鞋出现，我说不定会感到尴尬，但他可以把脚放在前面的椅子下面，这样就不会有人看到了。演出结束，他会到后台拥抱我，夸我演得好，而我会把他介绍给鲍威尔先生。"这是我爸爸。"我会这么说，"他吉他弹得好，唱歌也不错，还演过乡村音乐剧《油脂》。"我想知道说出这些话是什么感觉。"这是我爸爸。"我可以对服务员这么说，对柜台后面的厨师说，甚至对从我们来到餐厅就一直在看我们的女人说，"这是我爸爸，这是我爸爸。"

冰可乐溢出杯子，流到了我的手指上。

我把杯子拿开。

摇滚明星史蒂夫在看手机，可能在查看同事的信息，内容都与像我一样的寄养儿童有关。我真蠢，居然以为他可以当我爸爸。他很好，但这是他的工作，总有一天，他会像我离开一个地方一样，从这个职位上离任，而我还得学着重新信任另一个人。

46

保持低调☺

你被禁止外出了吗？

没有，但摇滚明星史蒂夫说我应该多和赖利父母一起做点儿事。

也许是个好主意，你打算怎么再去米歇尔和戴夫家？

我跟乔希说今天不去了，明天再去，但我说过那个时间要去阿玛拉家见刘易斯和其他人。太复杂了，我估摸着他们不会允许我出门了。经过了昨晚，赖利妈妈像鹰一样，一直在盯着我。

不管怎么说，两者都很难做到。

我知道，但必须试一试。你和爸爸见面怎么样？

他没来，说他的车送去修了。

对不起。

没关系，他说作为补偿明天会带我和莫丽去看电影。

酷。

"嘿……呀！"

赖利穿着跆拳道服，突然跳进房间，吓了我一大跳。

"嗨，山姆。"他说，抬腿踢了一下，"你在干什么？"

"发信息呢。"

"好吧。想学跆拳道吗？菲力普斯先生向我学了一些新动作。"

"你可以说他教你，或者你向他学。"我说。

"好吧，菲力普斯先生向我学了新动作。起来啦，我做给你看。"

我笑了。赖利太兴奋了，我忍不住依着他。

"好吧。"我说。

我给莉娅发信息，我得走了，稍后再聊，然后站了起来。

"来吧。"

"酷。"赖利说，"你就像这样站着。"他把左腿伸到身前，"你也这样做，山姆。"

我站在他旁边，伸出左腿。

"你必须挺直腰板。"他告诉我，"菲力普斯先生说了，只要锻炼出核心肌肉，就容易多了，但我不知道核心肌肉是什么。然后这样做。"赖利把右臂举到身前，"这是拳步。嘿呀！"

"我一定要发出那种声音吗？"我问。

"不用。"赖利严肃地说，"但我一直都这么叫。"他把双脚合在一起，又做了一次。我也一样。感觉有点儿傻，但我还没反应过来，就已经和赖利在他的卧室里走来走去，做着拳步，同时大喊："嘿呀！"

"你应该一块儿去学，山姆。"赖利一边做着动作，一边说着，"很好玩的。再说了，下雨时，你就不会像骑自行车时那样淋湿了。嘿呀！"

"没关系。"我说，"嘿呀！我喜欢骑自行车，再说了，你妈妈也不可能……嘿呀！"

"赖利妈妈不可能什么？"

我顿时停住了，赖利妈妈笑眯眯地站在门口。

"没事的，山姆，别这么担心。"她说，"看到你玩得开心，我很高兴。"

我屏住呼吸，瞥了赖利一眼。我不喜欢被他妈妈看到我玩得开心，她会认为我在这里很幸福，并且都是她的功劳。

"你想说什么，山姆？"她道，"我不愿意花钱给你们上跆拳道课？"

"是的。"我说。

"我愿意花这个钱，如果你想学的话。我知道有个人是不会介意的。"

"太棒了。"赖利灿烂地笑了，"接着来，山姆！"

"不。"我说着，在下铺坐下，"我可不想去，我自己还有很多事情要做呢。"

"啊，妈妈。"赖利失望地说，"告诉他，妈妈……告诉他可以的。"

"山姆想做什么就可以做什么。"赖利妈妈说，好像我不在这里一样，"我只希望他知道我愿意……算了。"她隔着上下铺的梯子看着我，"我进来不是为了这个，只是想提醒你写日记，山姆，我们说好的。"

我盯着前方。

"山姆，你听见我说话了吗？"

"是的。"我嘟囔着说。

"很好。"赖利妈妈说，"那我也去做事了。"她走出房间，我听到她在楼梯上的脚步声，叹了口气。

"没关系，山姆。"赖利说，"我也累了。你想喝果汁吗？"

"不了，谢谢。"我说。

赖利像什么都没发生一样冲出房间，但我们都知道有些事发生了。为什么他妈妈总要这么做？她像个专门破坏别人好心情的警察，专等着我和赖利大笑的时候进来，让我们笑不出来。她每天都这样。

赖利爸爸知道如何让旋翼叶片转起来。

赖利爸爸知道直升机的四个操纵装置：总桨距、节流阀、反扭矩和循环俯仰。

今天下午，赖利爸爸在地板上放了两个垫子，假装是踏板，拿来了一个水槽撬子当操纵杆，还在咖啡桌上放了一台风扇。

赖利爸爸说沙发就是驾驶舱，又拿了两个闹钟，说是速度表和高度计。

然后，说我们应该坐在他旁边。

我不愿意，但赖利说如果我不去，他也不去。

赖利爸爸让我们"系好安全带"，他则用脚踩住坐垫，拉了拉水槽搋子。被风扇吹着头发，我们"起飞了"，在客厅里盘旋。

赖利哈哈大笑起来。

赖利爸爸带我们飞出窗外，飞到空中，飞过灯柱上的灯泡，飞过一个个屋顶。我们飞得很高，可以看到公园、田野和高尔夫球场，人们的头很小，看起来就像四处行走的蚂蚁。

赖利爸爸告诉我们要小心，扶着机身侧面，但如果我们愿意，也可以将头探出窗外，向朋友们挥手。

赖利就是这么做的，我只是坐着不动。

赖利爸爸带我们飞入了云层，让我们自己飞，旋转的叶片制造出一股向下的力，使我们前俯后仰、上下颠簸，后面的螺旋桨又带动我们旋转。

赖利爸爸说我们可以试试。

赖利说他自己糟透了，会害得我们坠毁，但山姆很厉害。

赖利爸爸把水槽搋子递给了我。我想试试，但觉得很尴尬。

赖利爸爸说不要紧，便带我们安全回到了地面。

我真希望自己拿着水槽搋子，带着我们降落到客厅。因为今天，赖利爸爸不仅仅是赖利爸爸。

他非常非常酷。

47

不

赖利爸爸和我们一起玩只有一个问题，那就是赖利妈妈觉得，如果我们能在吃完下午茶后一起游戏，就更好了。

所以我们才坐在客厅里。

所以我们才玩猜字游戏。

赖利爸爸猜到我在做比萨，赖利妈妈猜到我在扫树叶，但没人猜到赖利爸爸在坐旋转木马，尽管他假装下来，跌跌撞撞地在客厅里走来走去，好像喝醉了一样，逗得我们都笑了。

现在轮到赖利了，他跑来跑去，双手合十，假装扔东西。

"扔牛粪。"他爸爸这么猜测。

"不对！"赖利咯咯地笑了。他弯下腰，双手握成杯状，假装扔了什么东西。

"播种。"他妈妈猜。

"不对！"

"往自己身上泼水。"我猜。

赖利摇了摇头："不，你们放弃了吗？"

"才不。"赖利爸爸坐在沙发上，前倾着身体说，"但是，赖利，你应该帮忙，要是我们猜到了接近的答案，就说出来。"

"好，好。"他跳上跳下，"那山姆猜的很接近。"

"往自己身上泼水？"赖利爸爸问。

"是的。"赖利说。

赖利妈妈笑着说："再做一次，赖利。"

赖利弯下腰，用手抓着东西扔了出去。

"啊。"我说，"我知道了，你在洗车。"

"不对。"赖利咧开嘴笑了，"放弃吗？我能公布答案了吗？"

"我看你还是公布吧。"他爸爸说。

"给大象洗澡。"赖利说。

我们都笑了。

"好吧。"他妈妈说，"我想我们永远猜不到的！该你了，山姆。"

我伸手拿起一张卡片。

那上面写着：模仿蜘蛛织网。

"准备好了吗？"赖利爸爸问。

我点了点头，便趴在了地板上。蜘蛛有八条腿，我怎么模仿？

我转个圈，就像在织网。

"一只狗在追自己的尾巴。"赖利妈妈猜。

我摇了摇头。

"狗在拉屎。"赖利说。

"虫虫,"赖利爸爸说,"并不是所有的事都和便便有关。"

我向赖利爬了过去,把手指放在他的膝盖上。

我的手指沿着他的腿移动,拂过他的身体。他咯咯地笑了起来,他爸妈也笑了。

我试着做出愤怒的蜘蛛的表情,却怎么也板不起脸。

"猜不出来。"赖利妈妈说。

"你难住我们了。"他爸爸说。

我用手指爬过赖利的肩膀,拨乱他的头发。

"蜘蛛!"赖利喊道,"蜘蛛。"

"对了。"我说。我玩得太开心了,都忘了应该模仿蜘蛛织网。

"好吧。"赖利妈妈看了看她的手表,"我看你们该准备上床睡觉了,也许我们可以明天再玩。"她瞥了我一眼,说,"等山姆排演完回来。"

"好吧!"赖利把卡片都收了起来。我想帮他把卡片放进盒子里,但不敢相信他妈妈刚才说的话。

"你说的是真的吗?"我说。这一定是个圈套,也许她觉得只要说可以去,我就不想去了。

或者她已经放弃了。

"是的。"她说,"今天太棒了,我们大家都在一起。也许你排完戏回来,我们可以和你一起表演几段。"

我笑了。想必摇滚明星史蒂夫在和我聊过之后，也对他们说了同样的话，要他们多关心关心我。

"好吧。"我说。

赖利把最后一张卡片放进盒子里。

"走吧，山姆。"他说，"我们比谁先上楼。"他猛地向门跑去，我去追他。他咯咯地笑着喊道，"我比你快，我比你快！"我们就这么跑上了楼。他冲进自己的房间，"这里是我们的窝！"说着跳上了下铺。我们看着对方，努力喘匀呼吸。

"我们玩捉迷藏吧，山姆。"他说。

"你妈妈说你得准备睡觉了。"

"我会的。"他说，"玩完就睡。"

"好吧。但你不能进你爸妈的卧室，我永远也不会进那里。"

"好吧。"赖利跳下床，"数到二十。"他说，"不能偷看。"

我脸朝下趴在床上，把枕头蒙在头上。

"一、二、三……"我大声数着，声音被枕头压住了。我以为今天肯定很难熬，但其实过得很有趣，赖利妈妈甚至也加入进来了。可这又和我与米歇尔、戴夫在一起时的感觉不一样。和赖利的父母在一起，我仍然觉得自己是在一边看别人玩过山车。但与米歇尔、戴夫在一起，就感觉自己坐在上面。

"十八、十九、二十。"我从床上爬起来，"我来了，赖利。"我喊道，"你准备好了吗？"

　　赖利不在浴缸里。

　　赖利不在洗衣篮后面。

　　赖利不在楼梯口的帘子后面。

　　赖利不在杂物间。

　　赖利不在餐桌底下。

　　我走进客厅，看到他的父母靠在沙发上，说赖利也不在那里。

　　但我还是检查了门、椅子和窗帘的后面。他们笑着说："看吧，山姆，我们告诉过你了。"

　　我知道他们没有撒谎，赖利若在这里，我肯定能听到他的笑声。我走进过道，感觉到他们在看着我，好像从没见过我玩得这么开心。

　　我又检查了一下外套后面，便噔噔地回到楼上，好让赖利听到我来了。我想象着他蜷缩在某个地方，努力忍住不笑出来。但他在哪里呢？正常情况下，我应该已经找到他了。

　　"赖利。"我大叫，"我说过，你不可以躲在你爸妈的卧室里。"

　　没人回答。

　　我又检查了他的卧室，看了我的床下，就连衣柜也看了看，虽然里面放了很多玩具，容不下他。唯一剩下的就是他妈妈的家庭办公室了。那里只有她叫我，我才进去，在电脑上填写寄养父母和寄养儿童"一起做"的表格。

我慢慢地走了进去。

啊，他还真在里面。

我看见赖利在我右边，躲在文件柜和墙之间。我笑了，不想让他的欢乐就此结束。我也不确定自己想不想要结束。

我走向他妈妈的桌子，假装没看见他。电脑关机了，但键盘旁边放着一本小册子。我走到近处，封面上写着：

迪士尼游玩攻略

我把手放在封面上。那上面有很多照片，孩子们笑着滑下滑道，大一点的孩子和成年人坐在过山车上，张着嘴尖叫。

赖利在我身后咯咯地笑。

我翻开小册子的第一页。

内容：

1. 迪士尼乐园简介；

2. 住得好；

3. 玩得好；

4. 其他的景点。

他们要去迪士尼乐园了，我在心里说。

"他们要去迪士尼乐园了。"我低声说。

赖利又咯咯地笑了,但我无法转过身,因为有一张纸从下一页露了出来。

我翻到那一页。纸上是赖利妈妈的笔迹:

确定最适合乘飞机过去的月份;

确定学校假期;

确定是否需要汽车;

确定保险;

有很多事情都需要确定。

我的目光一直移动到底部。

汤姆✓

莎拉✓

赖利✓

山姆✕

什么?!我盯着那个"✕",他们要去迪士尼乐园了。他们要去迪士尼乐园,但没有我的份儿!

48

小声嘀咕

"山姆不和我玩了。"

"怎么了？"赖利妈妈问。

"山姆不和我玩了，他上床睡觉去了。"

我听到上楼的脚步声。

"发生什么事了？"赖利爸爸低声问。

"赖利说山姆去睡觉了，还不跟他说话。"

"不要打扰他了，可能发生了什么我们不知道的事。我明天早上和他谈谈。"

"是的，但是太可惜了，我们今天过得很愉快。"

脚步声慢慢消失了。赖利走进了他的卧室。

"山姆，吃水果橡皮糖吗？山姆，你怎么了？"

你父母要带你去迪士尼，不带我，赖利。就是这样，他们要把我丢下。

每次都是这样。

我翻过身，面对着墙。赖利妈妈让我在墙上贴照片和海报，好让我感觉自己像这个家的一分子。摇滚明星史蒂夫说他们关心我，但如果这是真的，他们就不会单独去看米老鼠，玩星球大战超空间山，而让我只能待在滨海韦斯顿的临时寄养之家。

我早就该知道的，所以他们今天才对我这么好，所以赖利妈妈才一直笑个不停，还允许我明天去排戏。我才不在乎。他们可以全家一起去迪士尼，反正只是巴黎而已。现在我找到了米歇尔和戴夫，可以和自己的家人一起去。但我明天要对他们说什么？莉娅要我做自己，这是不是表示我应该告诉他们真相？"嗨，我说过我住在街角，妈妈是演员，爸爸是私家侦探，那都是在撒谎。"那样的话，他们再也不会信任我，再也不会让我进他们家了。但我得想个办法，乔希很快就要回学校，我就没有理由再去了。一切都不对劲，我不能经常见到米歇尔和戴夫，而一起住的这家人要把我丢下，去迪士尼玩。

49

完美父母计划第五阶段

米歇尔和戴夫的红房子在阳光下闪闪发光。我站在外面的人行道上，跺着脚，搓着手，却一点也没暖和过来。乔希发短信说他们提前开始，但我在这里已经站了二十分钟，一直看着他们卧室窗户上拉着的窗帘——到现在窗帘都没动过。我从赖利家出来一趟并不容易，赖利妈妈不相信我这么早就去排戏，但我不在乎她怎么想，反正他们要撇下我去迪士尼了。最后她说我可以去排戏，但每小时都得给她发短信。

我又跺了跺脚，朝手里吹气。

快点。

快点。

得快点起床呀。

为什么这么冷？为什么我的牙齿总是打战？

我真希望能和莉娅聊聊，但她肯定还没起床，我给她发信息说了赖利父母要带赖利去迪士尼的事，她一直都没回复。她还不知道我必须加快完美父母计划的进度。但等到米歇尔和戴夫终于打开门后，我要对他们说什么，我的主意变了无数次。现在我在想，我可能会说："嗨，我是来帮你们粉刷篱笆的，如果你们允许我一起住，我们能一起去迪士尼吗？"可我不能这么说，他们甚至都还不了解我。我只是山姆·麦卡恩，对他们说的谎话比真话还多。

"你好，亲爱的，你起得真早。"谢泼德太太牵着乔治朝我走来，把我吓了一跳，"是它把我叫起来的。"她朝乔治点了点头说，"它从八点钟就来挠我的门了。"

我笑了。没人来挠我的门叫我起来，但我很清楚乔治的感受。

我回头看了看米歇尔和戴夫的房子。窗帘依然拉着，一点儿都没动。

"她可能睡过头了。"

"谁？"

"米歇尔。你最好不要去敲门，但我一个多小时前看到小戴夫拿着油漆和刷子出门了，就在那边的拐角。"谢泼德太太指着公园，"左转后能看到一条小路，沿路走，你就可以绕到房后了。"

"谢谢。"我说。

谢泼德太太点了点头。

"那就去吧。"她对我说，好像知道我在犹豫似的，"你知道他不咬人。我是说戴夫，不是乔治。"

我紧张地笑了笑，便沿着她指的方向走了。我穿过马路，觉得更冷了。只是一男一女而已，我这么告诉自己。我见过很多男男女女，和许多男男女女一起生活过，但是米歇尔和戴夫给我的感觉不一样。他们不仅有趣，还很爱乔希，我想他们一定也喜欢我，否则就不会邀请我来了。但我的假期只剩下五天了，甚至可能更短，如果赖利父母不带我去迪士尼乐园，显然是不想要我了。

我沿着木篱笆和各家院门之间的窄巷走着。彩虹屋的后面都是深色的，看起来一模一样。有些院门上有数字，有些门牌号原本所在的地方只剩下了一片污迹。我走过 24 号、空、空、30 号、空、空，在 36 号停了下来。就是这里。我从大门和篱笆之间的缝隙朝里看去，戴夫正蹲在一罐油漆边上，背部的 T 恤向上卷起。乔希在他身边，手里拿着刷子。

他们真的需要我的帮助，还是只是在同情我？

我还是走吧。他们不需要我。

"不，山姆，"我告诉自己，"但你需要他们。推门进去就行了，你要做的就是把门推开，一切都会好起来的。"

我把一只手轻轻地放在黑色的手把环上，轻轻地转动。门闩发出响亮的咔嗒声，把我吓了一跳。

你已经开始了，山姆，现在把门推开就好了。

"嘿！"戴夫转过身来，"真高兴你来了。我们昨天只刷了两个面板，正好需要帮助。"

"没错。"乔希转过身来，脸颊上沾着蓝色的油漆。

戴夫摇了摇头："才一个小时而已，山姆，我们今天才刷了一个小时，他已经开始抱怨了。"

乔希耸了耸肩。

我努力挤出一丝微笑，努力关上大门，但下巴已经冻僵了，脚还粘在地上。我两天前才来过这里，现在却觉得需要重新了解他们。

"过来呀，山姆。"戴夫笑了，好像知道我很紧张，他递给我一把刷子，"你可以用这个。不用尽善尽美，从每块面板的顶部开始，慢慢地往下刷。"

我走向他，拿起刷子。

"就像这样。"戴夫说，他弯下腰，用刷子在罐子里蘸了些油漆，"只把一半刷子蘸上油漆就行了，免得蘸太多。不然你就会像乔希一样，衣服上的油漆比篱笆上的还多。"

我笑了出来。昨天一整夜，再加上今天一上午，我都在琢磨该说什么，但现在一句话也说不出来。我很高兴乔希在这里，也幸好戴夫健谈，有很多话和我们聊。我用刷子蘸了蘸蓝漆，站在栅栏前，但不知道是该左右刷还是上下刷。

"像这样，山姆。"戴夫说着，把刷子放在篱笆上，"从这边到那边，顺着板条的方向，不然就漏到另一边去了。"

我照他说的做了，篱笆板从棕色变成了蓝色。

"对了，就是这样。"戴夫朝我笑了笑，"别问她为什么要漆成蓝色。"他回头看了看家里的房子，然后小声补充道，"不过没关系，我帮她刷了漆，她就会给我买一台 55 英寸的电视。"

"我要和米歇尔婶婶一起去买。"乔希说,"等刷完了漆,我们一起看《蜘蛛侠:平行宇宙》。"

"酷。"我说。

"这下我们每个人都能满意了。"戴夫笑着说。

是的,我想,我们都很满意。不像在赖利家,他妈妈总是焦虑不安,忙得不可开交;他爸爸总是不在家,即使回来,他们也只是假装高兴,背地里却想把我赶走。

我很抱歉这么想,但乔希走开了,说去取电视机,这让我更开心了。我已经粉刷了两个小时,感觉胳膊都快断了,但我没有停下,因为现在可以单独跟戴夫聊天。他跟我说,他上学时足球踢得不错,橄榄球也还行,板球打得很烂,但很擅长在健身房攀爬绳索,他觉得这就是自己进消防队的原因。我点了点头,继续刷漆。戴夫说他最喜欢的糖果是棉花糖,最喜欢吃的是他爸爸家的周日烤肉;最不喜欢吃的是米歇尔做的周日烤肉,因为土豆块太大,而肉汁像水一样稀。对了,他最喜欢的足球队是切尔西队,他年轻时有一件球衫,但从不穿,因为他有点儿胖,穿上显得胸很大。然后他看着我,说:"那你呢,山姆?"

突然轮到我发言了,但我什么也想不起来,我是写了很多有关完美父母的笔记,可都是关于他们的,和我无关。我低头看着自己的衬衫,说:"我觉得我太瘦了,不可能有胸。"

戴夫笑得前仰后合,刷子都没能伸到油漆桶里。

"不,山姆。"他说,"我是说你喜欢什么,不喜欢什么？你总不能让我没完没了地说上一整天吧。"

是的，我可以。

我把刷子浸在桶里，然后把油漆涂在篱笆上。我不介意他继续说下去，不然我一开口，就可能犯错，说出不该说的话。我只想问他是否愿意当爸爸，是否愿意让我做他的儿子。但那会很奇怪，他听了准会惊讶，这些问题就跟宝马M5从0到96.56公里加速只要3.1秒一样。

"我足球踢得还行。"我慢慢地说，"但不够好，参加不了校队。我们只玩橄榄球，从来没打过板球。"

"在海滩上也没玩过？"戴夫问。

"没有。"我说。和赖利爸妈一起玩儿的时间不算，因为我只玩了五分钟就走开了。

"我以前经常和父母、弟弟、堂兄弟姐妹们一起去海滩，我们一块儿打板球，不知不觉当中，其他孩子就加入了，人很多，组两个队都够了。现在的孩子似乎不这么做了。我打赌你和乔希一样，只想待在家里玩电脑游戏。"

"是吧。"我说，"但你还是给乔希买了游戏机。"

"是的，没错。"戴夫大笑着说，"不过那是米歇尔的主意。她很爱乔希，但也存不住钱。这不是在抱怨，毕竟是我想买电视机。"他看了看手表，好像在算乔希离开多久了。我想，不管有多久，都请再久一点儿吧，我很喜欢和他聊天。如果他是我爸爸，也许他会放弃消防工作，我们可以开着白色面包车到处跑，为别人做这种零活。

戴夫把他的刷子在油漆罐里浸了浸，刷在篱笆上。

"那你最喜欢吃什么？"他问。

"我没有最喜欢的食物。"我说，"但喜欢士力架和麦当劳，只是不要同时吃。"

"不，"戴夫说，"听起来同时吃的确不太好。"他笑了笑，又漆了起来。

今天比我计划的还要顺利。十分钟以来，我一直在和一个成年人交谈，说着想说的话，不用停下来，更不用在笔记本或日记里写下说过的每一个字。和戴夫在一起就像和摇滚明星史蒂夫在一起一样，只是戴夫不会做记录，我也不会老想着他要用笔记里的内容来对付我。和戴夫在一起，就像和一个比我大很多的好朋友相处。这就是有爸爸的感觉吗？我心想，这就是有个比你大的好朋友的感觉吗？

我继续粉刷着，又给戴夫讲了许多自己的事。我喜欢表演，喜欢骑自行车——虽然我的自行车有点儿小了。我告诉他，我的车胎被扎破了，又补得很糟糕，所以车胎又瘪了。他说他可以帮我看一下。我们一直沿着篱笆移动，同时挪动着油漆桶。戴夫说："山姆，注意脚下，米歇尔好像在这附近种了胡萝卜。"

"啊。"我说，"我讨厌胡萝卜，讨厌所有的蔬菜。"

"哇哦，"戴夫说，"我敢打赌，你妈妈一定很爱你！"

戴夫的话就像一颗炸弹在我脑子里炸开了。

妈妈……爱……你。

妈妈……爱……你。

我不再粉刷。这些词我都听过，但从没听过它们组成一个句子。

我的手开始颤抖。

妈妈……爱……你。

妈妈都把我送走了，又怎么会爱我呢？

"山姆，你还好吗？山姆……"

我能看见戴夫，也能听见他的声音，却只能站着不动，手上的油漆不停地往下滴。

"山姆？"戴夫把刷子从我手里拿走，"伙计，你脸色很苍白。"

我低头看着自己的手。

"我们进去吧。"戴夫说，"把油漆洗掉。"

我不记得怎么走过小路，也不记得怎么坐在了凳子上，但记得戴夫给我倒了橙汁，还给了我一块巧克力松饼，问我："感觉好点了吗，山姆？"

我记得自己点了点头，看到戴夫微笑着举起了手。我记得当时在想，他这是要揉揉我的头发，就像他对乔希那样。我记得自己闭上了眼睛，等着他的手落下，但戴夫把手伸到我身后，关上了一个碗柜。

我以为你要揉我的头发，我在心里对他说。

我希望你那么做。

50

啊哈

"他怎么你了，山姆？他是不是累着你了？"

"他一定是饿了。"戴夫啜着咖啡说，"前一分钟我们还在聊蔬菜，下一分钟他就像见了鬼一样。"

"所以你就给他吃巧克力松饼？"米歇尔说。

乔希咧开嘴笑了。"早告诉过你，我们应该带点儿麦当劳回来。"

"哇哇。"米歇尔看着我，就像她愿意为我从店里买麦当劳一样，"老天保佑你。山姆，下次你觉得不舒服，一定得说出来。"

我咽了咽口水："我很好，我也不知道刚才怎么了。"

"别担心。"米歇尔边说边往杯子里倒水，"可能只是你这个年纪的关系。我十一岁的时候，我们班有个叫蒂姆·弗劳尔的男孩，有一次我们去库姆城堡做地理实地考察，他晕倒了，还掉进了小溪里。"

"这和地理实地考察有什么关系？"戴夫问。

"我只是说这和年龄有关。"米歇尔说,"到了这个年纪,男孩的身体就开始出现变化了。你知道的……就是荷尔蒙什么的。"

戴夫笑了:"我很确定山姆不想和我们谈论荷尔蒙。"

他们都笑了,我却不明白他们在笑什么。我很高兴他们的心思都在蒂姆·弗劳尔身上,没有缠着我不放。

"你喜欢吃比萨吗,山姆?"米歇尔打开冰箱门问。

"喜欢。"我点了点头。

"太好了。"戴夫搓着手说,"我和乔希去把电视从车里搬出来,再把箱子拆开。"

"不行。"米歇尔说,"先漆好栅栏,这是约定。"

"但也不能一直放在车里吧,说不定会被偷走。再说了,乔希也待不了几天了,就让他看看吧。"

"六天。"乔希说,"学校周一有在职培训。"

有一刻,我觉得我也多了一天,但后来想起我们不在同一所学校。

"乔希,别人只会以为你不想回家。"米歇尔说。

乔希轻轻一笑:"我想回家。妈妈做的菜好吃多了。"

"喂!"米歇尔按下了厨灶上的一个按钮,"既然你这么说,你那份比萨就给山姆吧。"

"祝你好运,山姆。"戴夫咧开嘴笑了,"来吧,乔希。"他把手放在乔希的肩膀上,领着他走进过道。

米歇尔把比萨放进烤箱,转身看着我。

我又咬了一口松饼。

"山姆，你爸爸妈妈打算在剩下的假期做什么？"

"没什么。"我说，"就像你说的，他们在装修。"

"那你弟弟呢？"

"谁？"我说，被松饼噎住了。她怎么知道我有时想象自己有个弟弟？

"你弟弟呀。那天晚上我们送你回家，你说你妈妈正忙着哄他睡觉。"

"哦。"我假装如释重负地笑了，"我弟弟呀。"

"天哪。"米歇尔大笑两声，"你把他忘了，他会不高兴的。"

"不，我没有忘记他，只是……"

"只是什么？"

我琢磨着该如何撒这个谎。

"那个……"我说，仍然在思考该怎么说，"他不是我的亲弟弟，我爸妈只是照顾他而已。"

"什么，是寄养父母吗？"米歇尔问。

"是的，就是这样，寄养父母。他和我们在一起才几个月，但我喜欢他。"

"他叫什么名字？"

我不记得之前说过什么名字，更不记得有没有说过他的名字。

"赖利。"我说，"他才六岁，很喜欢玩《王牌飞行员》。"

米歇尔笑了，她的笑容就像那些知道我是寄养儿童的老师一样。"我认为人们这样做很好。你应该为你的父母感到骄傲，山姆。你也该为你自己骄傲。"她搂着我的肩膀，让我感觉心里暖暖的，"不是每个人都能像你这样分享自己的家，欢迎别人加入自己的家庭。我打赌，你和他相处得很好。"

"不完全是。"我说，"但我帮他把《王牌飞行员》升到了第四关。"

米歇尔笑了，朝前门望去，戴夫正倒着走过过道。

"放在这里，乔希。"他说，"山姆不舒服，我先送他回家，我们再粉刷篱笆。可以吗，山姆？"

我的心都提到嗓子眼儿了。我先是在赖利的事上撒了谎，现在又碰到了这样的情况。

"不。"我马上说，"我只是饿了，再说，我住得也不远。"

戴夫看着我，我看不出他是有话对我说，还是在琢磨我在想什么，就像摇滚明星史蒂夫那样：问我问题，然后看着车窗外，等我说话打破沉默。

"真的，"我说，"我很好。只要我愿意，现在就可以去粉刷栅栏。"

没有人说话。我拨弄着盘子里的碎屑，我讨厌沉默。

当一声，米歇尔把杯子放在厨台上。

"山姆？"她说。

"嗯。"我抬起头，看到米歇尔、戴夫和乔希盯着我看，就好像他们为了我的事开过什么秘密会议。

"怎么了？"我说，"有什么不对吗？我脸上有巧克力？"

"没有。"米歇尔说，"我不是说这个。"

"那是什么？"

"山姆，"戴夫说，"你究竟住在哪里？"

"我告诉过你们了。"我的脸在发烧，"转过街角就是，96号。"

"不，山姆。"米歇尔说，"你不住在那儿。"

"你怎么知道？"

"因为没有96号。"

51

对不起，莉娅

"感觉我们好像是罪犯。"莉娅说，我们此时坐在大桶埃里克里。

"我知道。"我说，"我开始觉得自己像个罪犯了，说的谎太多了。"

"到底发生了什么事？"她问，"你的信息也没说清楚。"

"对不起，我太惊慌了。他们发现我不住在那条路上了。"

"什么？"莉娅看着我。

我像被当场发现时一样大口喘着气。"看吧，我告诉过你这很糟糕。米歇尔问了我很多问题，我觉得她知道了。"

"可是她不可能知道，你跟他们说了什么？"

"一开始，我都吓傻了，根本无法思考。我盼着戴夫能说些有趣的话，让我摆脱困境，但他们三个都站在那里盯着我看。我就告诉他们，我其实住在贝德温公寓，就是河边那些难看的房子里。我告诉他们，我不好意思说住在那里，很后悔说了那些话。"

"用不着后悔。"莉娅说,"妈妈说了,委员会要把那些房子推倒,它们实在是太难看了。"

"戴夫态度很好。他说了,在住处的问题上撒谎不要紧,反正也不会害死人。他说有时候我们会为自己的真实处境感到尴尬,希望人们觉得我们很了不起,但住公租房也没什么好羞愧的。我浪费了一下午和他们相处的时间。我太紧张了,所以告诉他们又有点儿不舒服,得回家了。"

"又不舒服?"

我移动了一些纸板,让我们坐得舒服一些。我给莉娅讲了花园里发生的事,当时戴夫说他打赌我妈妈很爱我。莉娅说这不怪我,她可能也会有同样的反应。我告诉她,我心里很慌,毕竟假期快结束了,感觉我们没有时间了。乔希离开后,我就没理由再去了。暑假的时候,我肯定已经去了别的地方,米歇尔和戴夫准会忘了我这个人。

"山姆,"莉娅轻声说,"听我说,很明显,他们喜欢你,否则不会带你去打保龄球。我爸妈还在一起的时候,就不会带不喜欢的人出去。除了带劳拉·汤普森去乐高乐园那次,那只是因为她阿姨在那里工作,她有半价券。不管怎样,我已经想好了怎么让你在他们家多待些时间,你只要问问他们能不能去过夜,不就行了?"

"过夜?但我从来没有在别人家留宿过。"

"山姆,"莉娅叹了一口气,"这很简单,就像睡在你自己的床上,只是在别人家里而已。"

"是啊，可我该怎么问呢？"

"你只要说：'嘿，乔希，我们周末在你叔叔和婶婶家过夜怎么样？'"

"就这样？"

"是的，"莉娅咧开嘴笑了，"就这样。"

我的手机嗡嗡地响了。

"赖利妈妈？"莉娅问道。

"应该不是。"我说着把手伸进口袋里，"还没到回去的时间……啊……"我看了看留言。

"是谁？"

"刘易斯。"我不好意思地说，"今天早上要排戏的，可我没去。我们本来要在阿玛拉家见面。"

"山姆！"

"我也是没办法，不可能顾全每件事。我很遗憾错过了排戏，但如果真的能和米歇尔、戴夫住在一起，我可能就得换学校了，也就不能演《龙蛇小霸王》了。事情变得太复杂了。"

"也许不会。"莉娅说，"艾米丽·阿什顿在我们学校上学，但家在城市的另一边。说实话，比起学校，我更担心我和你。"

"你这话什么意思？"

"我不知道。"莉娅捡起一块纸板，抬头看着我，"没什么。"她说，"我只是担心，如果你找到了完美父母，和乔希继续做朋友，我们就不能经常在一起玩儿了。"

"不会的。"我说，"就像你说的，我们可以在学校见面，而且只是暂时的，米歇尔和戴夫不会像赖利父母那么时刻盯着我的。"

"但我们最近很少见面了。"莉娅的眼睛湿润了。

我不知道该做什么、说什么。寻找完美父母是她的主意，但现在她好像并不希望我找到他们。

"莉娅，"我说，"你永远都是我的朋友，但你知道我有多想要一对完美父母。"

莉娅盯着我看："可你只顾着找他们，都没问过我父母怎么样。"

她爸爸。她今天本该和他一起去看电影的。我怎么能这么愚蠢和自私呢？我一直忙着处理自己的事情，完全忘了莉娅和她爸爸。

莉娅低头坐着，抠着手指。

我叹了口气："他又没出现，是吗？"

莉娅摇了摇头："嗯。他只给妈妈发了条短信，说他很忙，过段时间再约。"

"对不起。"我说。

莉娅抬起头，用手背擦了擦眼泪："莫丽说我们现在应该习惯了。她甚至都没打扮。但我穿上了那条黄裙子，就是去唐斯公园那次，你夸好看的那条。"

"确实好看。"

莉娅勉强笑了笑："谢谢。我很抱歉。"

"为什么道歉？"

"为了这个。"她说，"我通常都只是一笑而过的，但有时候我真的受不了，尤其是爸爸一再爽约，妈妈又总是和'水罐耳朵'出门约会。"

"我记得你说过他很好。"

"他是不错。但他管莫丽叫莫尔斯，还想装酷，而莫丽不喜欢。他就是个大傻瓜，他开的是日产米克拉汽车。"

"没错。"我说，"那他真是个傻瓜。"

莉娅哈哈大笑着，擦干了眼泪。

"对不起。"我说，"今天下午我们一起做点儿什么，好吗？"

"不，你回赖利家吧，你也不愿意再惹他们生气了。我很高兴在寻找完美父母这件事上，我们又回到了正轨。"

"那就明天吧，"我说，"我得再去一趟米歇尔和戴夫家，把篱笆粉刷完，不过下午我可以在这儿和你见面。到那时，我们好好聊一聊。"

"好的，"莉娅道，"如果你确定的话。"

"我确定。"

"好吧。"莉娅笑着站了起来。

我看着她。能找回我最好的朋友，真是太好了。

"怎么了？"她说。

"没什么。"

"肯定有。"

我轻轻地笑了。是的，肯定有。我怎么就说不出来呢?**你是我最好的朋友**，这就是我要说的话。

"山姆，你让我担心了。"莉娅说，"到底怎么了? "

"好吧。"我深吸了一口气，"你穿那件黄裙子真的很好看。"

"恶心。"莉娅假装呕吐，"我再也不穿了。"

我们两个都笑了。

52

我糊涂了

"做得好，山姆。"赖利妈妈把头探进赖利卧室的房门，说，"你不仅回来了，实际上还早了半个小时。"

"我知道。"我说，"假期快结束了，我想多陪陪赖利。"我在哪所房子里并不重要，因为不管我做什么，都离不开撒谎。

"你真好。"她说，"我能跟你说句话吗？"

我抬头看了她一眼。即使我乖乖听话了，还是会有麻烦。"可是我都回来了……"

赖利妈妈朝我摇了摇头，又看了看再次坠毁飞机的赖利，说："一会儿就好。"

她想干什么？

我起身跟着她走到楼梯平台上。

"山姆，"她低声说，"你能让赖利在这儿多待一会儿，别下楼吗？我要给他的生日蛋糕加点糖霜。"

"啊。"我如释重负地笑了，"当然，没问题。"

"谢谢。"她说,"山姆,"她把我拉向她的家庭办公室,"你会来的,是吗?"

有那么一会儿,我以为她指的是迪士尼乐园,但当我细看她的办公桌,却只能看到烹饪杂志和几张纸。

赖利妈妈探过身来吸引我的注意。"你没忘吧?明天是赖利的生日。"

"啊。"我有些羞愧,"不,我没有忘记,只是……"

"只是什么?"

"我得去刘易斯家。"我说,等着她生气。

"你今天去过了。"

"我知道。"我说,"但我提早走了,莉娅为她爸爸的事伤心,所以我去找她了。"我满嘴谎话,但有些内容是真的。

赖利妈妈叹了口气。

"我今天确实回来得很早。"我很快说,"明天我只去一上午。我保证……"

"好吧,好吧。"赖利妈妈举起双手,"但你要保证两点前回来。你可以帮我们把东西准备好,等他的朋友们来。"

"我会的。"我说。

"好。现在你去拖着他,哄他玩一个小时吧。明天给他开生日派对,我还有好多事要做,汤姆后天就要回去工作了。"

我转身要走。

"等等,山姆!"赖利妈妈急切地低声叫住我。

又怎么了?

我气呼呼地转过身去。

"你想送他点什么吗？"她问。

"什么？"

"你想送赖利生日礼物吗？"

"我没钱。"我说。

"我可以给你点钱。"

我在楼梯口等着，她走进家庭办公室。抽屉滑开，罐子里的硬币叮当作响。

"给你。"赖利妈妈走了出来，把一张五英镑的钞票和几个硬币放到我手里，"你知道他喜欢什么东西。"

"好吧。"我说着把钱放进口袋里。

赖利妈妈笑了。

"很好，"她说，"我继续去做蛋糕了。要是他喜欢足球就好了，做球门可比做飞机容易多了。"

我笑了笑，但走进赖利的房间时，我一直在琢磨着明天怎么能把所有事情都做完，并在两点之前回来。一切都变得如此复杂，我已经不知道什么是谎言，什么是事实了。我今天忘了去排戏，虽然出演《龙蛇小霸王》是开始完美父母计划的主要原因。但我真的不想惹赖利不开心。我得尽早去米歇尔和戴夫家，才能及时赶回来。

我挨着赖利坐在床铺上。

"我降落在了咔嚓咔嚓火山上。"他说。

"是喀拉喀托火山。"我说。

"没错。"赖利说,"现在我要做的就是捡起金子,然后起飞。"

他按下 O 键和右边的推力按钮。他的飞机在跑道上加速,电视的扩音器里传来了隆隆声。赖利向前探身。

"继续按住推力按钮。"我说,"按住,不要松手。"

随着飞机速度的加快,白色的线条和建筑物变得模糊。赖利飞快地按按钮,神情专注,连舌头都伸了出来。

"现在怎么办,山姆?"他说,"我该怎么办?"

"按左上角的键。"我说。

飞机的引擎开始熄火。

"不,不是那个。"我伸出手,但已经太晚了。赖利的飞机在跑道尽头迫降,金块散落在地上。

"我按错了,是不是?"

我笑着说:"是的。"

"但我可以再来一次。"

"是的,再来一次。"

我向后靠在墙上。

赖利不知道我有很多计划。我要做的就是问乔希能不能在他家过夜,如果进展顺利,周末过后我就可以走了。但现在,我坐在赖利身边,一想到要离开他,就觉得难过极了。

我很抱歉我想离开,赖利。我会想念你在飞机坠毁时发出的嘘声,想念你看到飞机终于起飞时的笑容,想念你踢腿,想念你穿着鲨鱼龙睡衣跳来跳去。我很抱歉我告诉米歇尔和戴夫寄养儿童是你，而不是我。但至少我发现他们认为照顾寄养儿童是件好事。我明天只有几个小时的时间和他们在一起，但这也许足够分辨出他们是否会考虑收养我。

　　你怎么告诉别人你喜欢他们？怎么告诉别人你非常喜欢他们，并想和他们一起生活？你怎么告诉别人，你非常想和他们在一起，以至于晚上睡觉的时候，甚至会迫不及待地想在第二天早上见到他们？这比问别人能否去他们家里过夜难上百倍。你不能只是带着手提箱和包包出现在他们家门口，说："嗨，我来这里住一段时间，我希望能一直住下去。"

53

我很古怪

我又来到了彩虹屋，戴夫在大声地告诉花园另一边的乔希和米歇尔，他很确定我刚刚把同一个面板刷了四遍。米歇尔哈哈大笑，说戴夫应该庆幸能和我在一起，因为乔希身上的蓝漆比篱笆上的还多。就在这时，乔希转过身来，像绿巨人一样举起双手。我也忍不住哈哈大笑起来。但其实我没心情笑，因为戴夫说，他认为我们四个一起粉刷，午饭前就能完工。所以我才把同一块面板粉刷了四次，所以我才一直希望米歇尔和戴夫住在克里夫特住宅区，那儿的栅栏很长很长，能粉刷上很久——我可以粉刷一个月，而不是两天就完工了。现在已经过去一天了，我感觉自己在数着每一秒的流逝。

"怎么了，山姆？"戴夫轻声问，"你看起来有点儿……我不知道……你好像有点儿心事重重的。你要是累了，想回家就回去吧，要不休息一会儿也行。"

"不用了。"我说，试图把烦恼从脑子里赶走，"没关系，我很好。"

我环顾花园。我得找点儿别的事做，这样下周末还能再来。

"喂。"戴夫推了推我的胳膊，"你又刷了一遍！"

"对不起。"我说着，把刷子挪向篱笆的其他部分，"我只是在想，要不要也粉刷一下小棚屋？"

"哈！"戴夫大笑起来，"我可是要付钱给你们两个的，等刷完了，我非得破产不可了。"

"我们还可以问问你的邻居需不需要粉刷。跟你家的篱笆比起来，他家的篱笆好像要倒了。"

戴夫把刷子放在油漆桶里："你是要我们以这样的速度粉刷整条街了。"

我咧开嘴笑了，没有告诉他这正是我的计划。

"不过说真的，"戴夫看了我一眼——我没见过他用这样的眼神看我——说，"最近怎么样，伙计？谁都会以为你不想待在家里。"

"不是那样的。"我看着乔希和米歇尔说，"我就是喜欢这里。"

"我们喜欢你来。"他又拾起了他的刷子，"但你肯定想和父母待在一起吧？"

"不完全是。"我耸了耸肩，"我一直和他们住在一起。"

戴夫大笑："我想我们每个人有时都会这么想家里人。"

我没有回答。我们在粉刷栅栏，但现在戴夫又在谈论我

"父母"了。他好像知道了什么，但如果是这样，为什么我还在这里？我琢磨着该怎么转移话题，而戴夫似乎知道这是一个敏感的话题，因为他说，"山姆，我只知道父母都很努力地照顾他们的孩子。也许我很幸运，我的父母非常棒，我不想离开他们。"

"那你十八岁时为什么离开家？"

"啊呀。"我居然还记得，戴夫看起来很吃惊，"你真的把我说的每句话都听进去了？"

"是的，你为什么离开家？如果我有一对完美的父母，我绝不会想离开。"

"啊，"戴夫笑着说，"我从没说过他们是完美的。他们经常抱怨我的卧室太乱，运动鞋很臭，但他们还不错。可我有消防队，然后遇到了米歇尔。"

"怎么了？"米歇尔听到自己的名字，便看了过来。

"没什么，"戴夫说，"我只是想告诉山姆你有多棒。"

"嗯，"米歇尔笑着说，"千万别相信。"

戴夫大笑两声，说："山姆认为刷完了篱笆，应该再粉刷小屋。"

"但不一定非得今天都刷完。"我插话道，"我可以下周再来。"

米歇尔笑了："可要是戴夫烧烤时把汉堡都烤焦了，你肯定不愿意再来了。"

"就一次，"戴夫说，"我就烤焦过一次而已！"

"我们要烧烤吗？"乔希问。

"是的。"戴夫说，"可我得去车库取点煤。"

"酷。山姆能留下来一起吗？"

"当然。"戴夫说，"如果他愿意的话。"

"我愿意。"我说，"谢谢。"太棒了！我在身侧握紧拳头。虽然不是过夜，但至少还可以和他们多待两个小时。

戴夫笑了："太好了，现在继续刷吧。"我笑了笑，又开始粉刷。今天比昨天好多了，米歇尔和戴夫似乎把要问的问题都问完了，我也不用撒谎了。我看着戴夫在篱笆上左右移动刷子。我不知道自己是否爱他或米歇尔，但知道我非常喜欢他们，有时我们聊天，我已经觉得自己是这个家庭的一员了。他们一定也喜欢我，不是吗？不然不会让我待这么久的。我只希望自己能知道他们有多喜欢我，是否愿意接受我和他们一起生活。要是现在能知道就好了，这样某一天我就不必像帕丁顿熊一样，把所有衣服都装进行李箱，出现在他们面前了。

嘿，戴夫，我在心里说，我喜欢和你、米歇尔在一起，我知道我们只见过四次面，但你觉得我能搬来你家住吗？我能不能有自己的卧室，有一张像样的床，不会有人睡在上铺，一动床就吱吱作响吧？我希望自己能这么说，但我都没在别人家留宿过，又该怎么问出口呢？我真希望周末能在戴夫家过夜，希望早上起来和他们一起吃早餐。我想知道米歇尔会不会穿晨衣，戴夫会不会穿睡衣裤。我不知道赖利的爸妈穿什么，他们的卧室门总是关着，我起床的时候，他们已经穿好衣服，忙活起来了。所有的父母都是这样的吗？

戴夫蹲下，把土刮开，给栅栏底部的木板也刷上漆。我则用刷子蘸了蘸罐子里的油漆。我现在就可以问他：我能来你家过夜吗？如果可以，我能永远留在你家吗？

我蹲在戴夫旁边，我现在就可以说。

他看着我，对我笑了笑："清理一下地面吧，免得泥土粘在刷子上。"

"好的。"我说。我把左手插进泥土里，挖出一条小沟。

快呀，山姆，现在就问。

"戴夫……"我小心地出声。

"是的，山姆。"

"我能问你一个问题吗？"

"当然。"戴夫咕哝了一声，又挖出很多土，"你可以问我任何问题。"

"好吧。"我吸了一口气。

"怎么了，山姆？"

"我……我想知道可不可以……我想知道……"

说呀，山姆，你可以的。

"我想知道……"

"怎么了，伙计？"戴夫疑惑地看了我一眼。

"我在想……我能和你一起去车库拿煤块吗？"

"就这个？"戴夫笑着说。

"是的。"我重重地吐出一口气。

戴夫摇了摇头，又笑了起来："你真怪，山姆。"

他一边说着，一边拨弄着我的头发。

我笑了。是的，我的确很怪。

我和乔希在公园玩飞盘的时候，一直在想要不要问过夜的事。但这还不是唯一的问题，自从戴夫揉了我的头后，我的脑袋就一直刺痛。我告诉自己，只是有只手摸了我的头而已，而且只摸了两秒钟，便拿开了。但如果那只手拿开了，为什么感觉好像它还在那里？那种感觉就像我在学校被煤气喷灯烧伤了手一样，只是这种感觉更加美好。我想给莉娅发短信，但她可能会觉得我很奇怪，反正我晚点儿会和她见面。但当戴夫加满汽油、取出煤块的时候，那种刺痛感依然挥之不去。后来，我看着他和我的完美祖母在房子外面说话的时候，也能感觉到那种刺痛。

"山姆，"飞盘嗖地从我耳边飞过，乔希喊道，"接住。"

我弯下腰把它捡起来。

乔希朝我跑了过来："怎么了？玩了这么久，你连一个都没接到。"

"没什么。"我说，"我只是在想一件事。"

戴夫在外面和我的完美祖母说话，指着公园对面的我和乔希。我想知道他在说我们什么……那个是山姆，我和米歇尔正在考虑收养他；还是：那是山姆，乔希的新朋友，他说他住在附近。

我用眼角余光看到乔希在看着我。

"山姆，怎么了？"他问。

"没什么。我只是在想，你觉得我们今晚可以一起过夜吗？"

"我不知道。"乔希说，"我得问问米歇尔婶婶和戴夫叔叔。我从没带人在他们家过夜。如果他们不同意，也许我们可以在你家过夜。"

"不……不……"惊慌之下，我的声音都有些嘶哑了，"我的意思是……不，我觉得这个主意不太好。"

"为什么？"乔希说，"我在许多朋友家里住过。我吃得不多，也不放屁。"

我紧张地大笑两声。

"不，不是因为那个。"我说，"是我妈妈。"

"她怎么了？"

"没什么。只是她不喜欢家里有人，她自己都没朋友。"

"不用担心。"乔希说着，奇怪地看了我一眼，好像觉得我刚才说的话很怪异，"我现在就去问问戴夫叔叔。"

"不要，"我说，"暂时不要。"我慌慌张张地跑去追他，"如果他拒绝了，那就太糟糕了。也许可以在烧烤的时候问。等我去小便时你再问。"

乔希摇了摇头："有时你真奇怪，只是过夜而已，又不是你搬进来住。不管怎样，戴夫叔叔看起来需要帮助，好摆脱谢泼德太太。"

"但她人很好。"我说,"我想让她做我的奶奶。"

"哈。"乔希大笑起来,"你居然想要一个对所有事都知道得清清楚楚的奶奶,那你肯定是绝望极了。戴夫叔叔说了,只要她在,就不需要邻里监督组织了。话说回来,你奶奶怎么了?"

"没什么。"我看着谢泼德太太说,这会儿,她指着公园的长凳,"我只是不常见到他们。"

"为什么?"

"他们住得远,有好几公里呢。"

"什么?像康沃尔那么远吗?"

"不,是在澳大利亚。"

"澳大利亚?"

我为什么要这么说?

"你是从那儿来的吗?你没有澳大利亚口音。"

"不是,"我说,"父母在我出生前就来这里了,但我非常想念爷爷和奶奶。"

"好吧。"乔希说,好像他不相信我。

"这是真的。"

"是的。反正我要去救戴夫叔叔了,否则永远都没法烧烤了。"

他跑过草地。我为什么要说爷爷和奶奶住在澳大利亚?我本可以说康沃尔或滨海韦斯顿,很多上了年纪的人都住在那里，反正乔希也不会去看望他们。谈论家庭有个问题，那就是人们总想更多地了解我的家人。事实上，我不知道爷爷和奶奶是谁，也不知道他们住在哪里。说他们已经死了倒是容易，但如果他们还活着，这么说可不太好。我希望有真正的爷爷和奶奶，但也许他们根本不知道我的存在。

乔希在戴夫和谢泼德太太面前停了下来。她微笑着，把手伸出离地一米的地方，又举到乔希的头上，就像在说，去年你才这么高，现在已经这么高了。你能相信他长高了这么多吗？我笑了出来。乔希说我一定很绝望，但我很想让谢泼德太太做自己的奶奶。我想让她微笑着告诉我长高了多少，我们甚至可以在门上刻下印记。

我的手机在口袋里嗡嗡作响。

山姆，别忘了，两点前回来。

赖利妈妈就像在我的脑子里设了个闹钟。我输入信息：

好的，我会的。

54

我不知道

我不知道风会把烤架里的火吹灭。

我不知道戴夫的打火机里没油了。

我不知道他还得回车库去取。

我不知道等他回来点燃烤肉架，煤块需要很长时间才能变热。

我不知道米歇尔和戴夫喝了酒变得更风趣了。

我不知道戴夫会让乔希把游戏机插到新电视上，让我们玩《超级玛丽》。

我不知道开心的时候时间过得飞快。

乔希问周末能不能叫我来过夜，他们同意了，我不知道自己会感觉那么好。

我太高兴了，真想挥着拳头大喊一声"太好了"。

后来他们说时间不早了，我该骑车回家了，不然天就要黑了。这时，我把手伸进口袋里拿手机，却摸到了几枚硬币和一张五英镑的钞票。

55

啊，赖利 ☹

赖利，很抱歉我没来参加你的生日派对。

很抱歉我没能帮你吹气球。

很抱歉我没有扮演音乐雕像，在房间里来回跳舞。

很抱歉我没看到你吹灭飞机蛋糕上的七根蜡烛。

很抱歉你有四个朋友没来。

"对不起，对不起。"我对赖利父母说。

"今……天……是……他……过……生……日。"赖利妈妈一字一顿地大声说，"让你回来是什么很过分的事吗？"

"我的车胎又扎破了。"我已经麻烦缠身，却忍不住又撒了谎。

"山姆，"赖利爸爸开口了，"你就不能打个电话吗？我们给你手机，就是为了这个，天都黑了。"

"这不是重点。"赖利妈妈说，看起来她都要哭了，"今天他过生日。"

我想再次道歉，但一句话也说不出来。

"你根本不在乎。"赖利妈妈又说,"你知道他有多希望你在场,甚至在大家都走了之后,他还在楼梯上等你。"

"我忘了自己在哪儿了,"我大声说,"忘记了时间。"

"所以不是车胎扎破了。"他们两个都抓住了我的漏洞。

我喊道:"我得去商店!"

"商店?"赖利妈妈说。

"是的,所以我才迟到……我得去……"

"别说了。"赖利妈妈挥手让我住口,"我已经听够了。"

"可你不明白。"我说。

"我们有什么不明白的?"赖利爸爸道。

"我们知道,你是故意不来给赖利过生日的。"赖利妈妈说。

"我不是故意的。"我说,"我就是忘了。"

"你好像忘记了很多事。"

我恶狠狠地说:"好吧,好吧,没错。我错过了赖利的生日,但这都是你们的错。你们为什么总想知道我在哪儿?你们就不会这么对赖利。他可以去朋友家喝下午茶,或者在朋友家过夜。他不必每半个小时给你们打电话。"

"那不一样。"赖利妈妈说。

"有什么不一样?因为你们是他的亲生父母?好吧,我很高兴你们不是我的亲生父母。"

"山姆!你这么说太不公平了。"赖利妈妈的眼里含着泪水。

我冲上楼，进了赖利的房间，看到他用羽绒被盖着头。

对不起，赖利，我躺在床铺上在心里说。我很抱歉，但我觉得他是那么难过，我得大声道歉才行。

"赖利……"我低声说。

我等着床嘎吱作响，等着他的水母头出现在床沿边。然而，赖利没有动。

"赖利，"我说，"我真的很抱歉。"

我伸出手，轻轻地从板条之间戳了戳他的床垫。

"赖利，"我急切地说，"我很抱歉。"

我闭上眼睛。我的心在胸口怦怦直跳，我的喉咙很疼。我绝对不是故意不给赖利过生日的，只是跟米歇尔、戴夫和乔希玩得太开心了，所以才忘记了。

我的手机在口袋里嗡嗡作响。

你在哪里？

啊！不！我捂住脸。我有那么多事要做，不仅没参加赖利的生日派对，还忘了去见莉娅。

对不起，我完全忘记了。

我在大桶埃里克那儿等了很久。

我很抱歉。

你应该抱歉。完美父母计划是很有趣，但我认为你不该把其他事都撇下。

这不是有趣不有趣的事，这件事对我来说很重要。

其他人也有很重要的事。

一想到莉娅气哼哼地在卧室里，我就很难过。我不是故意伤害她的，我没想伤害任何人。

莉娅，我真的很抱歉。对不起，但你不明白。

莉娅，求你了。告诉我怎么了。

很好。"水罐耳朵"昨晚把妈妈甩了，那之后她一直在哭。

所以你才生气？

莉娅？

不。我爸爸又没出现。

啊！我很抱歉。

回头再聊吧。

不，不要。莉娅，我搞砸了。

我抽了抽鼻子，擦去眼泪。我想再次向她道歉——我竟忘了她爸爸的事，我太蠢了。

莉娅

莉娅

我盯着屏幕，等着最后三条信息变成表示已读的绿色，但莉娅已经不在线了。

这一天开始时很精彩，但现在一切都出了问题。

床铺嘎吱一声响了，赖利颠倒的脑袋出现了。

"嗨，山姆。"他轻声说。

"嗨，赖利。"我强挤出一丝微笑，"没来给你过生日，我很抱歉。"

"你忘了也没关系。"他说，"爸妈给我买了一辆遥控卡车，朋友马洛买了一个乐高蝙蝠侠，看！"他把一个小小的蝙蝠侠举在床边。

我笑了。

"我没有忘记，赖利。"我说着，从床上探出身子，把手伸进背包里，"我在回家的路上给你买的。"

赖利顿时喜笑颜开："是什么？"

"打开看看。"我递给他一个纸袋。

"感觉就像一摊烂泥。"赖利咧开嘴笑了，"是烂泥吗？"

"不，赖利，不是烂泥。"

赖利跳回到他的床上，袋子沙沙作响。

"啊！"他说，"你给我买了一只水母！"赖利的头又回到了床侧，手里挥舞着一只湿漉漉的绿色水母。"山姆，你给我买了一只水母，就像我一样。"

"是的，"我微笑着说，"就像你一样。"

赖利看了看他的水母，又看了看我。

"我不想让你走，山姆。"他说。

"我不走。"我说，"不会有事的。"

"不。"赖利摇了摇头，"我听到妈妈说他们要让你搬走。"

"什么？"我立即坐起来，头撞到了铺位上。

"没错的。"他说，"他们在厨房里吵了起来。妈妈说要让你搬出去，但后来他们把门关上，我就听不到了。"

我站在房间里，整个人都慌了。我早就知道，我早就知道。

"你肯定吗，赖利？"我说，"你确定她是这么说的吗？"

"是的。"赖利点了点头，"妈妈说她想在爸爸回去工作之前把事情处理好。"

我早就知道，赖利的父母和其他人一样，要赶我走。至于拍照的事，我想得不错。拍照片是为了让赖利记得我，所以，他们现在就要动手了。赖利爸爸回来，就是为了向我公布这个消息。等我走了，他们就会登上飞机去迪士尼。但我不会让他们把我赶走的，总是别人赶我走。这一次，我要先离开。

我拿起书包，打开抽屉，往里面塞了几条裤子和几双袜子，又从门后的衣架上取下外套。

"你在干什么，山姆？"赖利担心地看着我。

"没事的，赖利。"我低声说，"一切都会好起来的，但我得走了。"

"不要！"赖利跪在床上，"你不能走！不能走！"他的脸绷得很紧，像是要哭出来了，"求你了，山姆，不要走。"

我踏上我的床铺，伸出胳膊。

"我以后会来看你的，赖利。"我说，"我保证。"

"不要！"赖利伸出胳膊搂着我的脖子，"别走，山姆，求你不要走。"

我拉开赖利。我不想离开他，但必须离开这里。我不想干等着摇滚明星史蒂夫早上过来接我。我不想与不要我的人说再见。我不想走进另一个陌生的家庭，从头再来。

"对不起，赖利。"我朝门口走去。我不想回头，不愿看他哭。

"妈妈！"他喊，"山姆要走了！"

我打开门，跑下楼梯。

"怎么了？"

赖利妈妈从客厅里出来。

我拧开锁，猛地推开前门。

"山姆，"赖利爸爸喊道，"你要去哪儿？"

我把自行车从草地上扶起来，看到赖利爸爸和妈妈出现在门口。

"你们想赶我走！我恨你们！"我声嘶力竭地喊道，喊得嗓子都疼了，"我恨你们，你们也恨我。"

赖利爸爸向我走来："不，山姆，我们不会这么做的。"

"你们会！"我大喊，"否则你们就带我去迪士尼乐园了。"

"什么？"

我推着自行车出了院门。我得离开这里，但腿好像在原地跑，就像卡通片里的猫一样。

"山姆，山姆！"赖利爸爸的脚步声重重地落在我身后的人行道上。我跳上自行车，骑了起来，越骑越快，心怦怦直跳。我气得浑身发抖，几乎透不过气来。

"山姆！"赖利爸爸的声音在黑暗中回响。

"不！"我喊，"不！我要去一个有人愿意要我的地方！"

要走了，我心想。我又要逃跑了，只是这次有地方可去。

56

帮帮我

戴夫的大电视就像电影屏幕，照亮了他家的前院花园。

我站在门口，用袖子擦着眼泪——沿着自行车道骑行时，眼泪本来已经止住了。我一路上思考着这么晚出现，要对他们说什么……"嗨，我又来了！你们说过我周末可以来过夜，那介不介意我今晚就留下来，从此不再走了？"但是，此时我站在门外，眼泪又回来了。找到完美父母应该让我开心才对，不该把我弄哭。我再次擦干泪水，我不能让米歇尔和戴夫看到我不开心。我希望他们想要我，是因为喜欢，而不是同情。

我咽了咽口水。我所要做的就是抬起手，拉住门环，一切就都结束了。我要做的就是……

一盏廊灯亮了起来，照亮了 36 号门牌上方的彩色玻璃。

我并没有碰门环，我确定，但门闩咔嗒一声响了，我后退一步，门开了。

"山姆！"戴夫吃惊地看着我，"是你啊。难怪米歇尔说好像看见有人从窗边经过。"

"是……是我。"我结结巴巴地说。

"怎么了，伙计？"他看了看我的包，"我记得我们说的是周末才来过夜。"

"这是……这是……不是过夜用的。"我说。

"那是怎么回事，伙计？"

"是……是……"

"谁呀，戴夫？"米歇尔喊道。

"是山姆。"戴夫看着我，好像知道我一直在哭，"伙计，你最好进来。"他站到一边，我走进过道，"到客厅里坐坐吧。"

"嗨，山姆。"

我抬起头，看到乔希站在楼梯顶上，但我太沮丧了，无法回答。我走进客厅，米歇尔正坐在沙发上。

"嘿。"她笑着说，"你怎么来了？"

我凝视着电视上一幅暂停的画面：一个男人在帮一个女人做陶罐。

"山姆？"

我能听见米歇尔说话，但身体已经麻木了。

"算了，乔希。"戴夫对楼梯上的乔希说，"我觉得山姆需要谈谈。"他说。

米歇尔站起来，用胳膊搂住我。

"把包放下。"她说，"过来坐这儿。"

我把包放在地板上，坐在她旁边。戴夫坐在一把椅子的扶手上。

"怎么了，山姆？"他说，"你跟爸妈吵架了吗？"

我盯着电视，身体和舌头都麻木了。

"没事的，亲爱的。"米歇尔搂着我的肩膀，"我们都有过这样的经历。有一次我也打包了行李，但在街上走着走着，突然意识到自己没带内裤。"

我笑了笑。

"嘿，这样好多了。"戴夫一边说着，一边拨弄着我的头发，"你想谈谈吗？"

"我不知道。"我盯着地板，但能感觉到米歇尔和戴夫在看着对方。

"我去拿点喝的。"戴夫说，"果汁好吗，山姆？"

我点了点头。

"会好的，山姆。"米歇尔说，"不过呢，你觉得我们是不是该给你爸妈打个电话，告诉他们，你在这里？"

"不知道。"我耸了耸肩，"我想他们并不在乎。"

"我肯定他们非常在乎你。"她轻声说，"不管你现在有多不同意，事实都是这样。有时候，一切都可能被放大，在我们的脑海里，最小的事情也会从老鼠变成大象。"

"大象？"戴夫说着递给我一杯饮料，"我觉得你把他弄得更糊涂了。"

我拿着杯子。戴夫又坐在椅子的扶手上。

"那么我们该怎么办呢，亲爱的？"米歇尔说，"该找谁呢？"

"不要。"我说，"我们能不能就坐一会儿？就坐在这儿，看看电视？"

戴夫和米歇尔对视了一眼。米歇尔点了点头，好像他们刚刚用神秘的语言交流过。

"山姆，"戴夫说，"我们有件事问你。"

你愿意来和我们一起生活吗？我们能收养你吗？

我喝了一小口饮料。

"米歇尔和我一直在谈一件事，而且……我们一直在想，你最近常来我们这里。"戴夫继续说。

"是的，"我点了点头，"我喜欢这儿。"

"我知道，亲爱的。我知道你喜欢这里。"米歇尔伸出手握住我的一只手，"但我们知道有些地方不对劲。谢泼德太太告诉戴夫，在你认识乔希之前，她就看见你在我们家外面闲逛。"

"不是我一个人。"我说，"我和朋友莉娅在一起，但她不喜欢玩飞盘，我只好等等看会不会有人和我一起玩。"

米歇尔微笑着揉了揉我的手："山姆，不光是那件事，还有你告诉我们的一些事，比如你住在 96 号……"

"但我已经告诉过你们原因了。"

戴夫和米歇尔看着对方，好像又在用密语交流了。

戴夫身体前倾，把手伸进他的后口袋。

"山姆，"他说，"这是谢泼德太太早些时候给我的。"

他拿出一张纸，将纸展开。

我盯着那张纸。

寻人启事

两个成年人（一个也行），可以照顾和爱一个 11 岁的男孩。他承诺也爱他们。

不养狗。

不养猫。

也不养仓鼠。

我的心怦怦直跳。

"我……我……我……"

米歇尔向我走来。

"山姆，"她轻声说，"这上面说的是你吗？"

57

我很抱歉

"我很抱歉。"

"山姆，"米歇尔在我身边坐下，沙发立即向下凹陷，"你不能再这么说了。没事的，告诉我们发生了什么事。"

我低头看着地毯，眼角余光瞥见戴夫身体前倾着坐在那里，双手紧握。

"别担心。"他说，"你可以把一切都和我们说说。"

我张开嘴想说话，但想要一个东西那么久，此刻却不知道该从哪里说起。

"你在家里不开心吗？"米歇尔问。

"没有，"我嘟囔着说，"没有。"

"是因为妈妈还是爸爸，还是你只是对自己不满意？是不是学校有什么事……还是……我不知道……"

红地毯变得模糊了。我眨了眨眼，但这反倒挤出了眼泪，我的泪珠扑簌簌地流了出来。我忍不住了，必须告诉他们，否则我的心会爆炸的。

我抬起头。乔希站在门口，紧张地对我微笑，好像他不确定自己是否应该在场。

我深吸了一口气。

"不是学校的事。"我说，"是……是……是因为家里，但不是因为我爸妈。他们不是我的父母，而是赖利的父母。"

"可我记得你说过赖利是寄养儿童。"戴夫说。

"我知道。"我咽了咽口水，说，"我撒了谎，寄养儿童不是赖利，是我。"

戴夫和米歇尔面面相觑，这一次他们似乎都不知道该说什么了。

"所以你才不让乔希在你家过夜？"戴夫说，"怕他发现？"

"是的。"我说，"可我本来就打算告诉你们的。我本想把一切都告诉你们，不过想先确定一件事。"

"确定什么，山姆？"戴夫问，"你想确定什么？"

"确定我是不是找到了完美父母。"

"完美父母？"米歇尔疑惑地说，"什么意思，山姆？"

"我一直想要一对完美父母，"我看着地板说，"所以开始了'完美父母计划'。我受够了像足球一样被踢来踢去，只想找到一个人，或者两个人，盼着他们像我爱他们一样爱我。"

"伙计，"戴夫探身向前，"我们可以看出你很难过，但你说的话也太含糊了。"

米歇尔搂住我的肩膀。

"山姆，"她温柔地说，"你觉得我们是你的完美父母？"

我点了点头。

"哇，山姆，"她说，"我不知道该说什么才好。这……你真可爱。"

她看着戴夫。通常他会讲个笑话，但房间突然就像一片结了冰的湖面。过了一会儿，米歇尔轻声说："山姆，你想告诉我们一切吗？"

他们想让我讲讲自己的人生故事，可即便我带着文件夹，也不知道从哪里讲起。但他们在等我开口，如果我想让他们成为我的完美父母，就必须解释一切，说一说我所有的计划、谎言，否则他们永远不会相信我。

"我很小的时候就被妈妈送走了。我当时太小了，对她没有多少印象。从那以后，我去过十一个不同的家庭，有过十一对不同的寄养父母。但他们谁也不想留下我，至少不会让我永远留在他们的家里。"我环顾房间，看看有没有人觉得无聊，但乔希和戴夫都盯着我看，米歇尔则身体前倾，好像在等着看她最喜欢的电视剧接下来会怎么演。

"我和朋友莉娅在同一所学校，那时候我们说起我想参演《龙蛇小霸王》，但我经常得转学，就一直没报名。"我抬起头来，戴夫和米歇尔点了点头，好像想让我继续说下去，"我们都认为，与其等着完美父母来收养我，不如试着找到他们，所以我做了一张海报。"

"这个吗？"戴夫朝桌上的海报点了点头。

"是的。"我说，"后来，我们去了克里夫特住宅区，那儿有很多豪宅，家家都有大花园和室内游泳池，我们把海报发到了那里。然后，我又去那儿洗车，看看能不能找一些人聊聊，但这一招不管用。于是我来到了这里，就是那时，我从窗外看到了你们和乔希。"我看着乔希，"你在生日那天收到了一台游戏机，我想……"

"你想，这真是个得到游戏机的好办法！"

"戴夫！"米歇尔一拳打在戴夫的胳膊上。

"怎么了？"戴夫笑着说，"我可能也会这么做！"

"但不是那样的。"我说，"我只是觉得你们看起来像一个真正的家庭，像电影里的家庭。"

我以为戴夫会打趣一番，但他只是看着米歇尔，我不知道他们在想什么。

米歇尔又揉了揉我的胳膊。

"你能告诉我们这一切，真的很勇敢。"她说，"现在好点了吗？"

"是的。"我如释重负地叹了口气，"我想是的。"

我躺在沙发上，我的秘密现在公之于众了，所有的谎言都已飞出窗外。我如释重负，同时也很想哭。这就好像我一直以来都被锁在一个没有窗户和灯光的房间里，现在却找到了门。我还是害怕外面的世界，但至少米歇尔和戴夫在这里帮我。我对自己说，他们非常好，我会把他们当成自己的完美父母去爱。现在我已经对他们和盘托出，我只想知道一件事，那就是他们是否想要我。

58

决 定

"无论如何，我都是你的朋友。"乔希一边说着，一边用控制器加速汽车。

我笑了笑。

"我有点儿明白了。"他接着说，"虽然不太一样，但有时候到了晚上，我会担心爸妈发生了什么不好的事。这个时候我总在想，我不会有事的，大不了就去和米歇尔婶婶、戴夫叔叔住在一起……"乔希看了看控制器，又看了看我，"当然，不是说我希望我爸妈死掉，而只是说米歇尔婶婶和戴夫叔叔很酷。他们确实像你说的，送了我这台游戏机。"

"我知道。"我尴尬地说，"真希望自己没说过那些话。"

"没关系。"乔希把车从斜坡上开了下来，"戴夫叔叔觉得这很搞笑。"汽车着陆后撞穿了一堵墙，"你确定不想玩双打？"乔希瞥了我一眼问。

"不了。"我说，"我看一会儿就好了。"

我靠在乔希床上的一个靠垫上，他驾驶着汽车，在护柱和车流之间穿梭。通常我喜欢把声音调大，那样会更刺激。但此刻我却希望乔希能调到静音，让我好听听米歇尔和戴夫在厨房里说了什么。

他们已经在下面待了近半小时了。为了偷听，我去了两次厕所，却只听到了我的名字，还有米歇尔说"真遗憾"，戴夫答了句"你认为我们应该找谁"，之后他们就不再说了，好像感觉到我在上面偷听似的。我想知道他们在说什么，但不想知道是不是坏消息。这就好像有一次我从自行车上摔下来，磕到了嘴巴，我等了很久，不确定牙医能不能保住我的两颗牙。

"啊！"乔希的车从坡道上飞了出去，掉进河里，"23-630。"他边说边读出自己的分数。

电视的声音消失了。我听到咔嗒一声，好像是米歇尔和戴夫在楼下煮咖啡。

"你觉得他们在说什么？"我问。

"不知道。"乔希耸了耸肩，"但他们总是知道该怎么做。"他按下 X 键，新一轮游戏开始加载。

"山姆，"听到戴夫的声音，我的胃里一阵翻腾，"下来吧，伙计。"

我和乔希对视了一眼。戴夫的声音清晰了一些，像是他走出了厨房，进了过道。乔希按下了暂停键。

"山姆。"戴夫的声音越来越大，像是走上了楼梯。

我一方面想留下，盼着得到好消息；另一方面，也很想逃离，躲开坏消息。

"山姆，能不能下来一趟？"戴夫在门口说。

"来了。"我说着，从乔希的床上起来。乔希放下控制器。

戴夫站到一边，我走到平台上。我的腿抖得很厉害，真怕从楼梯上滚下去。

"下去吧，伙计。"戴夫轻声说。

安静意味着事情很严重，安静通常意味着坏消息。

我的胃里又开始翻腾。

我拐进客厅，看见米歇尔坐在沙发上。她对我微笑。我太清楚那种笑容了，但这并不能阻止我一步步地向前走。

米歇尔用手轻拍身旁的座位。

"山姆，过来坐这儿。"她低声说，好像我们是在教堂里。她又笑了，我见过上百次这样的笑容。

客厅的门在我身后咔嗒一声关上了。

我在米歇尔旁边坐下，心已经沉到了谷底。

"山姆，"她握着我的手，"我……我们……"她抬头看了戴夫一眼，用力咽了咽口水，随即扭过头来对着我。

请不要笑，我对自己说，求你了。我知道那种笑的意味，请不要那样笑。

那个笑容表示"山姆，我们认为你很可爱"。

那个笑容表示"山姆，你是个好孩子"。

那个笑容表示……

"山姆，我们喜欢和你在一起。"

我知道那个笑容，它表示"山姆，我们喜欢和你在一起，但你不能留下"。

米歇尔叹了口气。"我们真的很喜欢你，依然希望你能过来，但是……"她瞥了戴夫一眼，那意思是轮到他说了。

我的心往下沉，戴夫用力地咽了咽口水，像是有个硬块卡在了他的喉咙里。我知道接下来会发生什么。"只是……山姆，你不可能和我们长期住在一起。"

"但乔希在这儿。"我绝望地说，"有什么不一样吗？"

"是的。"戴夫说，"我们爱乔希，但也不愿意让他一直和我们住在一起，否则，我们早就有自己的孩子了。"

"啊。"我看着地面说。

"但是，山姆，"米歇尔说，"无论乔希什么时候来，你都可以来这里。"

"但是……但是……"

米歇尔瞥了一眼手表。

我呆住了。

他们做了什么？

车灯闪过，戴夫向窗外望去。

他们叫警察了，所以他们才在楼下聊了这么久！

我站起来。

"请让我留下来。"一个声音说，"求你们了。我不会再撒谎了，会乖乖的，不会跑掉的。"

"对不起，山姆，"米歇尔说，"事情没那么简单。"

"为什么？"我的声音都嘶哑了，"也许我们可以试试，就几天。可能行得通，不是吗？如果你们不喜欢我，可以到时候再做决定。我们甚至都不用去迪士尼乐园。"

"这不是喜不喜欢你的问题，真的不是。"

我看着他们两个。我失去了一切，我失去了一切，我以为我所爱的一切都被夺走了。

"我们感到很抱歉，山姆。"戴夫说。

"求你们了……求你们了……"有人在哭。

我眯起眼睛。

哭泣的人是我。

"山姆，亲爱的……"米歇尔站在我面前，伸出双臂。

我想让她拥抱我，但前提是她的怀抱永远向我敞开。

又有车灯闪过。

我向后退到门口。

"你们叫警察了。"我说，"我知道你们那么做了，你们和其他人一样！"

米歇尔和戴夫看了看对方，又望着我。

"山姆，"戴夫说，"你冷静一点儿。"

"不！你们不知道自己做了什么。你们都一样，和其他人一样，假装喜欢我，然后把我赶走。"

"山姆，"米歇尔说，"请过来坐下。"

"不，"我说，"我不想坐下。"

"那我们开车送你回家吧。"

"不！"我挣脱了她，"你们不明白，我没有家，这才是关键！"

我转身跑进过道。

"山姆！"

我听到两个声音在大喊，但我已经出了前门，朝院门走去。我开始奔跑，汽车就像一道道影子，路灯是模糊的。我用胳膊擦了擦眼泪，但几秒钟后，眼里又充满了泪水，一切又变得模糊起来。

"我恨你们！"我喊，"我恨你们，你们都是一样的。"

我跑过街角，沿着我假装居住的那条街跑着。我怎么这么笨？为什么会觉得这次不一样？成年人都一样，嘴上说着一切都会好起来，却一次又一次地让我失望。这不是我家所在的街。

我不属于这里。

我不属于任何地方。

我只能住在我永远不能称之为家的房子里。

59

大桶埃里克

　　"我恨你们！我恨你们！"我大声说，虽然这里太黑了，只有星星在听，"我恨你们！我恨你们！"我又说。

　　我在大桶埃里克里待了好几个小时，试图让自己平静下来。但我的胸口依然疼得厉害，好像所有的纸板都压在了我身上，还有一头大象压在纸板上。我喜欢米歇尔和戴夫，他们是我的完美父母，但现在希望破灭了，我才意识到自己是多么想要他们。

　　"我恨你们！我恨你们！"我大叫着，但越说，就越意识到自己恨的不仅仅是米歇尔和戴夫，而是每个人。我恨布拉德和安吉，恨拉尔夫和珍，恨克里斯和海伦，恨贾思明，恨瑞恩和金，恨赖利的爸妈，他们每个人都说喜欢我，却依然把我赶走，所以我恨他们。寻找完美父母毫无意义。完美父母根本不存在。即使有那么一段时间，我以为米歇尔和戴夫是我的完美父母。我只想和他们一起生活，即使他们有五条狗和一百只沙鼠，我也不在乎。我不介意他们没有宽大的车道；不介意他们的小花园没有足够的空间放篮球架；不介意不去迪士尼乐园，去索普公园就可以了，甚至去保龄球馆和拉面道餐厅也可以。我不在乎，我只想和他们在一起，上床睡觉时和他们说晚安，早上醒来时，很肯定同样的父母依然在同样的地方。

我仰望星空，但当我这样做的时候，它们开始变得模糊。

我用运动衫擦了擦眼泪。

我想跑，但街上太吓人，太黑了。

我把硬纸板拉到身上，在下面蜷成一团。

"我恨你们。"我低声说，"我恨所有人。"

但恨所有人有个麻烦，那就是我逃跑了，却无处可去。

60

手电光

我不记得自己睡着了，但记得我的梦。

天空中有一只风筝，在太阳下忽上忽下地飞舞着。

一只狗在沙滩上追逐着自己的影子。

孩子们在海里玩耍，爸爸和妈妈牵着他们的手，在一道道海浪中来回跳动。

沙滩上有个男孩，身上裹着一条毛巾，浑身发抖地看着大家。

那个男孩就是我。

我希望太阳现在就出来，希望有一条毛巾为我保暖，但此时此刻，我只有几块硬纸板和月亮。

我双手抱着膝盖，努力地不让自己发抖。我看了看手机，十七个未接电话，两个是莉娅打来的，两个是摇滚明星史蒂夫打来的，九个是赖利妈妈打来的，还有四个来自一个我不认识的号码。六条语音信箱，最后一条是晚上十点五分留的。我无须播放，就能知道他们都在问我在哪里，或是提醒我该回去了。我一直在想米歇尔和戴夫，他们带着悲伤的表情，说我不能留下来。但我又累又冷，不再生他们的气了，只想去个暖和的地方睡一觉，即使是赖利家也可以。他现在睡在铺位上，穿着他的鲨鱼龙睡衣——也可能穿着他祖父母给他买的新睡衣。他也许还醒着，举起一只手，假装那是黑暗中的一架飞机。我希望他没有担心我，我把腿抱得更紧了。寄养机构不会让我回赖利家的，尤其是发生了这样的事。但我不想就这么消失，丢下他不管。我太清楚一觉醒来发现所有人都走了是什么感觉。也许天一亮我就可以回去，溜进他的房间，小声说："嘿，赖利！嘿，赖利！"他会翻过身，揉揉惺忪的睡眼，微笑着说："嘿，山姆！你去哪儿了？"我则笑着告诉他："我很抱歉，赖利，但我不能留下来，我必须……"

我用力咽了咽口水，眼泪顺着脸颊淌下。我不想离开赖利，但也不能待在没人要的地方。

我翻身侧躺着，陷进纸板里。我会溜回去见你的，赖利，我会的。也许等我长大了，我会回来，在你学校外面见你。

"这里吗……你确定？"

我睁开眼，蓝色的灯光在建筑物周围闪烁，巷子里回响着说话声和脚步声。

"在那儿？"

脚步声越来越大。

手电光闪过墙壁。

"山姆！山姆！"

是一个男人的声音。我不知道是谁，只知道他们在找我。

可乐罐响个不停。

我往纸板里陷得更深了。我不想待在这里，但也不想被发现。

"你确定？"

梯子咯吱咯吱地响了起来。

"山姆！"

我的心怦怦直跳。声音越来越大，好像那个人现在正从大桶埃里克顶上往里看。

他们怎么知道我在这儿？

我透过纸板的缝隙看到了一个轮廓，手电光在大桶埃里克里来回闪烁。

"你确定是这个？不过……里面都是纸板。山姆，你在里面吗？没事的，孩子，没人生你的气，我们只是想知道你是否安全。"

不是寄养机构的人，就是警察。也可能两者兼而有之。

我又向下蹲了蹲。

"山姆，如果你在里面，请出来吧。我们可以谈谈，然后送你安全回家。"我不需要看见那双蛇皮鞋，就知道是摇滚明星史蒂夫在跟我说话。

纸板倒塌了，就像我第一次爬进来时一样。

"山姆。"手电光不再晃动，而是对准了我，"山姆。"那声音如释重负地叹了口气，"出来吧……我看见你了。"

我仍然一动也不动。

那个人轻轻地把我的纸板屋顶掀开。

我在手电光下眯起眼睛。

"没事了，我找到他了。"那个人把手电光束从我的眼睛上移开，照亮了大桶埃里克的内部。我看到了一名警察的脸和制服。"来吧，孩子。"他说着伸出手来，"出来吧。"

我伸出手，他把我拉了起来。

"你还好吗？"他轻轻地问。

我想说我很好，但害怕一开口就会哭出来。

"来吧，我们走。"

我小心翼翼地穿过纸板。另一名警察站在梯子的顶端。

"放轻松，山姆。"她轻声说，"需要我扶你起来吗？"

"不。"我说。她退了回去。我伸手抓住绳子，爬出大桶，翻过顶部。还有两名警察站在巷子里，赖利的父母和摇滚明星史蒂夫也在。

有人说了些什么，但我太冷太累，没听清楚。

我把腿翻过桶身。

"放轻松。"我走下梯子时，警察站在我身后。

下到底部时，我抬头看了看赖利的父母，以为他们会说我跑了，害他们整晚都没得睡，他们有多生气。

赖利妈妈朝我走来。

"山姆，"她说，"你上哪儿去了？我们都担心死了。"

我一动不动地站着。她走到我面前，把我抱在怀里。我全心期盼着一个这样的拥抱，但我的身体太麻木、太冷，什么感觉都没有。

我想哭，但不想让她看到我难过。我不想让任何人看到我难过。

赖利妈妈放开了我。突然间，在黑暗中，我是那么孤独，尽管周围都是被闪烁的蓝光照亮的面孔。

"你们……怎么……"我试着说话，但一句完整的话也说不出来。

"是我，山姆。"莉娅从墙壁的阴影中走了出来，"很抱歉，但我不得不告诉他们。"

有那么一会儿，我很生气，她竟然把大桶埃里克的事告诉了他们，但接着，我看到莉娅满脸担心，脸上的泪痕还没干。她向我走来，走着走着，就跑了起来，紧紧地搂住我。

"对不起。"她说，"我不该让你抱着希望，我还以为完美父母计划会很有趣呢。"

我的喉咙像是被一个硬块哽住了。我咽了咽口水，可感觉那个硬块又回来了。"是很有趣。"我说，"你只是想帮忙，但米歇尔和戴夫就像其他人一样，也不想要我。"我紧紧地抱着莉娅，不愿放开手。

"走吧，山姆。"摇滚明星史蒂夫轻声说，"我们送你回家。"

我摇了摇头。

他还是不明白。我没有家。

第四部分

尾 声

61

今夜，我梦到了迪士尼

赖利家的电视机上亮着红光。

不，赖利，我不想要你的最后一个复活节彩蛋。

我不想让你偷偷地下楼给我拿饼干。

我不想让你给我讲跆拳道的事。

我不想让你给我一个拥抱。

我不想让你保证我一个星期都能先玩游戏机。

我不想让你说因为我一直想睡上铺，我们可以换铺位。

我只想一个人静一静，但自从我回来，赖利的头已经倒挂下来十次了。

"你真在垃圾箱里吗，山姆？"

"是的。"

"酷。我的朋友里斯有一个树屋，我的表妹艾玛在她的小屋里有一个模拟商店，但他们都没有垃圾箱。它是什么颜色的？"

"黄色。"

"有多大？我也能进去吗？"

"是的。"

"你能带我去吗？"

"求你了，赖利。"我翻身，面对着墙，"我想安静安静。"

"好吧，明天早上见。"赖利回到床上，"晚安，山姆。"

"晚安，赖利。"我的眼泪直往下流，声音都嘶哑了。我以为他终于安静了，但又听到他的呼吸声从床垫和墙壁之间的缝隙里传出来。

"山姆，"他低声说，"你能听到我说话吗？"

"是的，赖利。"

"你回来了，我真高兴。"

"谢谢，赖利。"我说。我希望能说我也很高兴，但又说不出来。

我怎么会搞错呢？竟然以为米歇尔和戴夫真的喜欢我。他们逗得我哈哈大笑，他们搂着我，弄乱我的头发。我以为他们很喜欢我，会收养我，让我住在他们家里。

我太蠢了，真是愚蠢至极。我一拳打在枕头上，但心里却想捶墙。也许我并不爱他们。也许我在拉面道餐厅觉得心里暖暖的，只是因为食物的热量而已。戴夫揉乱我的头发时，我感觉到的刺痛，也许只是头皮发痒。

我真傻。太傻了。我紧闭双眼，还是阻止不了泪水流出来。米歇尔和戴夫的话在我脑海里不断重复。

山姆，我们喜欢和你在一起。

我们依然希望你能过来。

无论乔希什么时候来，你都可以来这里。

但我不想只是去玩。那就像明明兜里没钱，却在商店里盯着一大块瑞士三角巧克力，只可以看，但不能碰。

刚才在车里的时候，摇滚明星史蒂夫说我明天还可以住在这里。他星期六会在社会服务部门开紧急晨会，然后来找我。我不需要在场就能知道他们会说什么，那就像一个没有我的个人教育计划会议。"山姆做这个，山姆做那个。山姆有些困惑。山姆不知道他想要什么。我们尽量帮他吧。他这次做得太过分了。我们怎样才能帮到他？"我在床上耸了耸肩，好像他们问我："你想要什么，山姆？你到底在想什么？我们来做个记录吧。哪一条符合条件，就打上钩。接下来该怎么办呢？"

摇滚明星史蒂夫要我别担心，但这并不能阻止上百万只蜜蜂在我胃里嗡嗡地飞舞。我知道接下来会发生什么：陌生的人、房子和学校，以及重新制订的计划。

我有个计划。可惜这个计划没有成功。

我更紧地闭上眼睛，试图把一切都挡在外面，用开心事取而代之，比如轨道飞行器、巴斯光年星际历险，以及大雷山、太空山、飞溅山过山车，还有一张张微笑的、快乐的面孔，我希望自己的脸上也洋溢着快乐。

今晚，我试着在梦中游遍迪士尼乐园。

62

沉默以对

　　一切都陷入了沉默，我坐在餐桌旁，每吃一口玉米片，听起来都像发生了地震。

　　在沉默中，赖利每次在楼上把飞机坠毁，我都能听到他对着电视屏幕大喊大叫。

　　在沉默中，我看着赖利爸爸在窗外割草。

　　在沉默中，我抬起脚，让赖利妈妈用吸尘器吸椅子下面的灰尘，她对我笑了笑。

　　在沉默中，每个人都让自己忙个不停，就像什么都没发生过一样。

　　在沉默中，我以为自己逃过了惩罚。我没事了！大家都忘了。万岁！好啊！

　　但是，我们全都在沉默中切着肉和烤土豆。

　　在沉默中，赖利在桌子对面挥舞着他的绿色水母，说："看山姆给我买了什么，看山姆给我买了什么。"他爸妈都笑了，但什么也没说。

在沉默中，我上楼去赖利的房间时，能听到自己在楼梯上的每一声脚步声。

在沉默中，赖利只能小声说："山姆，帮我开飞机捡金子。"

在沉默中，我能听到赖利妈妈帮他洗澡时的水泵声。

在沉默中，我躺在床上，胃里却翻江倒海，就像里面爬满了蛇。

在沉默中，我试着睡觉，但睡不着。我仰面躺着、侧躺着、面向墙壁躺着、面向房间躺着、倒立或蜷成一团，都睡不着。

因为沉默只代表一件事。

摇滚明星史蒂夫明天会来带我走。

63

再见，赖利

"山姆，有个螺旋桨叶片掉了，你能帮我修一下吗？山姆？"

"可以，赖利。"我叹了口气，"马上就来。"

雨水顺着玻璃往下流。我已经收拾好了所有的东西，这会儿，我看着窗外，等着摇滚明星史蒂夫的车沿街道开过来。这是我最后一次站在这里了，最后一次和赖利在一起了。人们总说会保持联系，我可以去他们家里玩，就像米歇尔和戴夫说的那样，但他们从来没有这样做过。就好像我一出门，他们就把我忘了。我希望赖利能有所不同，但他太小了，不能单独见我。他得问他的爸妈，但他们不可能带他见我的，毕竟他们这次又报了警，一定气坏了。

一辆汽车沿街驶来，我的心怦怦直跳，是一辆红色的标致 305 汽车。

我松了一口气。

说来也怪，过去四个月我一直想离开这里，现在却不愿意走了。也许莉娅是对的，有时候我不知道自己想要什么。

"山姆，又断了。"

我从窗口转过身，看见赖利坐在上铺，举着直升机。他说："就是这个。"

我微笑着向他走去。

"我看看。"我接过直升机和松了的螺旋桨，"你把顶端的黑帽弄丢了，看。"

赖利探身向前。他身上有泡泡糖香波的味道，这是赖利的专属味道。

"是呀。"他说着，翻了翻羽绒被，"是这个吗？"

"没错，是这个。"我把旋翼桨叶片放在销子上，再扣上黑帽，"看到了吗？"

赖利咧嘴一笑，看着我用手指敲了敲旋翼叶片，让它们旋转起来。

"谢谢你，山姆。"他说。

我朝他笑了笑。

我想拥抱你，赖利，我心想。我想拥抱你，但如果这么做了，我怕自己会哭。

赖利看了看我的背包，伸出胳膊搂住了我的脖子。

"我不想让你走，山姆。"他说。

我搂着他。

我也不想走。

我没看到摇滚明星史蒂夫把车停在外面。

我没看到他走过小路。

我没听到他按门铃。

我没听到他和赖利的父母说话。

我没听到楼梯上响起蛇皮鞋的声音。

我只听到他说："来吧，山姆，我们走。"

我看着赖利，他说："再见，山姆。"

我说："再见，赖利，你很快就升到第四关了。"说完，我拿起自己我的包。

摇滚明星史蒂夫说："不，山姆，不用拿包。"

64

我以前玩耍过的地方

"山姆，沟通是双向的。你没有反应，那我说再多话、提再多建议，也没意义……山姆？"摇滚明星史蒂夫停下了脚步，这会儿，我们正好走到他的高尔夫球边上，"来吧，"他说，"我觉得打高尔夫球比坐在车里或必胜客餐厅要好，效果会不一样。"

"是的。"我说，"但感觉很奇怪。"

"因为你和我在一起？"

"不是。"我说，"我还以为你会召开个人教育紧急会议。"

摇滚明星史蒂夫站在他的球旁边，然后抬头看着我。"没有的事。"他说，"我认为打高尔夫球这个主意更好。"

"是的。"我说，"是的，但你穿这双鞋打高尔夫球确实有点儿奇怪。"

"啊，但这就是你错的地方。"摇滚明星史蒂夫说，"蛇就爱待在草里。"

"要是它们还活着就好了！"

摇滚明星史蒂夫笑了："确实如此，山姆，太对了。但至少我能逗你笑一笑了。"

我开心地笑了，自从两天前在米歇尔和戴夫家之后，我应该还没笑过。

摇滚明星史蒂夫挥动球杆，把球击到果岭上。

"好球，摇滚明星史蒂夫。"他拿起推杆说。

我看着他。

"怎么了？"他咧开嘴笑了，"你以为我不知道你是这么叫我的？"

"是的，我真没想到。"我说。

"看，山姆。"他说，我们朝我的球走去，"我知道的比你以为的多得多，我知道得越多，就越能帮上忙。"

我站在我的球前，忍不住笑了，摇滚明星史蒂夫竟然一直都知道我这么称呼他。我向后挥动球杆。摇滚明星史蒂夫告诉过我，我得放松，这样能让球更好地飞到空中。我的球杆落下，球弹到了果岭上。我们走到球落地的地方，我感觉到摇滚明星史蒂夫在看我，前六洞时他都这样。他并没说要我离开赖利家，也没说我接下来要去哪里。我俯视着大路，肯定还有当局的人在这里，可能是那个拿着报纸、沿着小路走的男人，也可能是那个穿过草地的女人，那些等着在第五发球区打球的人也可能是。

"这里没有其他人，"摇滚明星史蒂夫说，"我看到你在找其他人，但只有你和我。我知道你不蠢，很清楚我们为什么来这儿。"

"是的,"我说,"我们要谈谈周四发生的事。"

"是的,但不仅仅是周四的事。所有的一切,我们都得聊聊,山姆,我知道你最近过得不开心。"

摇滚明星史蒂夫坐在果岭边。我坐在他身旁,我们望着高尔夫球场的对面,望着沿着蜿蜒道路进城的小汽车和公共汽车。我能看到足球场的泛光灯、河流和高楼大厦。在远处,我似乎还能看到广场周围的彩虹屋。我盯着那些房子,想象着米歇尔和戴夫在其中一栋里,想象着谢泼德太太在公园遛狗。要是她没看过我的海报就好了,要是我一开始没做过海报就好了。那样一来,我或许就有更多时间来说服米歇尔和戴夫留下我,哪怕只有一周,或一个月。

"山姆,"摇滚明星史蒂夫说,"你想归属于某个地方,让人们像你爱他们一样爱你,这是情理之中的事。"

我继续盯着彩虹屋。

"我在海报上写的就是这个。"我转身对他说,"这是我心心念念想要的东西。我不需要带游泳池的大房子,也不需要去迪士尼乐园。"

摇滚明星史蒂夫笑了。

"我知道。"他轻轻地说,"但有梦想也没关系,每个人都可以有梦想。你做你的计划,也是为了这个,也是为了让梦想成真。"

"是的,"我说,"是的。"

我在第二发球区把完美父母计划的事都对摇滚明星史蒂夫说了，甚至给他看了海报。我以为他会说我做错了，但他只是笑了笑，看到不许养狗和沙鼠那两条，还咯咯地笑了起来。我和莉娅去克里夫特住宅区发海报，感觉那已经是很久以前的事了。去唐斯公园见申请者，莉娅穿着黄色的裙子，我穿着演《龙蛇小霸王》的西装，整个人紧张兮兮的，也像是很久以前的事了。那时我的心里充满了希望，以为能找到完美父母，但现在感觉比开始计划前更空虚了。

摇滚明星史蒂夫身体前倾。

"听着，山姆。"他说，"我们之前说起过去你长大的地方转转。"

"是的。"

"好吧，现在就去怎么样？"

"去过那里，才去别的寄养家庭吗？"

"不。"摇滚明星史蒂夫摇了摇头，"你不是什么都知道，山姆。"

我看着他："可我知道我们来这里，不仅仅是为了打高尔夫球。"

"你很了解我。"摇滚明星史蒂夫笑了。

"是的，"我说，"你是穿着蛇皮鞋的摇滚明星史蒂夫。"

"哈，是的，你是山姆·麦卡恩。"

我轻轻一笑。

"来吧。"摇滚明星史蒂夫站了起来，"我们把球杆还回去，如果你准备好了，现在就去。制作人生故事文件夹似乎对你没有帮助，但也许去了那里，会对你有好处。"他朝河边的四座大楼点了点头。

"就是那儿？"我问，"那儿就是我记忆中的大楼？"我盯着那些建筑，它们离得那么远，看起来就像赖利的乐高积木。我有点儿兴奋，却也害怕会在那里发现什么。这就像把手伸进一个漆黑的盒子里，不知道会不会被咬。

摇滚明星史蒂夫看着我，好像能看出我心里的困惑。"你能做到的，山姆。"他说，"你经历了那么多事，是个勇敢的小伙子。"

我仍然不确定，但摇滚明星史蒂夫应该注意到了，他拿着我的球杆，说："来吧，我们把球杆还回去就走。"

一座滑梯、一个攀爬架、一个旋转木马，还有一条水泥隧道，两个孩子正从隧道里穿过。

这只是个公园，就像其他的公园一样。但这是我的公园，我长大的公园。

我转过身来，试图再次把这一切都记在心里：混凝土隧道、旋转木马、攀爬架上的孩子们。我慢慢地摇了摇头。

我想记起来，我想……

红色的风筝……高耸入云的大厦……红色的风筝……我倒着走……红色的风筝……我紧闭双眼，但记忆到此为止了。

再试一次，山姆，我心想，再试一次。

我再次尝试，但好像有人把那部分记忆从我脑子里抹去了。

"没关系。"摇滚明星史蒂夫说，"是会感觉怪怪的，我回去看我父母的时候就是这样。感觉一切都变小了，房子、以前的卧室，甚至我的父母，似乎都变小了。"

"但这是我的公园，"我失望地说，"我什么都不记得了。还以为能找到点什么，但我感觉自己从未来过这里。"

"慢慢来。"摇滚明星史蒂夫说。

听到引擎的轰鸣声后，我在大楼之间抬起头，看到一架飞机拖着白色蒸汽划过蓝天。什么都没有，我什么都不记得了……

高楼大厦，红色的风筝。

高楼大厦，红色的风筝。

我倒退着走。

我一直看着天空。

一步，再一步。

"小心，山姆！亲爱的。"那是我妈妈的声音，"山姆，亲爱的，留心脚下。"

高楼大厦，红色的风筝。

"山姆，亲爱的！"

身后有个影子，我只知道那是妈妈，我更紧地闭上眼睛，想看到她的脸和微笑，但记忆至此戛然而止。

"山姆……站住别动，伙计。"

我从思绪中回过神来，看到摇滚明星史蒂夫站在我身后墙边的小路上。

我深吸了一口气，回头望着公园：混凝土隧道、秋千、滑梯，孩子们在旋转木马上打转。

摇滚明星史蒂夫走到我旁边。"都想起什么了，山姆？"他问道。

我想告诉他，我看到了妈妈的影子，但是像妈妈一样，影子已经消失了。

"我只看到了一只风筝。"我说。

"只有风筝吗？"

"是的，"我叹了口气，"只有风筝。"

摇滚明星史蒂夫把手搭在我肩上。"没关系，山姆，我们可以继续努力。"

"这就像在做拼图。"我说，"但是丢失的碎片太多了，而我拥有的那些碎片毫无意义。我恨不得毁掉这幅拼图，重新开始拼一个新的。"

"我知道这很令人沮丧，山姆。但重要的是知道我们来自哪里，我们的行事风格为什么是这样，为什么我们是现在的样子。我知道自己糟糕的穿着品味来自妈妈，英俊外貌来自爸爸。"

"是啊，没错。"我笑了。

摇滚明星史蒂夫也笑了，说："但这并不是让你成为你自己的原因。"

"我是寄养儿童。"我说。

"不。"摇滚明星史蒂夫说，"你是寄养儿童，但这只是你的处境，不代表你是什么样的人。这不是一回事。"

"我不明白。"我说。

摇滚明星史蒂夫走到一边，让一个推着婴儿车的女人过去。

"这就像……我是一名寄养关怀社工，"他继续说，"但这与我是什么样的人没关系。内心决定了我们是什么样的人，最重要的是这里的东西。"摇滚明星史蒂夫先是指着我的头，然后指着我的心，"你是个好孩子，山姆。不要以为自己不好，你有很丰富的感情去给予别人。我知道你有多爱赖利。"

我笑了："是的，我很爱赖利。"

"你心里有那么多美好的感情，你得学会把它们释放出来。我知道你一定很害怕，但你不能装成别人，你必须做你自己。大声告诉别人你是寄养儿童，这没什么可担心的。"

我转身看着摇滚明星史蒂夫。他说了很多帮助我的话，但现在是时候说一说我要去哪里了。

"现在呢？"我说，"我知道，你说过我暂时不用走，但赖利妈妈说他们要让我搬走。"

"不。"摇滚明星史蒂夫说，看起来有些迷惑不解，"他们不会让你搬走的。"

"他们会，是赖利告诉我的，他听到他们这么说了。"

"不会的，山姆。"摇滚明星史蒂夫摇了摇头，"你一定是搞错了。我告诉过你，汤姆和莎拉都是好人，他们很关心你，你真该看看那天晚上他们有多担心。他们肯定把电话簿上的号码都打遍了，汤姆还去敲了街上所有人家的门。"

"这么说，他们不打算赶我走？"

"不会的，伙计。我不知道要跟你说多少次你才相信。你要试着相信别人，不要再想逃跑了。你可能对小时候的事没有多少记忆，但你必须相信别人，这样才能制造新的记忆。"

"但我确实信任别人。"我说，"我信任米歇尔和戴夫。"

"是的。"摇滚明星史蒂夫说，"但也许你找错地方了，也许应该信任离你更近的人。"

"赖利的爸爸和妈妈？"

"是的，还有赖利。我相信你和他已经有了美好的回忆。"

一想到赖利像水母一样挂在他的床上，用力敲击游戏机控制器的按钮，我就暗自发笑。在脑海里，我看到他嘴上沾着番茄酱对我笑，他爸爸带我们假装乘坐直升机时，他嘻嘻哈哈地笑个不停。我记得自己认为他爸爸很酷，还记得他们在大桶埃里克找到我时，赖利妈妈给了我一个拥抱。那个拥抱不是假的，不是寄养父母会给的拥抱。她紧紧地拥抱着我，在松开的时候，我都能感觉到她的手指离开了我的背。

我叹了口气。我已经跑累了，受够了不能信任别人。我不知道我会不会相信别人，但想试试。

"我们现在能回去了吗？"我问。

"你确定？"摇滚明星史蒂夫说。

"是的，"我点头，"我确定。"

65

我弄错了

"心情沮丧不要紧,山姆。"赖利妈妈道,"我也有沮丧的时候,但要是都闷在心里,可就更不好过了。"

"有心事一定要说出来,山姆。"赖利爸爸对我说。

"那你们为什么不理我?"我坐在他们中间的沙发上问。

"不理你?"赖利的父母面面相觑。

"是的。"我说,"昨天一整天你们都没跟我说话,就连我帮你们把碗碟放进洗碗机的时候也没有。你们一整天都在生我的气。"

赖利妈妈深吸了一口气,好像接下来要说的话很重要。"山姆,"她说,"我们不是生你的气,而是生彼此的气。我们觉得自己让你失望了,没做好寄养父母。我们在努力地解决问题。沉默不是针对你,而是针对我们自己。"

"可是赖利说你要让我搬走。"我说。

"不是的!"他们都摇了摇头。

"山姆,"赖利爸爸说,"虫虫听错了。"

"但是他告诉我，他偷听到了你们的谈话，你们这么说了。"

"他可能听到了'搬家'这个词，但我们不是在说你。"他看了看赖利妈妈，又看着我，"我们是在考虑搬家，但事实是我们大家一起搬走，那样可以离我工作的地方近一点，莎拉也不用一个人照顾家里。但我们决定不搬了，因为不想让你和赖利感到不安。而且，对这样的决定，我们得一家人一起拿主意。"

"啊。"我说，"这么说，我和赖利搞错了？"

"山姆，"赖利妈妈把手放在我的手上，"我想我们都搞错了。"

他们都笑了。赖利爸爸站起来说赖利一个人在楼上的房间，他得上去看看。

赖利妈妈看着我。

"山姆，"她轻轻地说，"我知道，有些时候，我们都觉得很难熬，但你要知道我们有多在乎你，多么希望你成为这个家庭的一员。这一切对我和我们所有人都是头一次经历。我是有一本《寄养父母手册》，那上面写着该做什么、不该做什么。但那并没有让我做好准备，并不能帮助我理解自己的感受，也不能帮助我理解你所经历的事情。我只知道我和汤姆很喜欢你，赖利也很喜欢你。我喜欢听你笑，喜欢你和他一起玩。"赖利妈妈强忍住眼泪，"有时我也在这儿笑得跟你一样开心。"

听她说起赖利的名字，我笑了。

她握着我的手，继续说："你一直以为我在唠叨你，不是我不想让你出去，而是我想让你安安稳稳地待在这儿，跟我们在一起。我希望我们能一起做些事，创造新的回忆。"

我的眼中充满了泪水。我看了看地毯，看了看空白的电视机，看了看挂在壁炉上方墙上的赖利的照片，尽管看到的照片是模糊的。

我用袖子擦了擦眼角。

"我没有回忆。"我说，"我没有家人，没人要我。"

"你有家人。"她冲我笑了笑，"你有赖利、他爸爸和我。你有这栋房子，有自己的房间。"

看起来她说的都是真心话，但我还是不能相信她。在与摇滚明星史蒂夫谈过后，我知道，要找到合适的父母，需要信任、关心他们。这种信任远比住在有大游泳池的大房子里重要得多。但我仍然无法忘记一件事：自从那天晚上我走进赖利妈妈的家庭办公室后，那件事就一直在我的脑海里盘旋。我想问她，我需要一个答案，但每次我想开口，却什么都说不出来。

"山姆？"赖利妈妈擦去了我脸颊上的眼泪，"还有什么想说的吗？"

我点了点头。

"那就说出来吧，亲爱的。我们必须坦诚相待，把事情说清楚。"

"好吧。"我说。我抬头看着她。

说呀，山姆。说出来。

"好吧。"我深吸了一口气。好吧，说吧。

"如果你们都那么喜欢和关心我，"我脱口而出，"如果我是这个家庭的一员……你们为什么不带我去迪士尼？"

"什么？"赖利妈妈惊讶地问。

"迪士尼。"我说，"你们都要去。我在你房间里看到了小册子，你们的名字写在一张纸上，你们的名字上打着钩，我的名字上却打了一个叉。"

"山姆，"赖利妈妈笑了。我以为她会跟我说，他们一家人需要独处一段时间，有时彼此分开是件好事，但她一直面带微笑，"画上叉不是那个意思，那表示我们还没给你办护照。我本来想给你一个惊喜的。我想让你和赖利一起去照相亭，这也是原因之一。"

"等一下，我都糊涂了。"我说，"我以为拍照片是为了挂在墙上。"

"的确是的。"赖利妈妈说，"但我打算给你照一张单人的，这样我就可以把照片和护照申请表一起寄出去了。"

"啊！"我突然觉得自己很蠢。

赖利妈妈弄乱了我的头发："你真以为我们会丢下你吗？"

"是的。"我说，"我真是这么以为的，还以为你和赖利爸爸要把我送到滨海韦斯顿或别的什么地方，让我住在临时寄养之家里。"

赖利妈妈笑了："嗯，我认为那太不公平了。还有，山姆……"她停顿了一下，"我一直在想，你叫我们莎拉和汤姆怎么样？叫赖利爸爸或赖利妈妈，可真够拗口的。"

"我不知道。"我说，"感觉有点儿奇怪。"

"试试吧。"她说。

"好吧……莎拉。"

我们都笑了，莎拉突然把手指放在嘴唇上。赖利从楼梯上跳了下来。"千万别说出去。"她低声说，"他还不知道呢。"

"赖利，等等。"他爸爸喊道，但已经太晚了，穿着跆拳道服的赖利冲进了房间，还大喊着"嘿呀"。

"看，山姆，我有腰带了。"他说。

"真酷，赖利。"我说。

"我学会了一个新动作。"他抬起左臂，左脚踢了起来，跟着旋转身体，一下子倒在了地毯上。

"等一下。"他说，"我可以做得更好。"

莎拉笑了。

汤姆笑了。

我笑了。我不知道自己是什么感觉，但赖利妈妈刚才说了那么多好事，我的心像气球一样膨胀起来。他们真的喜欢我，真的想要我，我把一切都搞错了。这就是拥有家人的感觉，我心想。我很想把这些心里话告诉他们，但最重要的是，我太兴奋了，真想在房间中间跳起来，大喊："嘿，赖利，我们要去迪士尼了！"

66

我最好的朋友

"别删掉，山姆！"莉娅把手伸到学校餐桌的另一头，"虽然不完美，你也不能都删了吧。"

"我不会的。"我说着，滑回手机上写着"优胜团队☺"几个字的照片，那是打保龄球时拍的，"我只是随便看看。"有一段时间，我很生米歇尔和戴夫的气，但看到照片中他们对我微笑的样子，就再也气不起来了。他们不知道我选了他们当完美父母，只当我是他们侄子放假时一起玩的好朋友。我有更大的计划又不是他们的错。这并不意味着他们是坏人。他们告诉我，如果愿意，我们还可以见面，但我需要先给自己一点儿时间。我很想再见到他们，事实上，乔希从那时起一直给我发信息，说他买了一款名为《恶魔僵尸》的游戏，还说我也应该买，这样我们就可以在网上一起玩双打了。他还说下次去叔叔和婶婶家的时候会告诉我，让我去找他玩飞盘。我翻看手机上的照片，一张是我和乔希在车后座，另一张是我和乔希在拉面道吃虫子面条。我笑了。我想买《恶魔僵尸》，也会去见他，但我觉得米歇尔和戴夫是对的，我确实需要一点儿时间。

"看吧，"莉娅说，"也不全是坏事，对吧？"

我抬头道："是的，没错。"

莉娅对我微微一笑："可能不太成功，但这是我做过的最有趣的项目，还记得我们是怎么买西装的吗？还有那次，你给那人洗车，有多惊慌失措吗？"

"我那时候怕极了。"我说，"还以为暴露了身份。"

"等等。"莉娅放下三明治说，"还有一个是最妙的。"她把手举到耳朵上，好像在讲电话，"嗨，妈妈，我能去打保龄球吗？"

我忍不住笑了。

"我当时是这样的，怎么回事？"莉娅向侧面看了看她想象中的手机，"尤其是你还说什么'我爱你，妈妈'。"

"嘿，是你逼我这么说的！当时乔希正看着我，我的脸滚烫滚烫的。"

"我笑得都要尿裤子了。"莉娅咯咯地笑着说，"我爱你，妈妈。"

我们大笑起来。

两个九年级的女孩坐在同一张桌子的另一端，这会儿，她们正用奇怪的眼神看着我们。我继续看自己的手机。我一直在笑，但这并不能阻止内心涌起悲伤。莉娅咬了一口三明治，看着我。

"没关系。"她说,"你什么都不用说。"

我拿起橙汁。我不需要说什么,也什么都说不出来,因为突然感到喉咙哽咽。

我呷了一口饮料。

莉娅又咬了一口三明治。

我艰难地咽了咽口水。

"不过,我确实很喜欢他们。"我轻声说。

"我知道,山姆。"莉娅说。我想,她确实知道,"你会不会后悔,希望我们从没做过那个计划?"

"不。我们可能没有找到完美父母,但确实发现了很多事情,比如我是谁,我需要信任别人,做人要诚实。我还意识到我爱赖利,他的父母其实都很好。"

"我想是的。"莉娅说,"你真该看看你逃跑时莎拉有多难过。我们开车去大桶埃里克的路上,她还在车里哭了,以为有人把你抓走了。"

"我知道。我把她昨天对我说的话都告诉你了,我觉得她是真心关心我的。"

"他们带你去迪士尼乐园,肯定有帮助!"

"是的,大有帮助。"我微笑着朝餐厅对面望去,刘易斯和他的几个朋友坐在一张桌子旁。莉娅回头看了一眼。

"你应该去和他谈谈,山姆。"她说。

"我知道,但我不能把没去排演的真相告诉他,他不会明白的,他家里放着他和弟弟妹妹的照片,他已经拥有完美家庭了……虽然房子不大，他们也没有宝马 M5……"

"也许这就是我们真正发现的东西。"莉娅说，"不管是你的清单，还是任何人的清单，都没人能满足所有条件。有时候我们必须接受好的事情，忘记坏的事情。也许完美父母并不存在。也许父母和其他人一样，也有缺点，但这并不意味着他们就是坏人。父母会惹我们不开心，不停地问我们要去哪里，去了哪里，为什么迟到，不过这仅仅是因为他们关心我们。"

"啊呀。"我说，"你这腔调，像极了索雷尔太太。"

"这是真的。"莉娅环视了一下食堂，继续说，"我们可能会认为其他人有完美的父母，但有时人们在外面摆出开心的样子，是因为这么做比较容易。"她朝靠窗的一张桌子点了点头，"比如，每个人都认为路易莎·哈伍德很快乐，但我知道她和她妈妈处得不好。萨利姆总是抱怨他爸爸管他太严了，不让他加入足球队。当然，还有我，我爱家人，甚至我的父亲，但他们一点儿也不完美。"

"我知道。"我说，"你爸爸没来，我很抱歉。我也很抱歉忘了去见你。"

"山姆，没关系。"莉娅在桌对面向前探身，"你已经道歉一百次了，再说，我还没有告诉你最新的消息呢。"

"什么？"

"事实证明，'水罐耳朵'也没那么糟糕。他和妈妈和好了，给她买了花，还给我和莫丽买了两个复活节彩蛋。不过，莫丽说他这么做只是因为第二件半价。"

午饭结束铃响了。我们周围的人都拿起盘子走向垃圾桶，我和莉娅也一样。

"你还有事？"她边走边说。

"是的，"我说，"我得先去戏剧社看看。"

"好吧，"莉娅皱着眉头瞧着我，"不要再把我忘了……也不要忘了别的事！"

"我不会的。那个……那个……"我说不下去了。

"什么？"

我看了看食堂，确定没有人在听。

"山姆，你吓到我了。"莉娅说。

"我只是想谢谢你，还有……"

你现在可以这么说了：山姆，你必须信任别人。

我深吸了一口气。

"我只想说，你是我最好的朋友。"

莉娅咧开嘴笑了："谢谢你，山姆，你也是我最好的朋友。我还以为你要给我一个拥抱呢！"

"不是的！"我摇了摇头，"我才不会这么做。"

"不然非得是一场悲剧不可。"莉娅说。

"是的，"我说，"悲剧。"

67

不是在表演

"没关系，山姆。你没来，我们原谅你了。"刘易斯说，"不过你得让我用奶油枪打你……至少十枪！"他假装拿着一把奶油枪朝我射击。

阿玛拉和达利斯哈哈大笑起来。我想再次道歉，但鲍威尔先生打断了我。

"好了，"他说，"我们来玩玩热座，算是热身吧。可以用《龙蛇小霸王》里的角色，看看你们在假期里都了解了多少。谁先来？"

"我。"刘易斯说着走上舞台，我们在他边上围成半圆形。

"好吧，准备好了吗？"鲍威尔先生问。

"好了。"刘易斯点了点头。

我们提出了一个又一个问题。

"你叫什么名字？"

"小霸王毕斯。"

"你多大了？"

"十二岁。"

"你为什么叫小霸王毕斯？"

"这是一个昵称，但我不喜欢，听起来像个疯子。"

"别忘了何人、何时、为什么这么做和做了什么。"鲍威尔先生说。

"你是做什么的？"

"我是黑帮成员。"

"什么时候出生的？"

"一九二九年。"刘易斯突然换成了美国口音，"我出生在一个充斥着地下犯罪、流氓和舞女的浮华世界里。"

我们都笑了。

"太好了，刘易斯。"鲍威尔先生说，"下一个是谁……山姆？快点，不要浪费这个好劲头。"

我走上了舞台。十八只眼睛望着我，我的心怦怦直跳。来吧。我深吸一口气，就像要潜到水下一样。

"你是谁？"

"山姆。"

"胖子山姆？"阿玛拉说。

"不，"我说，"我是山姆·麦卡恩。"

"你多大了？"

"十一岁。"

"你是做什么的？"

"学生？"

大家都咯咯地笑了出来。

"山姆，"阿玛拉说，"我们应该融入角色。"

"没事的。"鲍威尔先生盯着我说，"我们来看看接下来会怎么样。何人、何时、为什么这么做和做了什么。"

"你最喜欢的科目是什么？"

"戏剧。"

"你爸爸和妈妈是做什么的？"

"我没有。"

"你没有？"

"没有。"

"他们怎么了？"

我耸了耸肩。

"你不能耸肩，"达利斯说，"你得说点什么。他们死了吗？"

"不知道。"

"那么你和谁住在一起？"

"寄养父母。"

大家都安静了下来。

"山姆，"刘易斯说，"我糊涂了，哪些部分是真实的？"

"都是真的。"我说。我看着刘易斯，想知道他是否还记得我说过我有一个弟弟和一个不想见任何人的妈妈。他向我点了点头，好像在说"继续吧"。

我笑了笑。"我是个寄养儿童。"我说，感觉浑身都轻松了，"但这与我是什么样的人无关。我就是山姆。"

68

照相亭

"准备好了吗？"莎拉问。

"不行，我们得把脸对准屏幕中间。"我说。

"把座位摇高一点。"她说，"这样就能高一点了。"

"好了。把手拿开，赖利。"我又说。

"我站起来，你帮我旋转一下。"赖利道。

"你会掉下去的。"

"不会的。"

我旋转座椅，赖利也转了起来，座位一点点地升高。他开始哼唱，就像在弹木琴。"叮，叮，叮……"

"哈哈哈。"

"哈哈哈。"

我们两个都哈哈大笑起来，他看起来像在珠宝盒里旋转的少女。

"可以了吗？"赖利妈妈问。

"可以了。"

"可以了。"

我和赖利还在傻笑，我们都想挤进座位，屁股却不停地往下滑。

"准备好了吗？"

"准备好了！"

"没反应啊。"

"你把钱投进去了吗，山姆？"

"哈哈，没有，我忘了。"

我往投币孔里投了四枚硬币。

屏幕上的倒计时显示："做好准备，5……4……3……"

"哇，赖利，你放屁了吗？"

"不是我，不是我！"

"2……1……"

咔嚓！咔嚓！

"什么？不！"

我们在外面等照片出来，莎拉说："洗出来后给汤姆寄一张。"

"嘿呀！"赖利冲着我的方向来了一记跆拳道飞踢，我试图抓住他，挠他的肚子。

"啊，孩子们，你们在干什么？！"

停下来后，莎拉给我们看了照片。赖利的眼睛眯得像条缝，嘴巴张得大大的，我从座位上爬开，大笑着用手指捏着鼻子。

"再拍一张吧。"莎拉说。

"我才不要进去。"我说，"太臭了。"

赖利大笑。我又抓住他。

"但我们得给你照一张好看的照片，山姆。"

"不。"我看着照片说，"我喜欢这些。"

"可你的护照上不能有赖利！"

我笑了，然后绷着脸，又拍了一张照片。

拍完照片，我们便回家去了。

我一直在看我和赖利的照片，它们是我的心头挚爱。

我回到了自己的房间。

我第一次把我的照片贴在自己卧室的墙上。

（全书完）

图书在版编目（CIP）数据

完美父母计划 /（英）斯图尔特·福斯特著；刘勇
军译 .-- 北京：北京联合出版公司 , 2023.6
　ISBN 978-7-5596-6756-4

　Ⅰ . ①完… Ⅱ . ①斯… ②刘… Ⅲ . ①儿童小说 - 长
篇小说 - 英国 - 现代 Ⅳ . ① I561.84

中国国家版本馆 CIP 数据核字 (2023) 第 041610 号

北京市版权局著作权合同登记 图字：01-2023-2059
THE PERFECT PARENT PROJECT
© Stewart Foster 2021
Published by arrangement with Simon & Schuster UK Ltd
1st Floor, 222 Gray's Inn Road, London, WC1X 8HB
A CBS Company
All rights reserved. No part of this book may be reproduced or transmitted in any form or by any
means, electronic or mechanical, including photocopying, recording or by any information storage
and retrieval system without permission in writing from the Publisher.

完美父母计划
The Perfect Parent Project

作　　者：[英] 斯图尔特·福斯特
译　　者：刘勇军
出 品 人：赵红仕
出版统筹：慕云五　马海宽
项目监制：上官小倍
产品经理：王利飒
责任编辑：周　杨
封面设计：朱　琳

北京联合出版公司出版
（北京市西城区德外大街 83 号楼 9 层　 100088）
北京联合天畅文化传播公司发行
文畅阁印刷有限公司印刷　新华书店经销
字数 215 千字　880 毫米 ×1230 毫米　1/32　11.75 印张
2023 年 6 月第 1 版　 2023 年 6 月第 1 次印刷
ISBN 978-7-5596-6756-4
定价：48.00 元